MAIGRET À PIGALLE

Maigret et la jeune morte

La Colère de Maigret

Né en 1903 à Liège en Belgique, Georges Simenon fait ses armes dans le journalisme et en publiant des romans populaires sous divers pseudonymes. En 1931, il publie pour la première fois sous son nom *Pietr-le-letton*, qui présente aux lecteurs l'imperturbable commissaire de police Jules Maigret, personnage que l'on retrouvera dans ses écrits au cours des quarante années qui suivront. Georges Simenon reste toutefois connu pour l'ensemble de son œuvre comme l'un des plus grands auteurs du siècle. Insatiable voyageur avec un intérêt marqué pour la psychologie humaine, il s'est efforcé de décrire – et non de juger – la condition humaine dans toutes ses nuances. Ses livres sont parmi les plus lus à travers le monde.

Paru au Livre de Poche :

LES GRANDES ENQUÊTES DE MAIGRET

MAIGRET À PARIS

MAIGRET AUX ÉTATS-UNIS

MAIGRET DANS LES ENVIRONS DE PARIS

MAIGRET EN AUVERGNE

MAIGRET EN BRETAGNE

MAIGRET EN MER DU NORD

MAIGRET EN NORMANDIE

MAIGRET EN VENDÉE

MAIGRET ET COMPAGNIE

MAIGRET ET L'AMITIÉ

MAIGRET ET LA NUIT

MAIGRET ET L'AU-DELÀ

MAIGRET ET LES CAÏDS

MAIGRET ET LES FILLES DE JOIE

MAIGRET SUR LA RIVIERA

MAIGRET, PREMIÈRES ENQUÊTES

GEORGES SIMENON

Maigret à Pigalle

Maigret et la jeune morte

La Colère de Maigret

PRESSES DE LA CITÉ

ISBN : 978-2-253-16884-3 – 1re publication LGF

Maigret et la jeune morte

1

Où l'inspecteur Lognon découvre un corps et où il se plaint qu'on le lui chipe

Maigret bâilla, poussa les papiers vers le bout du bureau.

— Signez ça, les enfants, et vous pourrez aller vous coucher.

Les « enfants » étaient probablement les trois gaillards les plus durs à cuire qui fussent passés par la P.J. depuis un an. L'un d'eux, celui qu'on appelait Dédé, avait l'aspect d'un gorille, et le plus fluet, qui avait un œil au beurre noir, aurait pu gagner sa vie comme lutteur forain.

Janvier leur passait les papiers, une plume, et, maintenant qu'ils venaient enfin de lâcher le morceau, ils ne se donnaient plus la peine de discuter, ne lisaient même pas le procès-verbal de leur interrogatoire, et signaient d'un air dégoûté.

L'horloge de marbre marquait trois heures et quelques minutes et la plupart des bureaux du Quai des Orfèvres étaient plongés dans l'obscurité. Depuis longtemps, on n'entendait plus d'autre bruit qu'un lointain klaxon ou les freins d'un taxi qui dérapait sur le pavé mouillé. Au moment de leur arrivée, la veille, les bureaux étaient déserts aussi, parce qu'il n'était pas neuf heures du matin et que le personnel n'était pas encore là. Il pleuvait déjà, de cette pluie fine et mélancolique qui tombait toujours.

Cela faisait plus de trente heures qu'ils étaient entre les mêmes murs, tantôt ensemble, tantôt séparément, tandis que Maigret et cinq de ses collaborateurs se relayaient pour les harceler.

— Des imbéciles ! avait dit le commissaire dès qu'il les avait vus. Ce sera long.

Les imbéciles, à l'esprit buté, sont toujours les plus longs à se mettre à table. Ils s'imaginent qu'en ne répondant pas, ou qu'en répondant n'importe quoi, quitte à se contredire toutes les cinq minutes, ils parviendront à s'en tirer. Se croyant plus malins que les autres, ils commencent invariablement par crâner.

« — Si vous croyez que vous allez m'avoir ! »

Depuis des mois, ils opéraient aux alentours de la rue La Fayette et les journaux les appelaient les perceurs de murailles. Grâce à un coup de téléphone anonyme, on leur avait enfin mis la main dessus.

Il y avait encore un fond de café dans les tasses, une petite cafetière d'émail sur un réchaud. Tout le monde avait les traits tirés, le teint gris. Maigret avait tellement fumé qu'il en avait la gorge irritée et il se disait que, les trois hommes embarqués, il proposerait à Janvier d'aller manger une soupe à l'oignon quelque part. Son envie de sommeil était passée. C'est vers onze heures qu'il avait eu un coup de fatigue et il était allé somnoler un moment dans son bureau. Maintenant, il ne pensait plus à dormir.

— Demande à Vacher de les conduire.

Juste au moment où ils sortaient du bureau des inspecteurs, la sonnerie du téléphone retentit, Maigret décrocha, une voix fit :

— Qui tu es, toi ?

Il fronça les sourcils, ne répondit pas tout de suite. À l'autre bout du fil, on questionnait :

— Jussieu ?

C'était le nom de l'inspecteur qui aurait dû être de garde et que Maigret avait renvoyé chez lui à dix heures.

— Non. Maigret, grommela-t-il.

— Je vous demande pardon, monsieur le commissaire. Ici, Raymond, du Central.

L'appel venait de l'autre bâtiment où, dans une pièce immense, aboutissent tous les appels de Police-Secours. Dès que la glace d'une des bornes rouges installées un peu partout dans Paris était brisée, une petite lampe s'allumait sur une carte qui occupait un pan de mur entier et un homme plantait sa fiche dans un des trous du standard téléphonique.

« — Le Central écoute. »

Il s'agissait tantôt d'une bagarre, tantôt d'un ivrogne récalcitrant, tantôt d'un agent en patrouille qui avait besoin d'aide.

L'homme du Central plantait sa fiche dans un autre trou.

« — Le poste de la rue de Grenelle ? C'est toi, Justin ? Envoie un car sur le quai, à hauteur du 210… »

Ils étaient deux ou trois, au Central, à passer la nuit et sans doute, eux aussi, à se préparer du café. Parfois, quand il s'agissait d'un événement grave, ils alertaient la P.J. D'autres fois, il leur arrivait de téléphoner au Quai pour prendre contact avec un copain. Maigret connaissait Raymond.

— Jussieu est parti, dit-il. Tu avais quelque chose de particulier à lui dire ?

— Seulement qu'on vient de découvrir le cadavre d'une jeune fille, place Vintimille.

— Pas de détails ?

— Les hommes du 2e Quartier doivent être sur les lieux à l'heure qu'il est. J'ai reçu l'appel il y a trois minutes.

— Je te remercie.

Les trois malabars avaient quitté le bureau. Janvier revenait, les paupières un peu rouges, comme chaque fois qu'il passait la nuit, avec la barbe qui lui poussait et lui donnait un air mal portant.

Maigret endossait son pardessus, cherchait son chapeau.

— Tu viens ?

Ils descendirent l'escalier l'un derrière l'autre. Normalement, c'est aux Halles qu'ils seraient allés manger une soupe à l'oignon. Devant les petites autos noires rangées dans la cour, Maigret hésita.

— On vient de découvrir une jeune fille morte, place Vintimille, dit-il.

Puis, comme quelqu'un qui cherche un prétexte pour ne pas aller se coucher :

— On va voir ?

Janvier se mit au volant d'une des voitures. Ils étaient tous les deux trop abrutis par les heures d'interrogatoire qu'ils venaient de mener pour parler.

L'idée ne vint pas à Maigret que le 2e Quartier était le secteur de Lognon, celui que ses collègues surnommaient l'inspecteur Malgracieux. Y aurait-il pensé, cela n'aurait pas fait de différence, car Lognon n'était pas nécessairement en service de nuit au poste de la rue de La Rochefoucauld.

Les rues étaient désertes, mouillées, avec de fines gouttes qui mettaient une auréole aux becs de gaz, et de rares silhouettes qui rasaient les murs. Au coin de la rue Montmartre et des Grands Boulevards, un café était encore ouvert et, plus loin, ils aperçurent les enseignes lumineuses de deux ou trois boîtes de nuit, des taxis qui attendaient le long des trottoirs.

À deux pas de la place Blanche, la place Vintimille était comme un îlot paisible. Un car de la police stationnait. Près de la grille du square minuscule, quatre ou cinq hommes se tenaient debout autour d'une forme claire étendue sur le sol.

Tout de suite, Maigret reconnut la silhouette courte et maigre de Lognon. L'inspecteur Malgracieux s'était détaché du groupe pour voir qui arrivait et, de son côté, il reconnaissait Maigret et Janvier.

— Catastrophe ! grommela le commissaire.

Car Lognon, évidemment, allait encore l'accuser de l'avoir fait exprès. Ici, on était dans son quartier, dans son domaine. Un drame survenait alors qu'il était de garde, lui fournissant peut-être l'occasion de se distinguer qu'il attendait depuis tant d'années. Or, une succession de hasards amenait Maigret sur les lieux presque en même temps que lui !

— On vous a téléphoné chez vous ? questionna-t-il, soupçonneux, déjà persuadé que c'était une conspiration ourdie contre lui.

— J'étais au Quai. Raymond a donné un coup de fil. Je suis venu voir.

Maigret n'allait quand même pas, pour ménager la susceptibilité de Lognon, s'en aller sans savoir de quoi il s'agissait.

— Elle est morte ? questionna-t-il en désignant la femme étendue sur le trottoir.

Lognon fit signe que oui. Trois agents en uniforme étaient là, ainsi qu'un couple, des gens qui passaient et qui, le commissaire l'apprit plus tard, avaient aperçu le corps et donné l'alarme. Si cela s'était produit à cent mètres de là seulement, il y aurait déjà un attroupement important mais peu de monde, la nuit, traverse la place Vintimille.

— Qui est-ce ?

— On ne sait pas. Elle n'a pas de papiers.

— Pas de sac à main ?

— Non.

Maigret fit trois pas, se pencha. La jeune femme était couchée sur le côté droit, une joue sur le trottoir mouillé, un de ses pieds déchaussé.

— On n'a pas retrouvé son soulier ?

Lognon fit signe que non. C'était assez inattendu de voir les doigts de pied à travers le bas de soie. Elle portait une robe du soir en satin bleu pâle et, peut-être à cause de sa pose, cette robe paraissait trop grande pour elle.

Le visage était jeune. Maigret pensa qu'elle ne devait pas avoir plus d'une vingtaine d'années.

— Le docteur ?

— Je l'attends. Il devrait être ici.

Maigret se tourna vers Janvier.

— Tu devrais appeler l'Identité Judiciaire. Qu'ils envoient les photographes.

On ne voyait pas de sang sur la robe. En se servant de la torche électrique d'un des agents, le commissaire éclaira le visage et il lui sembla que l'œil visible était légèrement tuméfié, la lèvre supérieure gonflée.

— Pas de manteau ? questionna-t-il encore.

On était en mars. L'air était plutôt doux, pas assez, cependant, pour qu'on se promène la nuit, surtout sous la pluie, avec une robe légère qui ne couvrait pas les épaules et ne tenait que par d'étroites bretelles.

— Elle n'a probablement pas été tuée ici, murmura Lognon, lugubre, avec l'air de faire son devoir en aidant le commissaire, mais de se désintéresser personnellement de l'affaire.

Exprès, il se tenait un peu à l'écart. Janvier s'était dirigé vers un des bars de la place Blanche pour téléphoner. Un taxi s'arrêta bientôt, qui amenait un médecin du quartier.

— Vous pouvez jeter un coup d'œil, docteur, mais ne la changez pas de position avant l'arrivée des photographes. Il n'y a aucun doute qu'elle soit morte.

Le médecin se pencha, toucha le poignet, la poitrine, se releva, indifférent, sans un mot, et attendit comme les autres.

— Tu viens ? questionnait la femme qui tenait le bras de son mari et commençait à avoir froid.

— Attends encore un peu.

— Attendre quoi ?

— Je ne sais pas. Ils vont sans doute faire quelque chose.

Maigret se tourna vers eux.

— Vous avez donné votre nom et votre adresse ?

— À ce monsieur-là, oui.

Ils désignaient Lognon.

— Quelle heure était-il quand vous avez découvert le corps ?

Ils se regardèrent.

— Nous avons quitté le cabaret à trois heures.

— Trois heures cinq, rectifia la femme. J'ai consulté mon bracelet-montre pendant que tu prenais ton vestiaire.

— Peu importe. Il ne nous a fallu que trois ou quatre minutes pour arriver ici. Nous allions contourner la place quand j'ai vu une tache claire sur le trottoir.

— Elle était déjà morte ?

— Je suppose. Elle ne bougeait pas.

— Vous n'y avez pas touché ?

L'homme fit signe que non.

— J'ai envoyé ma femme avertir la police. Il existe un poste de Police-Secours au coin du boulevard de Clichy. Je le connais, car nous habitons boulevard des Batignolles, à deux pas.

Janvier ne tarda pas à revenir.

— Ils seront ici dans quelques minutes, annonça-t-il.

— Je suppose que Moers n'était pas là ?

Sans être capable de dire pourquoi, Maigret avait l'impression que c'était une affaire assez compliquée qui commençait. Il attendait, la pipe à la bouche, les mains dans les poches, jetait de temps en temps un coup d'œil à la forme étendue. La robe bleue, loin d'être neuve, n'était pas très fraîche et le tissu en était assez vulgaire. Cela aurait pu être la robe d'une des nombreuses entraîneuses qui travaillent dans les boîtes de Montmartre. Le soulier aussi, un soulier argenté, à talon très haut, dont on voyait la semelle usée, aurait pu appartenir à l'une d'elles.

La première idée qui venait à l'esprit était qu'une entraîneuse, en rentrant chez elle, avait été attaquée par quelqu'un qui lui avait volé son sac à main. Mais, dans ce cas, une des chaussures n'aurait pas disparu et on ne se serait probablement pas donné la peine d'emporter le manteau de la victime.

— Elle a dû être tuée ailleurs, dit-il à Janvier, à mi-voix.

Lognon, qui tendait l'oreille, entendit, se contenta d'une sorte de rictus, car il avait été le premier à avancer cette théorie.

Si elle avait été tuée ailleurs, pourquoi était-on venu déposer son cadavre sur cette place ? Il n'était pas vraisemblable que l'assassin eût transporté la jeune femme sur son épaule. Il avait dû se servir d'une voiture. Dans ce cas, il lui aurait été facile de la cacher dans quelque terrain vague ou de la jeter à la Seine.

Maigret ne s'avouait pas que ce qui l'intriguait le plus, c'était le visage de la victime. Il n'en connaissait encore qu'un profil. Peut-être les meurtrissures lui donnaient-elles cet air boudeur ? On aurait dit une petite fille de mauvaise humeur. Ses cheveux bruns rejetés en arrière, très souples, ondulaient naturellement. Son maquillage, sous la pluie, s'était un peu dilué et, au lieu de la vieillir ou de l'enlaidir, cela la rendait plus jeune, plus attachante.

— Venez un instant, Lognon.

Maigret l'emmenait à l'écart.

— Je vous écoute, patron.

— Vous avez une idée ?

— Vous savez bien que je n'ai jamais d'idées. Je ne suis qu'un inspecteur de quartier.

— Vous n'avez jamais vu cette fille ?

Lognon était l'homme qui connaissait le mieux les alentours de la place Blanche et de la place Pigalle.

— Jamais.

— Une entraîneuse ?

— Si c'en est une, ce n'est pas une régulière. Je les connais à peu près toutes.

— J'aurai besoin de vous.

— Vous n'êtes pas obligé de dire ça pour me faire plaisir. Du moment que le Quai des Orfèvres s'occupe de l'affaire, cela ne me regarde plus. Remarquez que je ne proteste pas. C'est naturel. J'ai l'habitude. Vous n'aurez qu'à me donner des ordres et je ferai de mon mieux.

— Peut-être ne serait-il pas mauvais, dès maintenant, de questionner les portiers des boîtes de nuit ?

Lognon jeta un coup d'œil au corps étendu, soupira :

— J'y vais.

Dans son esprit, c'était exprès qu'on l'éloignait. On le vit traverser la rue, de sa démarche toujours fatiguée, et il eut soin de ne pas se retourner.

La voiture de l'Identité Judiciaire arrivait. Un des agents s'efforçait d'écarter un ivrogne qui s'était approché et s'indignait qu'on ne portât pas secours à la « petite dame ».

— Vous êtes tous les mêmes, vous autres flics. Parce que quelqu'un a bu un coup de trop…

Les photos prises, le docteur put se pencher sur le corps et le mettre sur le dos, découvrant le visage entier, qui, ainsi, avait l'air encore plus jeune.

— De quoi est-elle morte ? questionnait Maigret.

— Fracture du crâne.

Le médecin avait les doigts dans les cheveux de la morte.

— Elle a été frappée sur la tête avec un objet très lourd, un marteau, une clef anglaise, un tuyau de plomb, que sais-je ? Avant, elle a reçu d'autres coups au visage, probablement des coups de poing.

— Vous pouvez déterminer approximativement l'heure de sa mort ?

— À mon avis, entre deux et trois heures du matin. Le docteur Paul vous fournira plus de précisions après l'autopsie.

La camionnette de l'Institut Médico-Légal était arrivée aussi. Les hommes n'attendaient qu'un signe pour placer le corps sur une civière et l'emporter vers le pont d'Austerlitz.

— Allez-y ! soupira Maigret.

Il chercha Janvier des yeux.

— On va manger un morceau ?

Ils n'avaient plus faim ni l'un ni l'autre, mais ils s'attablèrent néanmoins dans une brasserie où, parce qu'ils l'avaient décidé une heure plus tôt, ils commandèrent une soupe à l'oignon. Maigret avait donné des instructions pour qu'une photographie de la morte soit envoyée aux journaux afin que, si possible, elle paraisse encore dans les éditions du matin.

— Vous allez là-bas ? questionna Janvier.

Maigret savait qu'il faisait allusion à la Morgue, qu'on appelait maintenant l'Institut Médico-Légal.

— Je crois que je vais y passer.

— Le docteur Paul y sera. Je lui ai téléphoné.

— Un calvados ?

— Si vous voulez.

Deux femmes mangeaient de la choucroute à une table voisine, des entraîneuses, en robe du soir toutes les deux, et Maigret les observait avec attention comme s'il cherchait à discerner les différences les plus subtiles entre elles et la jeune morte.

— Tu rentres chez toi ?

— Je vous accompagne, décida Janvier.

Il était quatre heures et demie quand ils pénétrèrent à l'Institut Médico-Légal où le docteur Paul, qui venait d'arriver, était en train de passer une blouse blanche, une cigarette collée à la lèvre inférieure, comme toujours quand il allait pratiquer une autopsie.

— Vous l'avez examinée, docteur ?

— J'ai jeté un coup d'œil.

Le corps était nu sur une dalle de marbre et Maigret détourna le regard.

— Qu'est-ce que vous en pensez ?

— Je lui donne entre dix-neuf et vingt-deux ans. Elle avait une bonne santé mais je soupçonne qu'elle était sous-nourrie.

— Une entraîneuse de cabaret ?

Le docteur Paul le regarda avec des petits yeux malins.

— Vous voulez dire une fille qui couche avec les clients ?

— Plus ou moins.

— Alors, la réponse est non.

— Comment pouvez-vous être si catégorique ?

— Parce que cette fille-là n'a jamais couché avec personne.

Janvier, qui regardait machinalement le corps éclairé par un réflecteur électrique, détourna la tête en rougissant.

— Vous en êtes sûr ?

— Certain.

Il enfilait ses gants de caoutchouc, préparait des instruments sur une table émaillée.

— Vous restez ici ?

— Nous passons à côté. Vous en avez pour longtemps ?

— Moins d'une heure. Cela dépend de ce que je vais trouver. Vous voulez une analyse du contenu de l'estomac ?

— De préférence. On ne sait jamais.

Maigret et Janvier gagnèrent un bureau voisin où ils s'assirent, l'air aussi compassé que dans une salle d'attente. Tous les deux gardaient sur la rétine l'image du jeune corps blanc.

— Je me demande qui elle est, murmura Janvier après un long silence. On ne se met en robe du soir que pour aller au théâtre, dans certains cabarets de nuit ou pour une soirée mondaine.

Ils devaient avoir tous les deux la même idée. Quelque chose clochait. Les réceptions mondaines pour lesquelles on se met en tenue du soir ne sont pas nombreuses et il est rare d'y voir une robe aussi bon marché et aussi défraîchie que celle de l'inconnue.

Après ce que le docteur Paul venait d'affirmer, d'autre part, il devenait difficile d'imaginer la jeune femme travaillant dans une des boîtes de Montmartre.

— Un mariage ? suggéra Maigret sans y croire.

C'est encore une occasion pour laquelle on s'habille.

— Vous le pensez ?

— Non.

Et Maigret soupira en allumant une pipe :

— Attendons.

Il y avait dix minutes qu'ils se taisaient tous les deux quand il dit à Janvier :

— Cela t'ennuierait d'aller chercher ses vêtements ?

— Vous voulez vraiment ?

Le commissaire fit oui de la tête.

— À moins que tu n'en aies pas le courage.

Janvier ouvrit la porte, disparut l'espace de deux minutes à peine et, quand il revint, il était si pâle que Maigret craignit de le voir vomir. Il tenait à la main la robe bleue, du linge blanc.

— Paul a bientôt fini ?

— Je ne sais pas. J'ai préféré ne pas regarder.

— Passe-moi la robe.

Elle avait été souvent lavée, et, en écartant l'ourlet, on constatait que la couleur s'était éteinte. Une griffe portait les mots : « Mademoiselle Irène, 35 *bis*, rue de Douai. »

— C'est près de la place Vintimille, remarqua Maigret.

Il examina les bas, – un des pieds était détrempé –, la culotte, le soutien-gorge, une étroite ceinture à jarretelles.

— C'est tout ce qu'elle avait sur le corps ?

— Oui. Le soulier vient de la rue Notre-Dame-de-Lorette.

Toujours dans le quartier. Sans l'affirmation du docteur Paul, cela correspondrait exactement à une entraîneuse ou à une jeune femme qui cherche l'aventure à Montmartre.

— Peut-être Lognon va-t-il découvrir quelque chose ? suggéra Janvier.

— J'en doute.

Ils étaient aussi mal à l'aise l'un que l'autre, car ils ne pouvaient s'empêcher de penser à ce qui se passait de l'autre côté de la porte. Il s'écoula trois quarts d'heure avant que celle-ci s'ouvrît. Quand ils regardèrent dans la pièce voisine, le cadavre n'y était plus, un homme de l'Institut Médico-Légal refermait un des tiroirs métalliques dans lesquels on garde les corps.

Le docteur Paul retirait sa blouse, allumait une cigarette.

— Je n'ai pas découvert grand-chose, dit-il. La mort a été causée par la fracture du crâne. Il y a eu, non pas un coup, mais plusieurs, trois au moins, frappés avec violence. Il m'est impossible d'établir de quel objet on s'est servi. Cela peut être aussi bien un outil qu'un chenêt de cuivre ou un chandelier, n'importe quoi de lourd et de dur. La femme est d'abord tombée sur les genoux et a essayé de se raccrocher à quelqu'un, car j'ai prélevé des brins de laine sombre sous les ongles. Je les enverrai tout à l'heure au laboratoire. Le fait qu'il s'agisse de laine semble indiquer que ce sont des vêtements d'homme qu'elle a agrippés de la sorte.

— Il y a donc eu lutte.

Le docteur Paul ouvrait un placard où, avec sa blouse, ses gants de caoutchouc et divers objets, il gardait une bouteille de fine.

— Vous en voulez un verre ?

Maigret accepta sans fausse honte. Janvier, voyant ça, fit oui de la tête.

— Ce que je vais ajouter n'est qu'une opinion personnelle. Avant de la frapper avec un instrument quelconque, on lui a donné des coups au visage, avec le poing ou même à main plate. Je dirais volontiers qu'on lui a flanqué une bonne paire de gifles. J'ignore si c'est à ce moment-là qu'elle est tombée sur les genoux, mais je suis disposé à le croire et ce serait alors qu'on aurait décidé d'en finir avec elle.

— Autrement dit, elle n'a pas pu être attaquée par-derrière ?

— Certainement pas.

— Il ne s'agit donc pas d'un malandrin qui l'a surprise à un coin de rue ?

— À mon avis, non. Et rien ne prouve que cela se soit passé dehors.

— Le contenu de l'estomac ne vous a rien appris ?

— Si. L'analyse de sang aussi.

— Quoi ?

Il y eut sur les lèvres du docteur Paul un léger sourire qui semblait dire :

« — Attention ! Je vais vous décevoir. »

Il prit un temps, comme quand il racontait une des bonnes histoires dont il avait la spécialité.

— Elle était au moins aux trois quarts ivre.

— Vous êtes sûr ?

— Vous trouverez demain, dans mon rapport, le pourcentage d'alcool relevé dans son sang. Je vous enverrai aussi le résultat de l'analyse complète que je vais entreprendre du contenu de l'estomac. Le dernier repas a dû être pris six ou huit heures environ avant sa mort.

— Elle est morte à quelle heure ?

— Aux environs de deux heures du matin. Avant deux heures plutôt qu'après.

— Cela met son dernier repas à six ou sept heures du soir.

— Mais pas son dernier verre.

Il était improbable que le corps soit resté longtemps place Vintimille avant d'être découvert. Dix minutes ? Un quart d'heure ? Certainement pas davantage.

De sorte qu'il s'était écoulé au moins trois quarts d'heure entre le moment de la mort et celui auquel on avait déposé le corps sur le trottoir.

— Des bijoux ?

Paul passa dans la pièce voisine pour aller les chercher. Il y avait une paire de boucles d'oreilles en or, ornées de rubis très petits dessinant une fleur, et une bague ornée, elle aussi, d'un rubis un peu plus grand. Ce n'était pas de la pacotille, pas des bijoux de valeur non plus. Les trois pièces, d'après leur style, dataient d'une trentaine d'années, peut-être davantage.

— C'est tout ? Vous avez examiné ses mains ?

Une des spécialités du docteur Paul était de déterminer la profession des gens d'après les déformations plus ou moins accusées des mains et cela avait permis, à maintes reprises, l'identification d'inconnus.

— Elle devait faire un peu de ménage, pas beaucoup. Ce n'était ni une dactylo, ni une couturière. Voilà trois ou quatre ans, elle a été opérée de l'appendicite par un chirurgien de second ordre. C'est tout ce que je peux affirmer dès maintenant. Vous allez vous coucher ?

— Je crois, oui, murmura Maigret.

— Bonne nuit. Moi, je reste. Vous recevrez mon rapport vers neuf heures du matin. Encore un petit verre ?

Maigret et Janvier se retrouvèrent dehors et il commençait à y avoir des allées et venues à bord des péniches amarrées au quai.

— Je vous dépose chez vous, patron ?

Maigret dit oui. Ils passèrent devant la gare de Lyon où un train venait d'arriver. Le ciel pâlissait. L'air était plus froid que durant la nuit. Quelques fenêtres étaient éclairées et, de loin en loin, un homme se rendait à son travail.

— Je ne veux pas te voir au bureau avant cet après-midi.

— Et vous ?

— Je vais probablement dormir aussi.

— Bonne nuit, patron.

Maigret monta l'escalier sans bruit. Comme il cherchait à introduire la clef dans la serrure, la porte s'ouvrit, Mme Maigret, en chemise de nuit, tourna l'interrupteur, le regarda avec des yeux que la lumière éblouissait.

— Tu rentres tard ! Quelle heure est-il ?

Même quand elle était profondément endormie, il n'arrivait pas à monter l'escalier sans qu'elle l'entende.

— Je ne sais pas. Passé cinq heures.

— Tu n'as pas faim ?

— Non.

— Viens vite te coucher. Une tasse de café ?

— Merci.

Il se déshabilla, se glissa dans le lit chaud. Au lieu de s'endormir, il continua à penser à la jeune morte de la place Vintimille. Il entendait, dehors, Paris s'éveiller petit à petit, des bruits isolés, plus ou moins lointains, espacés d'abord puis finissant par former une sorte de symphonie familière. Les concierges commençaient à traîner les poubelles au bord des trottoirs. Dans l'escalier résonnèrent les pas de la petite bonne du crémier qui allait poser les bouteilles de lait devant les portes.

Enfin, Mme Maigret se leva avec des précautions infinies et il dut faire un effort pour ne pas se trahir en souriant. Il l'entendit dans la salle de bains, puis dans la cuisine où elle alluma le gaz, sentit bientôt l'odeur du café envahir l'appartement.

Il ne le faisait pas exprès de ne pas dormir. Sans doute parce qu'il était trop fatigué, le sommeil ne venait pas.

Sa femme sursauta quand, en pantoufles et en robe de chambre, il pénétra dans la cuisine où elle prenait son petit déjeuner. La lampe était encore allumée alors que, dehors, il faisait déjà jour.

— Tu ne dors pas ?

— Tu vois.

— Tu veux déjeuner ?

— Si c'est possible.

Elle ne lui demandait pas pourquoi il avait passé la plus grande partie de la nuit dehors. Elle avait remarqué que son pardessus était mouillé.

— Tu n'as pas pris froid ?

Quand il eut bu son café, il décrocha le téléphone, appela le poste du 2e Quartier.

— L'inspecteur Lognon est là ?

Les boîtes de nuit avaient depuis longtemps fermé leur porte et Lognon aurait pu aller se coucher. Il n'en était pas moins à son bureau.

— Lognon ? Ici, Maigret. Vous avez du nouveau ?

— Rien. J'ai visité tous les cabarets, interrogé les chauffeurs de taxis en stationnement.

Maigret s'y attendait, à cause de la petite phrase du docteur Paul.

— Je crois que vous pouvez aller vous coucher.

— Et vous ?

Dans le langage de Lognon, cela signifiait :

« — Vous m'envoyez dormir afin de poursuivre l'enquête à votre guise. De sorte qu'après on dira : — Cet imbécile de Lognon n'a rien trouvé ! »

Maigret pensa à Mme Lognon, maigre et dolente, que ses infirmités empêchaient de quitter l'appartement de la place Constantin-Pecqueur. Quand l'inspecteur rentrait chez lui, c'était pour l'entendre gémir et récriminer, pour faire le ménage et les courses.

« — Tu es sûr que tu as nettoyé sous le buffet ? »

Il eut pitié du Malgracieux.

— J'ai une petite indication. Je ne suis pas sûr que cela donne quelque chose.

L'autre se taisait au bout du fil.

— Si vous n'avez vraiment pas envie de dormir, je passerai vous prendre d'ici une heure ou deux.

— Je serai au bureau.

Maigret téléphona au Quai des Orfèvres pour qu'on lui envoie une voiture et qu'elle aille d'abord prendre, à l'Institut Médico-Légal, les vêtements de la jeune fille.

Ce n'est que dans son bain qu'il faillit s'endormir et, un moment, il fut tenté de téléphoner à Lognon afin que celui-ci aille voir, sans lui, Mademoiselle Irène, rue de Douai.

Il ne pleuvait plus. Le ciel était blanc, avec une certaine luminosité jaunâtre qui permettait d'espérer du soleil dans le courant de la journée.

— Tu rentres déjeuner ?

— Probablement. Je ne sais pas.

— Je croyais que tu comptais finir ton enquête la nuit dernière ?

— Elle est finie. Il s'agit d'une autre.

Il attendit, pour sortir, de voir la petite auto de la P.J. s'arrêter au bord du trottoir. Le chauffeur donna trois coups de klaxon. Maigret, par la fenêtre, lui fit signe qu'il arrivait.

— À tout à l'heure.

Dix minutes plus tard, comme l'auto roulait dans le faubourg Montmartre, il oubliait déjà qu'il n'avait pas dormi de la nuit.

— Tu arrêteras quelque part pour que nous avalions un coup de blanc ! dit-il.

2

Où le Malgracieux rencontre une vieille connaissance et où Lapointe est chargé d'une curieuse mission

L'inspecteur Lognon attendait au bord du trottoir, rue de La Rochefoucauld, et, même de loin, il avait l'air de courber les épaules sous le poids de la fatalité. Il portait invariablement des complets d'un gris souris qui n'étaient jamais repassés et son pardessus était gris aussi, son chapeau d'un vilain brun. Ce n'était pas parce qu'il venait de passer la nuit que, ce matin, son teint était bilieux, ni qu'il paraissait avoir un rhume de cerveau. C'était son aspect de tous les jours et, quand il sortait de son lit, il devait offrir le même spectacle désolant.

Maigret lui avait annoncé au téléphone qu'il passerait le prendre mais ne lui avait pas demandé de l'attendre dehors. C'était exprès que Lognon se tenait au bord du trottoir comme s'il y était planté depuis des heures. Non seulement on lui chipait son enquête, mais on lui faisait perdre son temps, et, après une nuit sans sommeil, on l'obligeait à se morfondre dans la rue.

En lui ouvrant la portière, Maigret jeta un coup d'œil à la façade du commissariat dont le drapeau déteint pendait dans l'air immobile : c'était dans ce bâtiment-là qu'il avait débuté jadis, non comme inspecteur, mais comme secrétaire du commissaire.

Lognon s'asseyait en silence, évitait de demander où on le conduisait. Le chauffeur, qui avait ses instructions, tournait à gauche et se dirigeait vers la rue de Douai.

C'était toujours délicat de parler à Lognon parce que, quoi qu'on dît, il trouvait moyen d'y voir matière à vexation.

— Vous avez lu le journal ?

— Je n'en ai pas eu le temps.

Maigret, qui venait de l'acheter, le tira de sa poche. La photographie de l'inconnue figurait en première page, rien que la tête, meurtrie à l'œil et à la lèvre. Elle n'en devait pas moins être reconnaissable.

— J'espère qu'à l'heure qu'il est, le Quai commence à recevoir des coups de téléphone, continuait le commissaire.

Et Lognon pensait :

« — Autrement dit, j'ai passé la nuit pour rien, à aller de boîte de nuit en boîte de nuit, de chauffeur de taxi en chauffeur de taxi. Il suffit de publier la photographie dans le journal et d'attendre les coups de téléphone ! »

Il ne ricanait pas. C'était difficile à expliquer. Son visage prenait une expression lugubre et résignée, comme s'il avait décidé d'être, pour une humanité cruelle et mal organisée, un reproche vivant.

Il ne posait aucune question. Il n'était qu'un humble rouage de la police et on ne fournit pas d'explications à un rouage.

La rue de Douai était déserte. Seule une concierge se tenait sur son seuil. L'auto s'arrêtait devant une boutique peinte en mauve au-dessus de laquelle on lisait en écriture anglaise : « Mademoiselle Irène ». Puis, dessous, en petits caractères : « Robes de haute couture ».

Dans la vitrine poussiéreuse, il n'y avait que deux robes, une blanche à paillettes et une robe de ville en soie noire. Maigret descendait, faisait signe au Malgracieux de le suivre, demandait au chauffeur de l'attendre et saisissait le paquet qu'on lui avait envoyé de l'Institut Médico-Légal, enveloppé de papier brun.

Quand il voulut ouvrir la porte, il constata qu'elle était fermée et que le bec-de-cane était enlevé. Il était passé neuf heures et demie. Le commissaire colla son visage à la vitre, aperçut de la lumière dans une pièce au-delà de la boutique et se mit à frapper.

Plusieurs minutes s'écoulèrent, comme s'il n'y avait personne à l'intérieur pour entendre le vacarme qu'il déclenchait de la sorte et, près de lui, Lognon attendait sans bouger, sans desserrer les dents. Il ne fumait pas, il y avait des années qu'il ne fumait plus, depuis que sa femme était malade et prétendait que la fumée lui donnait des étouffements.

Une silhouette finit par paraître à la porte du fond. Une fille assez jeune, dans une robe de chambre rouge qu'elle tenait croisée sur sa poitrine, les regarda tous les deux. Elle disparut, sans doute pour aller parler à quelqu'un, revint, traversa la boutique encombrée de robes et de manteaux, et se décida enfin à ouvrir la porte.

— Qu'est-ce que c'est ? demanda-t-elle en observant avec méfiance Maigret, puis Lognon, puis le paquet.

— Mademoiselle Irène ?

— Ce n'est pas moi.

— Elle est ici ?

— Le magasin n'est pas ouvert.

— Je désire parler à Mlle Irène.

— De la part de qui ?

— Commissaire Maigret, de la Police Judiciaire.

Elle ne parut ni surprise, ni effrayée. De près, on s'apercevait qu'elle n'avait pas plus de dix-huit ans. Ou bien elle était encore mal éveillée, ou bien son apathie lui était naturelle.

— Je vais voir, dit-elle, en se dirigeant vers la seconde pièce.

On l'entendit parler bas à quelqu'un. Puis il y eut des bruits comme si ce quelqu'un sortait d'un lit. Il fallut deux ou trois minutes à Mlle Irène pour se donner un coup de peigne et passer à son tour une robe de chambre.

C'était une femme d'un certain âge, blafarde, aux gros yeux bleus, aux cheveux rares, d'un blond qui tournait au blanc près de la racine. Elle ne fit d'abord que passer la tête pour les regarder et, quand elle s'approcha enfin, elle avait une tasse de café à la main.

Ce n'est pas à Maigret qu'elle s'adressa, mais à Lognon :

— Qu'est-ce que tu me veux encore, toi ? questionna-t-elle.

— Je ne sais pas. C'est le commissaire qui désire vous parler.

— Mademoiselle Irène ? questionna Maigret.

— Est-ce mon vrai nom que vous avez envie de savoir ? Si oui, je suis née Coumar, Élisabeth Coumar. Pour mon commerce, Irène fait mieux.

Maigret, qui s'était approché du comptoir, déballait son paquet, dont il retirait la robe bleue.

— Vous connaissez cette robe ?

Elle ne fit pas un pas pour la regarder de plus près, dit sans hésiter :

— Bien sûr.

— Quand l'avez-vous vendue ?

— Je ne l'ai pas vendue.

— Mais elle sort de chez vous ?

Elle ne leur proposait pas de s'asseoir, ne se montrait ni impressionnée, ni inquiète.

— Et après ?

— Quand l'avez-vous vue pour la dernière fois ?

— C'est important que vous le sachiez ?

— Cela peut être très important.

— Hier soir.

— À quelle heure ?

— Un peu après neuf heures.

— Votre magasin est ouvert à neuf heures du soir ?

— Je ne ferme jamais avant dix heures. Il arrive presque tous les jours que des clientes aient un achat à faire au dernier moment.

Lognon devait être au courant mais prenait un air neutre, comme si tout cela ne le regardait pas.

— Je suppose que votre clientèle est surtout constituée par des entraîneuses et des artistes de cabaret ?

— De cela et du reste. Certaines se lèvent à huit heures du soir et il leur manque toujours quelque chose pour s'habiller ; des bas, une ceinture, un soutien-gorge, ou bien elles s'aperçoivent que leur robe a été déchirée la nuit précédente…

— Vous avez dit tout à l'heure que vous n'aviez pas vendu celle-ci !

Elle se tourna vers la jeune fille qui se tenait sur le seuil de la seconde pièce.

— Viviane ! Donne-moi une autre tasse de café.

La jeune fille vint lui prendre sa tasse avec un empressement d'esclave.

— C'est votre bonne ? questionna Maigret en la suivant des yeux.

— Non. Ma protégée. Elle est venue un soir, comme ça, elle aussi, et elle est restée.

Elle ne se donnait pas la peine d'expliquer. Sans doute Lognon, à qui elle jetait parfois un coup d'œil, était-il au courant ?

— Pour en revenir à hier soir… fit Maigret.

— Elle est venue…

— Un instant. Vous la connaissiez ?

— Je l'avais vue une fois.

— Quand ?

— Il y a peut-être un mois.

— Elle vous avait déjà acheté une robe ?

— Non. Elle m'en avait loué une.

— Vous louez des vêtements ?

— Cela m'arrive.

— Elle vous avait donné son nom et son adresse ?

— Je crois. J'ai dû l'écrire sur un bout de papier. Si vous voulez que je cherche…

— Tout à l'heure. La première fois, il s'agissait d'une robe du soir ?

— Oui. La même.

— Elle était venue aussi tard ?

— Non. Tout de suite après le dîner, vers huit heures. Elle avait besoin d'une robe du soir et elle m'a avoué qu'elle ne pouvait pas s'en acheter une. Elle m'a demandé s'il était vrai que j'en louais.

— Elle ne vous a pas paru différente de vos autres clientes ?

— Elles commencent toujours par être différentes. Après quelques mois, elles sont toutes pareilles.

— Vous avez trouvé une robe à sa taille ?

— La bleue que vous avez à la main. C'est un mannequin 40. Elle a passé la nuit sur le dos de je ne sais combien de filles du quartier.

— Elle l'a emportée ?

— La première fois, oui.

— Et elle vous l'a rendue le lendemain matin ?

— Le lendemain à midi. J'ai été surprise qu'elle vienne d'aussi bonne heure. D'habitude, elles dorment toute la journée.

— Elle a payé la location ?

— Oui.

— Vous ne l'avez pas revue avant hier soir ?

— Je vous l'ai déjà dit. Il était un peu plus de neuf heures quand elle est entrée et m'a demandé si j'avais encore la robe. Je lui ai répondu que oui. Alors, elle m'a expliqué que, cette fois-ci, elle ne pourrait pas me laisser de garantie mais que, si cela ne m'ennuyait pas, elle me laisserait les vêtements qu'elle portait.

— Elle s'est changée ici ?

— Oui. Il lui fallait aussi des souliers et un manteau. Je lui ai trouvé une cape de velours qui faisait à peu près l'affaire.

— Quel air avait-elle ?

— L'air de quelqu'un qui a absolument besoin d'une robe du soir et d'un manteau.

— Autrement dit, cela paraissait important pour elle.

— Cela leur paraît toujours important.

— Vous avez eu l'impression qu'elle avait un rendez-vous ?

Elle haussa les épaules, but une gorgée du café que Viviane venait de lui apporter.

— Votre protégée l'a vue ?

— C'est elle qui l'a aidée à s'habiller.

— Elle ne vous a rien dit de spécial, mademoiselle ?

Ce fut la patronne qui répondit :

— Viviane n'écoute pas ce qu'on lui dit. Cela lui est égal.

C'était exact que la jeune fille paraissait vivre dans un monde immatériel. Ses yeux n'exprimaient rien. Elle se déplaçait sans remuer d'air et, près de la grosse marchande de robes, elle faisait vraiment penser à une esclave, ou plutôt à un chien.

— Je lui ai trouvé des souliers, des bas et un sac à main argenté. Qu'est-ce qui lui est arrivé ?

— Vous n'avez pas lu les journaux ?

— Je n'étais pas levée quand vous avez frappé. Viviane était occupée à me préparer mon café.

Maigret lui tendit le journal et elle regarda la photographie sans manifester de surprise.

— C'est elle ?

— Oui.

— Vous n'êtes pas étonnée ?

— Il y a longtemps que rien ne m'étonne. La robe est abîmée ?

— Elle a été mouillée par la pluie mais n'est pas déchirée.

— C'est toujours ça. Je suppose que vous désirez que je vous remette ses vêtements ? Viviane !

Celle-ci avait compris, ouvrait une des armoires où des robes étaient pendues. Elle posait sur le comptoir une robe en lainage noir et Maigret, tout de suite, chercha une marque.

— C'est une robe qu'elle a faite elle-même, dit Mlle Irène. Apporte son manteau, Viviane.

Le manteau, en laine aussi, était de seconde qualité, beige avec des carreaux bruns, et sortait d'un grand magasin de la rue La Fayette.

— Du bon marché, vous voyez. Les souliers ne valent pas mieux. Ni la combinaison.

Tout cela prenait place sur le comptoir. Puis l'esclave apportait un sac à main en cuir noir, à fermoir de métal blanc. À part un crayon et une paire de gants usés, le sac était vide.

— Vous dites que vous lui avez prêté un sac ?

— Oui. Elle voulait se servir du sien. Je lui ai fait remarquer qu'il jurait avec la robe et je lui ai trouvé un petit sac du soir argenté. Elle y a mis son rouge, sa poudre et son mouchoir.

— Pas de portefeuille ?

— Peut-être. Je n'ai pas fait attention.

Lognon avait toujours l'air de quelqu'un qui assiste à une conversation sans y avoir été invité.

— Quelle heure était-il quand elle vous a quittée ?

— L'habillage a pris environ un quart d'heure.

— Elle était pressée ?

— Elle en avait l'air. Elle a regardé l'heure deux ou trois fois.

— À sa montre ?

— Je ne lui ai pas vu de montre. Il y a une horloge au-dessus du comptoir.

— Quand elle est sortie, il pleuvait. A-t-elle pris un taxi ?

— Il n'y avait pas de taxi dans la rue. Elle s'est dirigée vers la rue Blanche.

— Elle vous a donné à nouveau son nom et son adresse ?

— Je ne les lui ai pas demandés.

— Voulez-vous essayer de retrouver le bout de papier où vous les avez notés la première fois ?

Elle se dirigea en soupirant vers l'autre côté du comptoir, ouvrit un tiroir où il y avait de tout, des carnets, des factures, des crayons, des échantillons de tissu et une quantité de boutons de toutes sortes.

En fouillant là-dedans sans conviction, elle disait :

— Vous comprenez, cela ne sert à rien de garder leur adresse, car elles vivent généralement en meublé et elles en changent plus souvent que de combinaison. Quand elles n'ont plus de quoi payer leur loyer, elles disparaissent et… Non ! ce n'est pas ça. Si je me souviens bien, c'était dans le quartier. Une rue que tout le monde connaît. Je ne trouve pas. Si vous y tenez je continuerai à chercher et je vous téléphonerai…

— Je vous en prie.

— Il travaille avec vous, celui-là ? questionna-t-elle en désignant Lognon. Il va pouvoir vous en raconter sur mon compte ! Mais il vous dira aussi qu'il y a des années que je suis régulière. Pas vrai, toi ?

Maigret se servit du papier brun pour emporter les vêtements.

— Vous ne me laissez pas la robe bleue ?

— Pas maintenant. On vous la rendra plus tard.

— Comme vous voudrez.

Au moment de sortir, Maigret pensa à une autre question.

— Quand elle est venue, hier soir, a-t-elle demandé une robe ou la robe qu'elle avait déjà portée une fois ?

— Celle qu'elle avait portée une fois.

— Croyez-vous qu'elle en aurait pris une autre si vous ne l'aviez pas eue ?

— Je ne sais pas. Elle a demandé si j'avais encore celle-là.

— Je vous remercie.

— Il n'y a pas de quoi.

Ils remontèrent dans la voiture et l'esclave referma la porte derrière eux. Lognon ne disait toujours rien, attendait les questions.

— Elle a fait de la prison ?

— Trois ou quatre fois.

— Recel ?

— Oui.

— Quand a-t-elle été condamnée pour la dernière fois ?

— Il y a quatre ou cinq ans. Elle a d'abord été danseuse, puis sous-maîtresse dans une maison au temps où celles-ci existaient encore.

— Elle a toujours eu une esclave ?

Le chauffeur attendait qu'on lui dise où aller.

— Vous rentrez chez vous, Lognon ?

— Si vous n'avez rien d'urgent à me commander.

— Place Constantin-Pecqueur, fit le commissaire.

— Je peux aller à pied.

Parbleu ! Il fallait qu'il eût l'air humble, résigné.

— Vous connaissez la Viviane ?

— Pas celle-là. Elle en change de temps en temps.

— Elle les met à la porte ?

— Non. Ce sont les filles qui s'en vont. Elle les recueille quand elles sont raides et ne savent plus où coucher.

— Pourquoi ?

— Peut-être pour ne pas les laisser sur le trottoir.

Lognon semblait dire :

« — Je sais que vous ne le croyez pas, que vous soupçonnez Dieu sait quels vilains dessous. Il peut cependant arriver qu'une femme comme celle-là soit pitoyable et fasse quelque chose par simple charité. Moi aussi, on se figure que je suis… »

Maigret soupira :

— Le mieux est que vous vous reposiez, Lognon. J'aurai probablement besoin de vous la nuit prochaine. Qu'est-ce que vous pensez de l'affaire ?

L'inspecteur ne répondit pas, se contenta de hausser légèrement les épaules. À quoi bon faire semblant de croire qu'il pensait alors que tout le monde, il en était persuadé, le prenait pour un imbécile ?

C'était dommage. Non seulement il était intelligent, mais c'était un des hommes les plus consciencieux de la police métropolitaine.

On s'arrêtait sur la petite place, devant un immeuble de rapport.

— Vous me téléphonerez au bureau ?

— Non. Chez vous. Je préfère que vous attendiez chez vous.

Une demi-heure plus tard, Maigret arrivait au Quai des Orfèvres avec son paquet sous le bras, entrait dans le bureau des inspecteurs.

— Rien pour moi, Lucas ?

— Rien, patron.

Il fronça les sourcils, surpris, déçu. Il y avait des heures, maintenant, que la photographie avait paru dans les journaux.

— Pas de coups de téléphone ?

— Seulement au sujet d'un vol de fromages aux Halles.

— Je parle de la jeune fille qui a été tuée cette nuit.

— Rien de rien.

Le rapport du docteur Paul était sur son bureau et il ne fit qu'y jeter un coup d'œil, constatant qu'il n'ajoutait rien à ce que le médecin légiste lui avait appris la nuit précédente.

— Tu veux m'envoyer Lapointe ?

En attendant, il regardait tour à tour les vêtements qu'il avait étalés sur un fauteuil et la photographie de la jeune morte.

— Bonjour, patron. Vous avez quelque chose pour moi ?

Il lui montra la photo, la robe, les dessous.

— D'abord, tu vas porter tout ça à Moers, là-haut, et tu lui demanderas de leur faire subir le traitement habituel.

C'est-à-dire que Moers enfermerait les vêtements dans un sac de papier, les secouerait afin d'en faire tomber les poussières qu'il examinerait ensuite au microscope et qu'il analyserait. Cela donnait parfois un résultat.

— Qu'il étudie le sac à main, les souliers, la robe du soir également. Tu comprends ?

— Oui. On ne sait toujours pas qui elle est ?

— On ne sait rien, sinon qu'hier soir elle a emprunté cette robe bleue pour une nuit dans une boutique de Montmartre. Quand Moers en aura fini, tu te rendras à l'Institut Médico-Légal et tu regarderas bien le corps.

Le jeune Lapointe, qui n'avait que deux ans de métier, fit la grimace.

— C'est important. Tu iras ensuite dans une agence de modèles, n'importe laquelle. Il y en a une rue Saint-Florentin. Tu t'arrangeras pour dénicher une jeune femme qui ait à peu près la taille et l'embonpoint de la morte. Mannequin 40.

Un instant, Lapointe se demanda si le patron parlait sérieusement ou s'il voulait le taquiner.

— Ensuite ? questionna-t-il.

— Tu lui feras passer les robes. Si elles lui vont, tu l'amèneras là-haut et tu demanderas qu'on la photographie.

Lapointe commençait à comprendre.

— Ce n'est pas tout. Je veux une photographie de la morte aussi, avec maquillage et tout, une photo qui donne l'impression qu'elle est vivante.

Ils avaient, à l'Identité Judiciaire, un photographe qui était un véritable spécialiste de ce genre de travail.

— Il suffira d'effectuer un montage, en combinant deux photos, de façon à avoir la tête de la morte sur le corps du modèle. Fais vite. Je voudrais ça à temps pour la dernière édition des journaux du soir.

Maigret, resté seul dans son bureau, signa quelques pièces à expédier, bourra une pipe, appela Lucas qu'il chargea de lui trouver à tout hasard le dossier d'Élisabeth Coumar, dite Irène. Il était persuadé que cela ne donnerait rien, qu'elle avait dit la vérité, mais c'était, jusqu'ici, la seule personne à avoir reconnu la morte de la place Vintimille.

À mesure que le temps passait, il était de plus en plus surpris de ne recevoir aucun coup de téléphone.

Si l'inconnue vivait à Paris, un certain nombre d'hypothèses étaient possibles. D'abord, qu'elle vive chez ses parents, auquel cas ceux-ci, voyant la photographie dans le journal, se seraient précipités au commissariat le plus proche ou au Quai des Orfèvres.

Si elle avait son logement à elle, elle avait des voisins, une concierge, et probablement faisait-elle son marché dans les boutiques des environs.

Vivait-elle avec une amie, comme c'est fréquent ? Cela faisait une personne de plus à s'inquiéter de sa disparition et à reconnaître son portrait.

Elle pouvait aussi prendre pension dans un établissement pour étudiantes, ou pour jeunes filles qui travaillent, comme il en existe plusieurs, et cela multipliait le nombre de personnes la connaissant.

Restait enfin l'hypothèse d'une chambre meublée dans un des milliers de petits hôtels de Paris.

Maigret sonna le bureau des inspecteurs.

— Torrence est là ? Il n'est pas occupé ? Demandez-lui de venir me voir.

Si elle vivait chez ses parents, il n'y avait qu'à attendre. Si elle avait son logement dans une maison particulière, seule ou avec une amie, aussi. Mais, dans les autres cas, il était possible d'accélérer les choses.

— Assieds-toi, Torrence. Tu vois cette photo ? Bon ! Nous en aurons une meilleure vers la fin de l'après-midi. Imagine que la jeune fille porte une robe noire et un manteau beige à carreaux. C'est ainsi que les gens sont habitués à la voir.

Juste à ce moment-là, un rayon de soleil se glissa par la fenêtre et dessina une ligne claire sur le bureau. Maigret s'interrompit un instant pour l'accueillir, surpris, comme on regarde un oiseau qui vient se poser sur l'appui de la fenêtre.

— D'abord, tu vas descendre aux Meublés et demander qu'on montre cette photo dans les hôtels bon marché. Il est préférable de commencer par le IXe et le XVIIIe arrondissement. Tu vois ce que je veux dire ?

— Oui. Vous savez son nom ?

— On ne sait rien. De ton côté, tu dresseras une liste des établissements pour jeunes filles et tu en feras toi-même le tour. Cela ne donnera probablement aucun résultat, mais je ne veux négliger aucune possibilité.

— J'ai compris.

— C'est tout. Prends une voiture afin d'aller plus vite.

Il faisait tiède, tout à coup, et il alla ouvrir la fenêtre, tripota encore quelques papiers sur son bureau, regarda l'heure et décida d'aller se coucher.

— Tu me réveilleras vers quatre heures, recommanda-t-il à sa femme.

— Si c'est nécessaire.

Ce n'était pas nécessaire. En somme, il n'y avait qu'à attendre. Il s'endormit presque tout de suite, d'un sommeil lourd, et, quand sa femme s'approcha du lit, une tasse de café à la main, il la regarda surpris d'être là, avec du soleil plein la chambre.

— Il est quatre heures. Tu m'as dit…

— Oui… On n'a pas téléphoné ?

— Seulement le plombier pour me dire…

La première édition des journaux de l'après-midi était sortie vers une heure. Ils publiaient tous la même photographie que ceux du matin.

Si la morte était quelque peu défigurée, Mlle Irène ne l'en avait pas moins reconnue du premier coup d'œil, alors qu'elle ne l'avait vue que deux fois.

Il restait l'éventualité que la jeune fille ne fût pas de Paris, qu'elle n'y fût pas descendue à l'hôtel, que les deux fois qu'elle s'était présentée rue de Douai elle fût arrivée juste quelques heures plus tôt.

C'était peu vraisemblable, ce qu'elle portait ayant été acheté dans des magasins de la rue La Fayette, sauf la robe faite par elle-même.

— Tu rentres dîner ?

— Peut-être.

— Si tu dois rester dehors ce soir, prends quand même ton gros pardessus, car, la nuit tombée, il fera frais.

Quand il pénétra dans son bureau, il n'y avait aucun message sur son sous-main, il en fut dépité et appela Lucas.

— Toujours rien ? Pas de téléphone ?

— Toujours rien, patron. Je vous ai apporté le dossier d'Élisabeth Coumar.

Debout, il le feuilleta sans rien y trouver d'autre que ce que Lognon lui avait dit.

— Lapointe a envoyé les photographies aux journaux.

— Il est ici ?

— Il vous attend.

— Fais-le venir.

Les photos étaient des chefs-d'œuvre de montage, au point que Maigret en reçut un choc. Il avait soudain sous les yeux l'image de la jeune fille, non telle qu'il l'avait vue sous la pluie, place Vintimille, à la lumière des torches électriques, non plus telle qu'il l'avait entrevue plus tard sur le marbre de l'Institut Médico-Légal, mais telle qu'elle devait être la veille au soir quand elle s'était présentée chez Mlle Irène.

Lapointe semblait impressionné, lui aussi.

— Qu'est-ce que vous en pensez, patron ? dit-il d'une voix hésitante.

Il ajouta après un silence :

— Elle est jolie, n'est-ce pas ?

Ce n'était pas le mot qu'il cherchait, ni celui qui correspondait à la réalité. La jeune fille était certainement jolie, mais il y avait quelque chose de plus, qui était difficile à définir. Le photographe était même parvenu à rendre la vie à ses yeux qui paraissaient poser une question insoluble.

Sur deux des épreuves, elle ne portait que sa robe noire ; sur une autre, elle avait son manteau à carreaux bruns ; sur la dernière enfin, elle était en robe du soir. On l'imaginait dans les rues de Paris, où il y en avait tant comme elle à se faufiler dans la foule, s'arrêtant un instant devant les étalages puis reprenant leur marche qui les conduisait Dieu sait où.

Elle avait eu un père, une mère, plus tard, à l'école, des petites camarades. Ensuite, des gens l'avaient connue jeune fille, des femmes, des hommes. Elle leur avait parlé. Ils l'avaient appelée par son nom.

Or, à présent qu'elle était morte, personne ne paraissait se souvenir d'elle, personne ne s'inquiétait, c'était comme si elle n'avait jamais existé.

— Cela n'a pas été trop difficile ?

— Quoi ?

— De trouver un modèle.

— Seulement gênant. Elles étaient une bonne douzaine à m'entourer et, quand je leur ai montré les robes, elles ont toutes voulu les essayer.

— Devant toi ?

— Elles ont l'habitude.

Brave Lapointe qui, après deux ans de Police Judiciaire, était encore capable de rougir !

— Fais passer les photos aux brigades de province.

— J'y ai pensé et je me suis permis de les expédier sans attendre vos instructions.

— Parfait. Tu en as envoyé aux commissariats aussi ?

— Elles sont parties il y a une demi-heure.

— Appelle-moi Lognon à l'appareil.

— Au 2e Quartier ?

— Non. Chez lui.

Quelques instants plus tard, une voix disait dans l'appareil :

— L'inspecteur Lognon écoute.

— Ici, Maigret.

— Je sais.

— J'ai fait envoyer des photos à votre bureau, les mêmes qui paraîtront dans une heure ou deux dans les journaux.

— Vous voulez que je recommence la tournée ?

Maigret aurait été en peine de dire pourquoi il n'y croyait pas. La visite chez Mlle Irène, l'origine de la robe du soir, l'heure à laquelle le meurtre avait été commis, le lieu, tout semblait indiquer une connexion avec le quartier des boîtes de nuit.

Pourquoi l'inconnue, à neuf heures du soir, avait-elle éprouvé le besoin de se procurer une robe du soir, sinon parce qu'il lui était nécessaire de se rendre dans un endroit où l'on s'habille ?

L'heure des théâtres était passée et, à part l'Opéra ou les premières, il n'est pas indispensable d'y porter la tenue de soirée.

— Essayez, à tout hasard. Voyez surtout les taxis qui font la nuit.

Maigret raccrocha. Lapointe était toujours là, attendant des instructions, et Maigret ne savait pas quelles instructions lui donner.

À tout hasard aussi, il appela la boutique de la rue de Douai.

— Mademoiselle Irène ?

— C'est moi.

— Vous avez retrouvé l'adresse ?

— Ah ! C'est vous… Non ! J'ai cherché partout. J'ai dû jeter le bout de papier ou m'en servir pour écrire les mesures d'une cliente. Mais je me suis souvenue de son prénom. J'en suis à peu près sûre. Elle s'appelle Louise. Puis un nom qui commence par un L aussi. « La » quelque chose… Comme qui dirait « La Montagne » ou « La Bruyère »… Ce n'est pas ça, mais ça y ressemble…

— Quand elle a mis dans le sac argenté les objets qui se trouvaient dans son sac à elle, vous n'avez pas remarqué s'il y avait une carte d'identité ?

— Non.

— Des clefs ?

— Attendez ! Il me semble que je revois des clefs. Pas *des* clefs. Une seule petite clef en cuivre.

Il l'entendit qui appelait :

— Viviane ! Viens un instant…

Il ne comprit pas ce qu'elle disait à son esclave (ou à sa protégée).

— Viviane croit aussi qu'elle a aperçu une clef, confirma-t-elle.

— Une clef plate ?

— Oui, vous savez, comme la plupart des clefs qu'on fait à présent.

— Il n'y avait pas d'argent ?

— Quelques billets pliés. Je m'en souviens aussi. Pas beaucoup. Peut-être deux ou trois. Des billets de cent francs. J'ai fait la réflexion qu'elle n'irait pas loin avec ça.

— Rien d'autre ?

— Non. Je crois que c'est tout.

On frappait à la porte. C'était Janvier qui venait d'arriver et qui, en voyant les épreuves sur le bureau, reçut le même choc que Maigret.

— Vous avez trouvé des photos d'elle ? s'étonna-t-il.

Il fronça les sourcils, regarda de plus près.

— C'est là-haut qu'ils ont fait ça ?

Enfin, il murmura :

— Curieuse fille, non ?

Ils ne savaient toujours rien d'elle, sinon que personne, hormis une marchande de robes d'occasion, ne semblait la connaître.

— Qu'est-ce qu'on fait ?

Maigret ne put que hausser les épaules et répondre :

— On attend !

3

La petite bonne qui ne sait pas téléphoner et la vieille dame de la rue de Clichy

Maigret, un peu maussade, un peu déçu, était resté au Quai jusqu'à sept heures du soir et avait pris l'autobus pour rentrer boulevard Richard-Lenoir. Un journal, déplié, se trouvait sur un guéridon, avec la photographie de l'inconnue en première page, et on devait dire dans le texte que le commissaire Maigret s'occupait de l'affaire.

Sa femme, pourtant, ne lui posa aucune question. Elle n'essaya pas non plus de le distraire et, à certain moment, alors qu'ils mangeaient en tête à tête et en étaient presque au dessert, il lui arriva de l'observer, surpris de la trouver aussi soucieuse que lui.

Il ne se demanda pas si elle pensait à la même chose. Plus tard, il alla s'asseoir dans son fauteuil, alluma sa pipe et parcourut le journal pendant que Mme Maigret desservait et faisait la vaisselle. Ce fut seulement quand elle s'assit en face de lui, la corbeille à bas et à chaussettes sur les genoux, qu'il la regarda deux ou trois fois à la dérobée et finit par murmurer, comme s'il n'y attachait pas d'importance :

— Je me demande quels sont les cas où une jeune fille éprouve un urgent besoin de porter une robe du soir.

Pourquoi fut-il sûr qu'elle y avait pensé tout le temps ? Il aurait même juré, au petit soupir de satisfaction qu'elle poussa, qu'elle attendait qu'il lui en parle.

— Peut-être n'est-il pas nécessaire de chercher loin, fit-elle.

— Que veux-tu dire ?

— Qu'un homme, par exemple, n'aurait sans doute pas l'idée de se mettre en smoking ou en habit sans une raison précise. Pour une jeune fille, c'est différent. Quand j'avais treize ans, j'ai travaillé des heures et des heures, en cachette, à rajuster une vieille robe du soir que ma mère avait jetée.

Il la regarda, surpris, comme s'il découvrait soudain un côté inconnu du caractère de sa femme.

— Parfois, le soir, lorsque l'on me croyait endormie, je me levais pour passer cette robe-là et m'admirer dans la glace. Et, une fois que mes parents étaient sortis, je l'ai mise, avec des souliers de ma mère qui étaient trop grands pour moi, et je suis allée jusqu'au coin de la rue.

Il se tut pendant plus d'une minute sans remarquer qu'elle rougissait de sa confidence.

— Tu avais treize ans, dit-il enfin.

— Une de mes tantes, tante Cécile, que tu n'as pas connue, mais dont je t'ai souvent parlé, celle qui a été très riche pendant quelques années et dont le mari s'est trouvé ruiné du jour au lendemain, s'enfermait souvent dans sa chambre, passait des heures à se coiffer, à s'habiller comme pour une soirée à l'Opéra. Si on frappait à sa porte, elle répondait qu'elle avait la migraine. Un jour, j'ai regardé par la serrure et j'ai découvert la vérité. Elle se contemplait dans la glace de son armoire et jouait de l'éventail en souriant.

— Il y a longtemps de cela.

— Tu penses que les femmes ont changé ?

— Il faut une raison plus sérieuse pour aller frapper, à neuf heures du soir, chez Mlle Irène, demander une robe de soirée alors qu'on n'a que deux ou trois cents francs en poche, la mettre immédiatement et s'en aller sous la pluie.

— Ce que je veux dire, c'est que ce n'est pas nécessairement une raison qu'un homme trouverait sérieuse.

Il comprenait ce qu'elle voulait dire, mais n'était pas convaincu.

— Tu as sommeil ?

Il fit oui de la tête. Ils se couchèrent de bonne heure. Le matin, il y avait du vent, un ciel à giboulées, et Mme Maigret lui fit emporter son parapluie. Au Quai des Orfèvres, il faillit rater le coup de téléphone, car il allait quitter son bureau pour se rendre au rapport quand la sonnerie retentit. Déjà à la porte, il revint sur ses pas.

— Allô ! Le commissaire Maigret écoute.

— Quelqu'un qui ne veut pas dire son nom demande à vous parler personnellement, lui annonça le standardiste.

— Passez-le-moi.

Dès qu'on eut branché la communication, il entendit une voix criarde, si aiguë qu'elle faisait vibrer l'écouteur, la voix de quelqu'un qui n'a pas l'habitude de téléphoner.

— C'est le commissaire Maigret ?

— C'est moi, oui. Qui est à l'appareil ?

Il y eut un silence.

— Allô ! Je vous écoute.

— Je peux vous apprendre quelque chose au sujet de la jeune fille qui a été tuée.

— Celle de la place Vintimille ?

Un silence encore. Il se demanda si ce n'était pas un enfant qui l'appelait.

— Parlez. Vous la connaissez ?

— Oui. Je sais où elle habitait.

Il était persuadé que ce n'était pas parce qu'elle hésitait que son interlocutrice laissait ainsi des vides entre ses phrases mais parce que le téléphone l'impressionnait. Elle criait au lieu de parler, tenant la bouche trop près de l'appareil. Une radio, quelque part, faisait de la musique. Il distingua les pleurs d'un bébé.

— Où est-ce ?

— Rue de Clichy, au 113 *bis*.

— Qui êtes-vous ?

— Si vous voulez des renseignements, vous n'avez qu'à les demander à la vieille du deuxième, Mme Crêmieux, qu'on l'appelle.

Il perçut une seconde voix qui appelait :

— Rose !... Rose !... Qu'est-ce que...

Puis, presque tout de suite, on raccrocha.

Il ne fit que passer quelques minutes dans le bureau du chef et, comme Janvier venait d'arriver, c'est lui qu'il emmena avec lui.

L'inspecteur, la veille, avait en vain couru tout Paris. Quant à Lognon, qui s'était occupé des boîtes de nuit et des chauffeurs de taxis, il n'avait pas donné signe de vie.

— On croirait une jeune bonne qui vient d'arriver de sa campagne, disait Maigret à Janvier. Elle a un accent, mais je me demande lequel.

Le 113 *bis*, rue de Clichy, était un immeuble bourgeois comme la plupart des maisons du quartier. Les deux hommes s'arrêtèrent d'abord chez la concierge, une femme d'une quarantaine d'années, qui les regarda entrer d'un œil méfiant.

— Police Judiciaire, annonça Maigret en montrant sa médaille.

— Qu'est-ce que vous voulez ?

— Vous avez une certaine Mme Crêmieux comme locataire ?

— Au deuxième à gauche.

— Elle est chez elle ?

— À moins qu'elle soit sortie pour faire son marché. Je ne l'ai pas vue passer.

— Elle vit seule ?

La concierge ne semblait pas avoir la conscience tout à fait tranquille.

— Seule et pas seule.

— Que voulez-vous dire ?

— De temps en temps, elle a quelqu'un avec elle.

— Quelqu'un de sa famille ?

— Non. Après tout, je ne vois pas pourquoi je ferais des mystères. Elle n'a qu'à se débrouiller. Il lui arrive de prendre une locataire.

— Seulement pour quelque temps ?

— Elle préférerait avoir quelqu'un qui reste, bien sûr, mais avec son caractère, elle ne tarde pas à les faire fuir. Je crois bien que la dernière était la cinquième ou la sixième.

— Pourquoi ne le disiez-vous pas tout de suite ?

— Parce que, la première fois qu'elle a eu quelqu'un, une fille qui était vendeuse aux Galeries, elle m'a demandé de dire que c'était sa nièce.

— Elle vous a passé la pièce ?

Elle haussa les épaules.

— D'abord, le propriétaire ne permet pas de sous-louer. Ensuite, quand on loue en meublé, on doit le déclarer au commissariat et remplir des papiers. Enfin, je ne crois pas qu'elle déclare ce revenu-là pour ses impôts.

— C'est pour cela que vous ne nous avez pas avertis ?

Elle comprit à quoi il faisait allusion. D'ailleurs, un journal de la veille était encore sur une chaise, avec la photographie de l'inconnue en évidence.

— Vous la connaissez ?

— C'est la dernière.

— La dernière quoi ?

— La dernière locataire. La dernière nièce, pour parler comme la vieille.

— Quand l'avez-vous vue pour la dernière fois ?

— Je ne sais pas. Je n'ai pas fait attention.

— Vous savez son nom ?

— Mme Crêmieux l'appelait Louise. Comme il n'est venu aucun courrier pour elle pendant qu'elle habitait ici, j'ignore son nom de famille. Je vous l'ai dit, je n'étais pas censée savoir que c'était une locataire. Les gens ont le droit de recevoir quelqu'un de leur famille. Et maintenant, à cause de ça, je risque de perdre ma place. Je suppose que ce sera dans les journaux ?

— C'est possible. Quel genre de personne était-ce ?

— La jeune fille ? Une personne quelconque, qui faisait un signe de la tête en passant devant la loge, quand elle y pensait, mais qui ne s'est jamais donné la peine de m'adresser la parole.

— Elle était ici depuis longtemps ?

Janvier prenait des notes dans un carnet et cela impressionnait la concierge, qui réfléchissait avant de répondre à chaque question.

— Si je me souviens bien, elle est arrivée un peu avant le premier de l'an.

— Elle avait des bagages ?

— Juste une petite valise bleue.

— Comment a-t-elle connu Mme Crêmieux ?

— J'aurais dû me douter que cela finirait mal. C'est la première fois que je me laisse embobiner ainsi, mais je vous jure que, quoi qu'il arrive, c'est la dernière. Mme Crêmieux habitait déjà l'immeuble du vivant de son mari, qui était sous-directeur dans une banque. Au fait, ils étaient dans la maison avant que j'y arrive.

— Quand est-il mort ?

— Voilà cinq ou six ans. Ils n'avaient pas d'enfants. Elle a commencé à se plaindre, disant que c'était terrible de vivre seule dans un grand appartement. Puis elle a parlé d'argent, de sa pension qui restait la même alors que le coût de la vie augmentait sans cesse.

— Elle est riche ?

— Elle doit avoir de quoi. Un jour, elle m'a avoué qu'elle possédait deux maisons quelque part dans le XXe arrondissement. La première fois qu'elle a eu une locataire, elle m'a fait croire que c'était une parente de province, mais j'ai vite deviné la vérité et je suis allée la trouver. C'est alors qu'elle m'a offert de me donner un quart du loyer qu'elle recevait et j'ai été assez bête pour accepter. C'est vrai que son appartement est trop grand pour une personne seule.

— Elle mettait des annonces dans les journaux ?

— Oui. Sans l'adresse. Seulement le numéro de téléphone.

— À quel milieu appartenaient ses locataires ?

— C'est difficile à dire. Des milieux bien, presque toujours. C'étaient des jeunes filles qui travaillaient et qui étaient contentes d'avoir une plus grande chambre que dans un hôtel meublé, pour le même prix, ou même pour moins d'argent. Une seule fois, elle a eu une fille qui paraissait aussi bien que les autres mais qui, la nuit, se relevait pour introduire des hommes. Cela n'a pas duré plus de deux jours.

— Parlez-moi de la dernière.

— Qu'est-ce que vous voulez savoir ?

— Tout.

La concierge regarda machinalement la photographie dans le journal.

— Je vous l'ai dit : je ne faisais que la voir passer. Elle partait le matin vers neuf heures ou neuf heures et demie.

— Vous ne savez pas où elle travaillait ?

— Non.

— Elle rentrait pour déjeuner ?

— Mme Crêmieux ne leur permettait pas de cuisiner dans l'appartement.

— Quand rentrait-elle ?

— Le soir. Quelquefois à sept heures, quelquefois à dix ou onze heures.

— Elle sortait beaucoup ? Des amis ou des amies venaient la chercher ?

— Personne n'est jamais venu la chercher.

— Vous ne l'avez pas vue en robe du soir ?

Elle fit signe que non.

— Vous savez, c'était une fille comme il y en a tant et je n'y ai guère prêté attention. Surtout que je me doutais que cela ne durerait pas.

— Pourquoi ?

— Je vous l'ai dit. La vieille veut bien louer une chambre, mais elle n'entend pas que cela la dérange. Elle a l'habitude de se coucher à dix heures et demie, et, si sa locataire a le malheur de rentrer plus tard, elle lui fait une scène. Au fond, ce n'est pas tant une locataire qu'elle cherche que quelqu'un pour lui tenir compagnie et jouer aux cartes avec elle.

Elle ne pouvait pas comprendre le sourire de Maigret, qui venait de penser à la marchande de robes de la rue de Douai. Élisabeth Coumar, elle, recueillait des filles à la dérive, peut-être par bonté d'âme, mais peut-être aussi pour ne pas être seule et, comme elles lui devaient tout, elles devenaient des sortes d'esclaves pour un temps plus ou moins long.

Mme Crêmieux prenait des locataires. Au fond, cela revenait un peu au même. Combien y en avait-il à Paris, des vieilles femmes ou des vieilles filles, qui s'efforçaient ainsi de s'assurer de la compagnie, de préférence la compagnie de quelqu'un de jeune et d'insouciant ?

— Si je pouvais rendre le peu d'argent que cela m'a rapporté et éviter de perdre ma place…

— En résumé, vous ne savez ni qui elle était, ni d'où elle venait, ni ce qu'elle faisait, qui elle fréquentait ?…

— Non.

— Vous ne l'aimiez pas ?

— Je n'aime pas les gens qui n'ont pas plus d'argent que moi et qui se croient supérieurs.

— Vous croyez qu'elle était pauvre ?

— Je lui ai toujours vu la même robe et le même manteau.

— Y a-t-il des bonnes dans la maison ?

— Pourquoi me demandez-vous ça ? Il y en a trois. D'abord celle des locataires du premier, puis celle du second à droite. Ensuite…

— L'une d'elles est-elle jeune, fraîchement débarquée de la campagne ?

— Vous voulez sans doute parler de Rose.

— Laquelle est-ce ?

— Celle du second. Les Larcher avaient déjà deux enfants. Mme Larcher a accouché il y a deux mois et, comme elle n'en sortait pas, elle a fait venir une petite bonne de Normandie.

— Les Larcher ont le téléphone ?

— Oui. Le mari a une bonne place dans une compagnie d'assurances. Ils ont récemment acheté une voiture.

— Je vous remercie.

— Si c'était possible que le propriétaire ne sache pas…

— Encore une question. Hier, quand la photographie de la jeune fille a paru dans le journal, vous l'avez reconnue ?

Elle hésita, mentit.

— Je n'étais pas sûre. La première photo qu'on a publiée, vous savez…

— Mme Crêmieux est venue vous trouver ?

Elle rougit.

— Elle est entrée en revenant de faire son marché. Elle m'a dit comme ça que la police était assez bien payée pour que les gens n'essayent pas de faire son métier. J'ai compris. Depuis que j'ai vu la seconde photo, celle-ci, j'ai hésité à vous appeler et, au fond, tout bien pesé, je suis contente que vous soyez venu, car cela m'enlève un fameux poids.

Il y avait un ascenseur que Maigret et Janvier arrêtèrent au second étage. Derrière la porte de droite, on entendait des voix d'enfants, puis une autre voix, que Maigret reconnut, et qui criait :

— Jean-Paul !… Jean-Paul !… Voulez-vous laisser votre petite sœur tranquille !…

C'est à la porte de gauche qu'il sonna. Il y eut des pas légers, furtifs, à l'intérieur. Quelqu'un demanda à travers la porte :

— Qu'est-ce que c'est ?

— Madame Crêmieux ?

— Que voulez-vous ?

— Police.

Un silence assez long, et enfin un murmure :

— Un instant…

Elle s'éloigna, sans doute pour mettre de l'ordre dans sa toilette. Quand elle revint vers la porte, le bruit de ses pas n'était plus le même, elle avait dû troquer ses pantoufles contre des chaussures. Elle ouvrit à contrecœur, les regarda tous les deux avec des petits yeux aigus.

— Entrez. Je n'ai pas fini mon ménage.

Elle n'en portait pas moins une robe noire assez habillée et elle était coiffée avec soin. Âgée de soixante-cinq à soixante-dix ans, elle était petite, maigre, douée encore d'une étonnante vigueur.

— Vous avez un papier ?

Maigret lui montra sa médaille, qu'elle examina attentivement.

— C'est vous, le commissaire Maigret ?

Elle les faisait entrer dans un salon assez vaste, mais tellement encombré de meubles et de bibelots qu'il restait à peine de la place pour circuler.

— Asseyez-vous. Qu'est-ce que vous désirez ?

Elle s'asseyait, assez digne, sans pouvoir empêcher ses doigts de se crisper nerveusement.

— C'est au sujet de votre locataire.

— Je n'ai pas de locataire. S'il m'arrive de recevoir quelqu'un et de lui offrir le gîte…

— Nous sommes au courant, madame Crêmieux.

Elle ne se démonta pas, mais jeta au commissaire un regard plein de perspicacité.

— Au courant de quoi ?

— De tout. Nous ne faisons pas partie du ministère des Finances et la façon dont vous déclarez vos revenus ne nous regarde pas.

Il n'y avait pas de journal dans la pièce. Maigret tira de sa poche une des photographies de l'inconnue.

— Vous la reconnaissez ?

— Elle a vécu quelques jours avec moi.

— Quelques jours ?

— Mettons quelques semaines.

— Mettons plutôt, n'est-ce pas, deux mois et demi ?

— C'est possible. À mon âge, le temps compte si peu ! Vous ne pouvez vous figurer combien les jours finissent par passer vite.

— Quel est son nom ?

— Louise Laboine.

— C'est le nom inscrit sur sa carte d'identité ?

— Je n'ai pas vu sa carte d'identité. C'est le nom qu'elle m'a donné quand elle s'est présentée.

— Vous ne savez pas si c'est réellement le sien ?

— Je n'avais aucune raison de me méfier.

— Elle a lu votre annonce ?

— La concierge vous a parlé ?

— Peu importe, madame Crêmieux. Ne perdons pas de temps. Et sachez que c'est moi qui pose les questions.

Dignement, elle dit :

— Très bien, je vous écoute.

— Louise Laboine a répondu à votre annonce ?

— Elle m'a téléphoné pour me demander le prix. Je le lui ai dit. Elle a voulu savoir si je ne pouvais pas faire un peu moins cher et je lui ai conseillé de venir me voir.

— Vous avez consenti une réduction ?

— Oui.

— Pourquoi ?

— Parce que je m'y laisse toujours prendre.

— À quoi ?

— Quand elles viennent se présenter, elles ont l'air très comme il faut, sont pleines d'humilité, de prévenance. Je lui ai demandé si elle sortait beaucoup le soir et elle m'a répondu que non.

— Vous savez où elle travaillait ?

— Dans un bureau, paraît-il, mais j'ignore lequel. Ce n'est qu'après quelques jours que j'ai compris quel genre de fille c'était.

— Quel genre ?

— Une fille renfermée qui, quand elle avait décidé de ne rien dire…

— Vous ne savez rien sur elle ? Elle ne vous parlait pas ?

— Le moins possible. Elle se croyait ici à l'hôtel. Le matin, elle s'habillait et s'en allait en se contentant de m'adresser un vague bonjour quand elle me rencontrait.

— Elle partait toujours à la même heure ?

— Justement. C'est ce qui m'a surprise. Les deux ou trois premiers jours, elle a quitté la maison à huit heures et demie et j'en ai conclu qu'elle commençait son travail à neuf heures. Puis, plusieurs fois de suite, elle n'est partie qu'à neuf heures et quart et je lui ai demandé si elle avait changé de place.

— Qu'est-ce qu'elle a répondu ?

— Elle n'a pas répondu. C'était son genre. Quand elle était embarrassée, elle faisait semblant de ne pas entendre. Le soir, elle essayait de m'éviter.

— Elle devait traverser le salon pour gagner sa chambre ?

— Oui. Je me tiens le plus souvent ici. Je l'invitais à s'asseoir, à prendre une tasse de café ou de tisane. Une seule fois, elle a condescendu à me tenir compagnie et je suis sûre qu'en une heure elle n'a pas prononcé cinq phrases.

— De quoi avez-vous parlé ?

— De tout. J'essayais de savoir.

— De savoir quoi ?

— Qui elle était, d'où elle sortait, où elle avait vécu jusque-là.

— Vous n'en avez rien tiré ?

— Je sais seulement qu'elle connaît le Midi. Je lui ai parlé de Nice où nous passions deux semaines chaque année, mon mari et moi, et j'ai bien vu qu'elle y était allée aussi. Quand je l'ai questionnée sur son père et sa mère, elle a pris un air absent. Si vous l'aviez vue quand elle avait cet air-là, cela vous aurait mis hors de vous, vous aussi.

— Où prenait-elle ses repas ?

— Dehors, en principe. Je ne permets pas qu'on cuisine dans la chambre à cause des dangers d'incendie. Si elles apportent leur réchaud à alcool, on ne sait plus ce qui peut arriver, sans compter que je n'ai ici que des meubles anciens, des meubles de valeur qui me viennent de ma famille. Elle a eu beau faire, je n'en ai pas moins trouvé des miettes de pain et il lui est arrivé de brûler des papiers gras qui avaient sûrement contenu de la charcuterie.

— Elle passait ses soirées seule dans sa chambre ?

— Souvent. Elle ne sortait que deux ou trois fois par semaine.

— Elle s'habillait pour sortir ?

— Comment se serait-elle habillée, alors qu'elle ne possédait qu'une robe et un manteau en tout et pour tout ? Le mois dernier, ce que je prévoyais est arrivé.

— Qu'est-ce que vous aviez prévu ?

— Qu'un jour ou l'autre elle n'aurait pas de quoi payer son loyer.

— Elle ne l'a pas payé ?

— Elle m'a remis cent francs d'acompte en me promettant le reste pour la fin de la semaine. À la fin de la semaine, elle a essayé de m'éviter. Je me suis mise sur son chemin. Elle m'a dit qu'elle aurait de l'argent dans un jour ou deux. Ne croyez pas que je sois avare, que je ne pense qu'à l'argent. Bien sûr, j'en ai besoin comme tout le monde. Mais, si seulement elle s'était comportée comme une personne humaine, j'aurais eu plus de patience.

— Vous lui avez signifié son congé ?

— Il y a trois jours, la veille du jour où elle a disparu. Je lui ai simplement annoncé que j'attendais une parente de province et que j'avais besoin de la chambre.

— Quelle a été sa réaction ?

— Elle m'a répondu :

» — Bien !

— Voulez-vous nous conduire ?

La vieille dame se leva, toujours digne.

— Venez par ici. Vous verrez qu'elle n'aurait trouvé nulle part ailleurs une chambre comme celle-là.

C'était vrai que la pièce était vaste, éclairée par de grandes fenêtres. Comme le salon, elle était meublée à la mode du siècle dernier. Le lit était en acajou massif et, entre les fenêtres, se trouvait un bureau Empire qui avait dû être le bureau de M. Crêmieux et pour lequel on n'avait pas trouvé place ailleurs. De lourds rideaux de velours encadraient les fenêtres et, sur les murs, il y avait d'anciennes photos de famille dans des cadres noirs ou dorés.

— Le seul petit ennui est qu'il faille partager la salle de bains.

» J'attendais toujours qu'elle passe la première et je n'y entrais jamais sans frapper.

— Je suppose que, depuis son départ, vous n'avez rien enlevé ?

— Certainement pas.

— Ne la voyant pas revenir, vous avez fouillé ses effets personnels ?

— Il n'y a pas grand-chose à fouiller. Je suis seulement venue voir si elle avait emporté ses affaires.

— Elle ne les a pas emportées ?

— Non. Vous pouvez vous en rendre compte.

Sur la commode, on voyait un peigne, une brosse à cheveux, un nécessaire de manucure bon marché et une boîte de poudre d'une marque courante. Il y avait aussi un tube d'aspirine et un autre qui contenait des comprimés somnifères.

Maigret ouvrit les tiroirs, n'y trouva qu'un peu de linge et, roulé dans une combinaison en soie artificielle, un fer à repasser électrique.

— Qu'est-ce que je vous disais ! s'exclamait Mme Crêmieux.

— Quoi ?

— Je l'avais prévenue, également, que je ne permettais pas de laver du linge et de repasser. Voilà ce qu'elle faisait quand, le soir, elle s'enfermait pendant une heure dans la salle de bains ! C'est pour la même raison qu'elle fermait sa porte à clef.

Un autre tiroir contenait une boîte de papier à lettres ordinaire, deux ou trois crayons et un stylo.

Dans l'armoire pendait une robe de chambre en coton et, dans un coin, se trouvait une valise en fibre bleue. La valise était fermée à clef. Il n'y avait de clef nulle part, Maigret fit sauter la serrure avec la pointe de son canif tandis que la vieille se rapprochait. La valise était vide.

— Personne n'est jamais venu demander après elle ?

— Personne.

— Vous n'avez jamais eu non plus l'impression que quelqu'un avait pénétré dans l'appartement en votre absence ?

— Je m'en serais aperçue. Je sais si bien la place de chaque objet !

— Recevait-elle des coups de téléphone ?

— Une seule fois.

— Quand était-ce ?

— Il y a environ deux semaines. Non. Plus que ça. Peut-être un mois. Un soir, vers huit heures, alors qu'elle était dans sa chambre, quelqu'un a demandé à lui parler.

— Un homme ?

— Une femme.

— Vous pouvez vous rappeler les mots exacts ?

— On a dit :

» — Est-ce que Mlle Laboine est chez elle ?

» J'ai répondu que je croyais que oui. Je suis allée frapper à sa porte.

» — Téléphone, mademoiselle Louise !

» — Pour moi ? s'est-elle étonnée.

» — Pour vous, oui.

» — Je viens.

» C'est cette fois-là que j'ai eu l'impression qu'elle avait pleuré.

— Avant ou après le coup de téléphone ?

— Avant, quand elle est sortie de sa chambre.

— Elle était tout habillée ?

— Non. Elle portait sa robe de chambre et avait les pieds nus.

— Vous avez entendu ce qu'elle a dit ?

— Elle n'a presque rien dit... Seulement : « Oui... oui... bien... Oui... peut-être... » Et, enfin, elle a ajouté : « À tout à l'heure. »

— Elle est sortie ?

— Dix minutes plus tard.

— À quelle heure est-elle rentrée ce soir-là ?

— Elle n'est pas rentrée de la nuit. Ce n'est qu'à six heures du matin que je l'ai vue revenir. Je l'attendais, décidée à la mettre à la porte. Elle m'a dit qu'elle avait dû passer la nuit chez une parente malade. Elle n'avait pas l'air de quelqu'un qui est allé s'amuser. Elle s'est couchée et n'a pas quitté la chambre de deux jours. C'est moi qui lui ai porté à manger et lui ai acheté l'aspirine. Elle se plaignait d'avoir la grippe.

Se doutait-elle que chaque phrase formait image dans l'esprit de Maigret, qui semblait à peine écouter ? Petit à petit, il reconstituait la vie des deux femmes dans l'appartement sombre et encombré. Pour l'une au moins, c'était simple : il l'avait devant lui. Ce qui était plus difficile à imaginer, c'étaient les attitudes de la jeune fille, sa voix, ses gestes, et davantage encore ce qu'elle pouvait penser.

Maintenant, il connaissait son nom, pour autant que ce fût son nom véritable. Il savait où elle avait dormi les deux derniers mois, où elle avait passé une partie de ses soirées.

Il savait aussi que, par deux fois, elle s'était rendue rue de Douai pour louer ou pour emprunter une robe du soir. La première fois, elle avait payé. La seconde, il lui restait deux ou trois cents francs en poche, à peine le prix d'un taxi ou d'un repas frugal.

Est-ce que, la première fois qu'elle s'était rendue chez Mlle Irène, c'était à la suite du coup de téléphone ? Cela paraissait improbable. Cette fois-là, il n'était pas si tard quand elle s'était présentée dans la boutique.

En outre, elle était rentrée rue de Clichy à six heures du matin, vêtue de sa robe et de son manteau habituels. Elle n'avait pas pu déjà aller rendre la robe de satin bleu à Mlle Irène, qui se levait tard.

De tout cela, il ressortait que, deux mois plus tôt, vers le 1er janvier, elle n'était pas encore au bout de son rouleau, puisqu'elle était venue louer une chambre. Elle avait peu d'argent. Elle avait discuté pour obtenir une réduction de loyer. Elle partait le matin à des heures à peu près régulières, vers huit heures et demie d'abord, puis passé neuf heures.

Que faisait-elle de ses journées ? Et des soirées qu'elle ne passait pas dans sa chambre ?

Elle ne lisait pas. Il n'y avait aucun livre dans la pièce, aucun magazine. Si elle cousait, ce n'était que pour raccommoder ses vêtements et son linge, car, dans un tiroir, il y avait juste trois bobines de fil, un dé, des ciseaux, de la soie beige pour les bas, quelques aiguilles dans un étui.

D'après le docteur Paul, elle avait une vingtaine d'années.

— Je vous jure que c'est la dernière fois que je sous-loue !

— Je suppose qu'elle faisait sa chambre elle-même ?

— Vous ne me prenez pas pour sa domestique ? Une d'elles a essayé, et je vous prie de croire qu'elle n'a pas insisté.

— À quoi employait-elle ses dimanches ?

— Le matin, elle dormait tard. Dès la première semaine, j'ai remarqué qu'elle n'allait pas à la messe. Je lui ai demandé si elle n'était pas catholique. Elle m'a répondu que si. C'était pour dire quelque chose, vous comprenez ? Quelquefois, il était plus d'une heure de l'après-midi avant qu'elle sorte. Je suppose qu'elle se rendait au cinéma. Je me souviens d'avoir ramassé un ticket de cinéma dans sa chambre.

— Vous ne savez pas de quel cinéma il s'agissait ?

— Je n'ai pas fait attention. C'était un ticket rose.

— Un seul ?

Soudain, Maigret fixa sur la vieille un regard lourd, comme s'il voulait l'empêcher de mentir.

— Qu'est-ce qu'il y avait dans son sac à main ?

— Comment pourrais-je…

— Répondez. Il vous est sûrement arrivé d'y jeter un coup d'œil quand elle le laissait traîner.

— Elle le laissait rarement traîner.

— Il a suffi d'une fois. Vous avez vu sa carte d'identité ?

— Non.

— Elle n'en avait pas ?

— Pas dans son sac. En tout cas, elle n'y était pas cette fois-là. Il y a seulement une semaine que j'ai eu l'occasion de regarder. Je commençais à avoir des soupçons.

— Des soupçons de quoi ?

— Si elle avait travaillé régulièrement, elle aurait eu de quoi payer son loyer. C'est la première fois aussi que je voyais une fille de son âge ne posséder qu'une seule robe. Enfin, il n'y avait pas moyen de lui tirer un renseignement sur elle, sur ce qu'elle faisait, d'où elle venait, où vivait sa famille.

— Qu'est-ce que vous avez pensé ?

— Que… elle s'était peut-être enfuie de chez ses parents. Ou encore…

— Quoi ?

— Je ne sais pas. Je n'arrivais pas à la placer, comprenez-vous ? Avec certaines gens, on sait immédiatement à quoi s'en tenir. Pas avec elle. Elle n'avait pas d'accent. Elle n'avait pas non plus l'air de venir de la campagne. Je crois qu'elle était instruite. À part sa façon de ne pas répondre aux questions et de toujours m'éviter, elle était assez bien élevée. Oui, je crois qu'elle avait reçu une bonne éducation.

— Qu'y avait-il dans son sac ?

— Du rouge à lèvres, un poudrier, un mouchoir, des clefs.

— Quelles clefs ?

— Celle de l'appartement, que je lui avais remise, et celle de son sac de voyage. Il y avait aussi un portefeuille usé avec de l'argent et une photographie.

— D'homme ? De femme ?

— D'homme. Mais ce n'est pas ce que vous croyez. C'est une photo qui date d'au moins quinze ans, jaunie, cassée, d'un homme d'une quarantaine d'années.

— Vous pouvez le décrire ?

— Un bel homme, élégant. Ce qui m'a frappée, c'est qu'il portait un complet très clair, probablement en toile, comme j'en ai souvent vu à Nice. Si j'ai pensé à Nice, c'est parce qu'il y avait un palmier derrière lui.

— Vous n'avez remarqué aucune ressemblance ?

— Avec elle ? Non. J'y ai pensé aussi. Si c'est son père, elle ne lui ressemblait pas.

— Vous le reconnaîtriez si vous le rencontriez ?

— À condition qu'il n'ait pas trop changé.

— Vous n'en avez pas parlé à votre locataire ?

— Comment lui aurais-je dit que j'avais vu la photographie ? En ouvrant son sac ? Je lui ai seulement parlé de Nice, du Midi...

— Tu veux emporter tout ça, Janvier ?

Maigret désignait les tiroirs, la robe de chambre dans l'armoire, la valise bleue. La valise suffisait à tout contenir et, comme la serrure était brisée, il fallut demander une ficelle à la vieille pour la fermer.

— Vous croyez que j'aurai des ennuis ?

— Pas avec nous.

— Avec les gens de l'impôt ?

Maigret haussa les épaules, grommela :

— Cela ne nous regarde pas.

4

Où il est question d'une jeune fille sur un banc et d'une mariée dans une boîte de nuit

La vieille femme, par l'entrebâillement de sa porte, qu'elle avait eu soin de ne pas refermer tout à fait, les avait vus se diriger, non vers l'ascenseur ou l'escalier, mais vers l'appartement d'en face. Quand ils en sortirent, Maigret regarda le panneau qui bougeait et, en descendant, se contenta de dire à Janvier :

— Elle est jalouse.

Une fois, au procès d'un homme qu'il avait envoyé devant les Assises, quelqu'un qui suivait les débats avec lui avait murmuré :

— Je me demande à quoi il pense.

Et Maigret avait laissé tomber :

— À ce que les journaux diront de lui dans leur prochaine édition.

Il prétendait que les assassins, tout au moins jusqu'à leur condamnation, sont moins préoccupés par leur crime, à plus forte raison par le souvenir de leur victime, que par l'effet qu'ils produisent sur le public. Du jour au lendemain, ils sont devenus des vedettes. Journalistes et photographes les assaillent. Parfois le public fait la queue pendant des heures pour être admis à les regarder. N'est-il pas naturel qu'il leur vienne alors une âme de cabotin ?

La veuve Crêmieux n'avait certainement pas été enchantée de voir la police envahir son domicile. Maigret, en outre, avait une façon de poser les questions qui empêchait de répondre comme on aurait aimé le faire. Elle avait dû avouer certaines choses pas très agréables.

Mais, tout au moins, pendant près d'une heure, s'était-on occupé d'elle, allant jusqu'à enregistrer ses moindres mots dans un carnet !

Or, l'instant d'après, le même commissaire allait sonner en face et faisait le même honneur à une petite bonne mal dégrossie.

— On prend un verre ?

Il était passé onze heures. Ils entrèrent dans un bar du coin de la rue et burent leur apéritif sans mot dire, comme s'ils ruminaient tous les deux ce qu'ils venaient d'apprendre.

Il en était de Louise Laboine comme des plaques photographiques qu'on trempe dans le révélateur. Deux jours avant, elle n'existait pas pour eux. Puis elle avait été une silhouette bleue, un profil sur le pavé mouillé de la place Vintimille, un corps blanc sur le marbre de l'Institut Médico-Légal. Maintenant, elle avait un nom ; et une image commençait à se dessiner, qui restait encore schématique.

La patronne de Rose, elle aussi, avait été un peu vexée quand Maigret lui avait dit :

— Cela ne vous ferait rien de garder les enfants pendant que nous poserons quelques questions à votre domestique ?

Rose n'avait pas seize ans et n'avait pas encore perdu son duvet.

— C'est toi qui m'as téléphoné ce matin, n'est-ce pas ?

— Oui, monsieur.

— Tu connaissais Louise Laboine ?

— Je ne savais pas son nom.

— Tu la rencontrais dans l'escalier ?

— Oui, monsieur.

— Elle te parlait ?

— Elle ne m'a jamais parlé, mais chaque fois elle m'adressait un sourire. J'ai toujours pensé qu'elle était triste. Elle ressemblait à une actrice de cinéma.

— Il ne t'est pas arrivé de la voir ailleurs que dans l'escalier ?

— Plusieurs fois.

— Où ?

— Sur le banc, square de la Trinité, où je vais presque tous les après-midi avec les enfants.

— Qu'est-ce qu'elle y faisait ?

— Rien.

— Elle attendait quelqu'un ?

— Je ne l'ai pas vue avec quelqu'un.

— Elle lisait ?

— Non. Une fois, elle a mangé un sandwich. Croyez-vous qu'elle savait qu'elle allait mourir ?

C'était tout ce que Rose leur avait appris. Cela indiquait que, depuis un certain temps en tout cas, la jeune fille n'avait pas de travail régulier. Elle ne se donnait pas la peine d'aller loin. Elle descendait la rue de Clichy et, sans quitter le quartier, allait s'asseoir devant l'église de la Trinité.

Maigret avait eu l'idée de demander :

— Tu ne l'as jamais vue entrer à l'église ?

— Non, monsieur.

Le commissaire paya, s'essuya la bouche et, suivi de Janvier, remonta dans la petite voiture. Quai des Orfèvres, il aperçut tout de suite une silhouette grise dans l'antichambre, reconnut Lognon qui avait le nez plus rouge que jamais.

— Vous m'attendez, Lognon ?

— Depuis une heure.

— On dirait que vous ne vous êtes pas couché ?

— Cela n'a pas d'importance.

— Venez dans mon bureau.

Les gens qui avaient vu Lognon l'attendre avaient dû le prendre, non pour un policier, mais pour quelqu'un qui vient faire des aveux, car il était sombre et lugubre. Cette fois, il était réellement enrhumé, sa voix était rauque et il devait sans cesse tirer son mouchoir de sa poche. Il évitait de s'en plaindre, prenait un air résigné, l'air d'un être qui a souffert toute sa vie et qui souffrira pendant le reste de ses jours.

Maigret s'installait, bourrait sa pipe sans que l'autre, le bout des fesses sur une chaise, se permît de prononcer un mot.

— Je suppose que vous avez du nouveau ?

— Je suis venu vous faire mon rapport.

— J'écoute, mon vieux.

La cordialité n'avait pas de prise sur le Malgracieux, qui devait y voir Dieu sait quelle ironie.

— J'ai recommencé hier soir ma tournée de la nuit précédente, avec plus de soin. Jusqu'aux environs de trois heures du matin, trois heures quatre minutes exactement, cela n'a donné aucun résultat.

Tout en parlant, il tirait un bout de papier de sa poche.

— Donc, à trois heures quatre minutes, en face d'une boîte de nuit qui s'appelle le *Grelot*, j'ai interpellé un chauffeur de taxi nommé Léon Zirkt, cinquante-trois ans, domicilié à Levallois-Perret.

Ces détails étaient probablement inutiles. L'inspecteur tenait à mettre les points sur les i, soulignant ainsi qu'il n'était qu'un subalterne qui n'avait pas à juger de ce qui était important ou non.

Il parlait d'une voix monotone, sans regarder le commissaire qui ne pouvait s'empêcher de sourire.

— Je lui ai montré la photographie, ou plus exactement les photographies, et il a reconnu celle en robe du soir.

Il prit un temps, comme un acteur, lui aussi. Il ne savait pas encore que Maigret avait découvert l'identité de la morte ainsi que son dernier domicile.

— La nuit de lundi à mardi, Léon Zirkt se trouvait en stationnement, un peu avant minuit, en face du *Roméo*, une nouvelle boîte de la rue Caumartin.

Il avait tout préparé d'avance, tirait un autre papier de sa poche, une coupure de journal, cette fois.

— Cette nuit-là, par exception, le *Roméo* n'était pas ouvert aux clients habituels, car la salle avait été louée pour un banquet de noces.

De la même façon que les avocats, au tribunal, posent un document devant le président, il posait la coupure de journal devant Maigret et allait se rasseoir.

— Ainsi que vous le verrez, il s'agit du mariage d'un certain Marco Santoni, représentant en France d'une grande marque de vermouth italien, avec une demoiselle Jeanine Armenieu, de Paris, sans profession. Les invités étaient nombreux, car Marco Santoni, paraît-il, est fort connu dans les milieux où l'on s'amuse.

— C'est Zirkt qui vous a fourni ces détails ?

— Non. Je me suis rendu au *Roméo*. Le chauffeur, donc, attendait, avec un certain nombre de ses collègues. Il tombait une pluie fine. Vers minuit un quart environ, une jeune fille en robe du soir bleue et en cape de velours sombre est sortie de l'établissement et s'est mise à marcher sur le trottoir. Zirkt l'a interpellée, lui lançant le traditionnel :

» — Taxi ?

» Mais elle a continué son chemin en secouant la tête.

— Il est sûr que c'est elle ?

— Oui. Une enseigne au néon éclaire l'entrée du *Roméo*. En homme habitué à faire la nuit, Zirkt a remarqué que la robe était assez miteuse. D'ailleurs, le nommé Gaston Rouget, pisteur du *Roméo*, a reconnu la photographie aussi.

— Je suppose que le chauffeur ignore où elle est allée ?

Lognon dut se moucher. Il n'avait pas l'air de triompher, se montrait, au contraire, d'une humilité exagérée, comme s'il s'excusait du peu qu'il apportait.

— Un couple est sorti à ce moment-là, je veux dire quelques minutes plus tard, et s'est fait conduire à l'Étoile. Quand Zirkt a traversé la place Saint-Augustin, il a retrouvé la jeune fille qui, à pied, la traversait aussi. Elle marchait vite, vers le boulevard Haussmann, comme si elle se rendait aux Champs-Élysées.

— C'est tout ?

— Il a déposé ses clients et, plus tard, a été surpris de la revoir au coin du boulevard Haussmann et du faubourg Saint-Honoré. Elle marchait toujours. Il a regardé l'heure, curieux de savoir le temps qu'elle avait mis pour parcourir tout ce chemin. Il n'était pas loin d'une heure.

Or, c'était vers deux heures que Louise Laboine avait été tuée et, à trois heures, on la trouvait, morte, place Vintimille.

Lognon avait bien travaillé. Et il n'avait pas encore vidé son sac. Maigret le comprenait en le voyant rester à sa place et tirer un troisième bout de papier de sa poche.

— Marco Santoni a son appartement rue de Berri.

— Vous l'avez vu également ?

— Non. À la fin du souper au *Roméo*, les nouveaux mariés ont pris l'avion pour Florence, où ils doivent passer quelques jours. J'ai parlé à son valet de chambre, Joseph Ruchon.

Lognon n'avait pas de voiture à sa disposition. Il n'avait certainement pas pris de taxi, sachant qu'on éplucherait sa note de frais. Pendant la nuit, il avait dû faire à pied toutes ces allées et venues et, le matin, sans doute en métro ou en autobus.

— J'ai questionné aussi le barman du *Fouquet's* aux Champs-Élysées, et celui de deux autres établissements. Je n'ai pas pu voir le barman du *Maxim's* qui habite la banlieue et qui n'était pas encore arrivé.

Sa poche paraissait inépuisable. Il y péchait au fur et à mesure des morceaux de papier qui correspondaient chacun à une phase de son enquête.

— Santoni a quarante-cinq ans. C'est un bel homme, un peu gras, très soigné, qui fréquente les cabarets, les bars et les meilleurs restaurants. Il a eu de nombreuses maîtresses, surtout parmi les mannequins et les danseuses. Il y a quatre ou cinq mois, autant que j'aie pu le savoir, il a rencontré Jeanine Armenieu.

— Elle était mannequin ?

— Non. Elle ne fréquentait pas les mêmes milieux. Il n'a jamais dit où il l'avait découverte.

— Quel âge ?

— Vingt-deux ans. Peu après avoir fait la connaissance de Santoni, elle s'est installée à l'*Hôtel Washington*, rue Washington. Santoni lui rendait souvent visite et il arrivait à Jeanine de passer la nuit chez lui.

— C'est son premier mariage ?

— Oui.

— Le valet de chambre a vu la photographie de la morte ?

— Je la lui ai montrée. Il affirme qu'il ne la connaît pas. Je l'ai montrée également aux trois barmen qui m'ont fait la même réponse.

— Le valet de chambre se trouvait dans l'appartement, la nuit de lundi à mardi ?

— Il finissait de boucler les bagages en vue du départ du couple. Personne n'a sonné. Santoni et sa nouvelle femme sont arrivés à cinq heures du matin, très gais, se sont changés et se sont précipités vers Orly.

Il y eut un nouveau silence. Chaque fois, Lognon laissait croire ainsi qu'il était au bout de son rouleau mais, à la qualité de ce silence, à l'humilité de sa pose, Maigret devinait qu'il n'en était rien.

— Vous ne savez pas si la jeune fille est restée longtemps au *Roméo* ?

— Je vous ai dit que j'avais questionné le pisteur.

— On réclamait les invitations à l'entrée ?

— Non. Certaines personnes montraient leur carton, d'autres pas. Le pisteur se souvient d'avoir vu la jeune fille entrer un peu avant minuit, alors qu'on venait de commencer à danser. Justement parce qu'elle n'avait pas l'air d'une cliente habituelle, il l'a laissée entrer, la prenant pour une amie de la jeune mariée.

— Elle est donc restée environ un quart d'heure ?

— Oui. J'ai interrogé le barman.

— Il était au *Roméo* ce matin ?

Et Lognon de répondre simplement :

— Non. Je suis allé le voir chez lui, à la porte des Ternes. Il dormait.

En mettant toutes ces allées et venues bout à bout, cela représentait un nombre impressionnant de kilomètres. Maigret, malgré lui, imaginait Lognon les parcourant à pied, dans la nuit, puis dans le petit jour, avec l'air d'une fourmi qui porte un fardeau trop lourd mais que rien ne détourne néanmoins de sa route.

Il n'y avait sans doute pas un autre inspecteur pour abattre une besogne comme celle-là, sans oublier un détail, sans rien laisser au hasard, et pourtant le pauvre Lognon qui, depuis vingt ans, n'avait d'autre ambition que d'accéder un jour au Quai des Orfèvres, n'y arriverait jamais.

Cela tenait en partie à son humeur. Cela tenait aussi à ce qu'il n'avait pas l'instruction de base indispensable et qu'il échouait à tous les examens.

— Que dit le barman ?

Un autre bout de papier encore, avec nom, adresse, quelques notes. Lognon n'avait pas besoin de les consulter, il savait tout par cœur.

— Il l'a remarquée qui se tenait d'abord près de la porte. Le maître d'hôtel s'est approché d'elle et lui a dit quelques mots à mi-voix. Elle a fait signe que non. Sans doute lui demandait-il à quelle table elle était attendue. Ensuite, elle s'est faufilée dans la foule. Beaucoup de gens se tenaient debout. On dansait non seulement sur la piste mais entre les tables.

— Elle a parlé à la mariée ?

— Il lui a fallu un certain temps, car celle-ci dansait aussi. La jeune fille est parvenue enfin à s'en approcher et elles ont eu un entretien assez long.

» Deux fois, Santoni, impatient, les a interrompues.

— La jeune mariée lui a remis quelque chose ?

— J'ai posé la question. Le barman n'a pas pu me répondre.

— Elles ont eu l'air de se disputer ?

— Mme Santoni, paraît-il, se montrait réservée, sinon froide, et plusieurs fois elle a fait non de la tête. Ensuite, le barman a perdu de vue la jeune fille en bleu.

— Je suppose que vous n'avez pas questionné le maître d'hôtel ?

Cela devenait un jeu.

— Il habite rue Caulaincourt, tout en haut. Il dormait, lui aussi.

Car, là aussi, Lognon était allé !

— Il m'a confirmé les dires du barman. Il s'est approché de la jeune fille pour lui demander qui elle cherchait et elle lui a répondu qu'elle était une amie de la mariée et qu'elle n'avait que quelques mots à lui dire.

Cette fois, Lognon se levait, ce qui signifiait qu'il avait vidé son sac.

— Vous avez fait un travail extraordinaire, vieux.

— J'ai fait ce que j'avais à faire.

— Maintenant, allez vous coucher. Vous feriez mieux de vous soigner.

— Ce n'est qu'un rhume.

— Qui, si vous n'y prenez garde, deviendra une bronchite.

— Je fais une bronchite chaque hiver et je ne me suis jamais mis au lit pour ça.

C'était l'ennui avec Lognon. Il venait, à la sueur de son front, c'était le cas de le dire, de réunir un certain nombre de renseignements probablement précieux. Si ces renseignements avaient été apportés par un de ses inspecteurs, Maigret en aurait mis aussitôt quelques autres en chasse afin d'en tirer le maximum. Un homme ne peut pas tout faire.

Or, si le commissaire agissait ainsi, l'inspecteur Malgracieux aurait la conviction qu'on lui retirait le pain de la bouche.

Il était mort de fatigue, enroué, abattu par son rhume. Il n'avait pas dormi plus de sept ou huit heures en trois nuits. Force n'en était pas moins de le laisser continuer. Et il ne s'en considérait pas moins comme une victime, comme un pauvre homme à qui on laisse les tâches les plus ingrates et à qui, au dernier moment, on retire les honneurs du succès.

— Quelle est votre idée ?

— À moins que vous ayez l'intention de désigner quelqu'un d'autre…

— Mais non ! Ce que j'en disais, c'était pour vous, afin que vous vous reposiez.

— J'aurai tout le temps de me reposer quand on me mettra à la retraite. Je n'ai pas pu passer à la mairie du VIIIe arrondissement où le mariage a eu lieu, ni à l'*Hôtel Washington*, où la nouvelle Mme Santoni habitait avant son mariage. Je suppose que je pourrai y découvrir où elle vivait auparavant et, par elle, il est possible que je trouve l'adresse de la morte.

— Elle a habité les deux derniers mois rue de Clichy, chez une certaine Mme Crêmieux, une veuve qui lui sous-louait une chambre de son appartement.

Lognon pinça les lèvres.

— Nous ignorons ce qu'elle faisait avant. Chez la veuve Crêmieux, elle a donné le nom de Louise Laboine. Sa logeuse n'a pas vu sa carte d'identité.

— Je peux continuer mon enquête ?

À quoi bon protester ?

— Bien sûr, mon vieux, si vous voulez. Ne vous surmenez quand même pas.

— Je vous remercie.

Maigret resta seul un bon moment dans son bureau, à fixer sans la voir la chaise sur laquelle le Malgracieux était assis un peu plus tôt.

Toujours comme sur une plaque photographique, de nouveaux traits de Louise Laboine apparaissaient, mais l'ensemble restait flou.

Est-ce que, pendant les deux derniers mois, alors qu'elle n'avait pas de travail régulier, elle était à la recherche de Jeanine Armenieu ?

Il était possible, par exemple, qu'elle ait tout à coup lu dans le journal que celle-ci épousait Marco Santoni et qu'une grande réception se donnait à cette occasion au *Roméo*.

Dans ce cas, elle avait lu le journal tard dans l'après-midi, puisqu'il était passé neuf heures quand elle s'était précipitée chez Mlle Irène pour se procurer une robe du soir. Elle était sortie vers dix heures de la boutique de la rue de Douai.

Qu'avait-elle fait, dehors, de dix heures à minuit ? Il n'y a guère plus de vingt minutes de marche de la rue de Douai à la rue Caumartin.

Fallait-il croire qu'elle avait passé tout ce temps-là dans les rues, à hésiter ?

Le rapport du docteur Paul se trouvait encore sur le bureau. Maigret le parcourait des yeux. On spécifiait que l'estomac de la morte contenait une certaine quantité d'alcool.

Or, à en croire le maître d'hôtel, la jeune fille n'avait pas eu l'occasion de boire pendant le temps assez bref qu'elle avait passé au *Roméo*.

Ou elle avait bu avant, pour se donner du courage, ou elle avait bu après, entre le moment où elle avait quitté la noce et celui où on l'avait trouvée morte place de Vintimille.

Il alla ouvrir la porte du bureau des inspecteurs, appela Janvier.

— J'ai un travail pour toi. Tu vas te rendre rue de Douai. Tu descendras à pied jusqu'à la rue Caumartin en t'arrêtant dans tous les bars et dans tous les cafés, et tu montreras la photographie.

— Celle en robe du soir ?

— Oui. Essaie de savoir si, lundi soir, entre dix heures et minuit, on a vu la jeune fille.

Maigret le rappela au moment où Janvier allait refermer la porte.

— Si tu rencontres Lognon, ne lui parle pas de ce que tu fais.

— Compris, patron !

La valise bleue était dans un coin du bureau et il semblait qu'elle n'avait plus rien à leur apprendre.

C'était une valise bon marché, comme on en vend dans tous les bazars et aux environs des gares. Elle était usée.

Maigret sortit de son bureau, se dirigea, au bout du couloir, vers celui de son collègue Priollet, de la Brigade Mondaine. Priollet signait son courrier et Maigret fuma tranquillement sa pipe en le regardant faire.

— Besoin de moi ?

— Juste un renseignement. Tu connais un certain Santoni ?

— Marco ?

— Oui.

— Il vient de se marier.

— Qu'est-ce que tu sais de lui ?

— Il gagne beaucoup d'argent et le dépense aussi facilement qu'il le gagne. Un beau garçon, amateur de femmes, de dîners fins et d'autos de luxe.

— Rien contre lui ?

— Rien. Il sort d'une bonne famille de Milan. Son père est un grand manitou du vermouth et Marco représente la marque pour toute la France. Il fréquente les bars des Champs-Élysées, les grands restaurants et les jolies filles. Depuis quelques mois, il s'est fait accrocher.

— Par Jeanine Armenieu.

— J'ignorais son nom. Nous n'avons aucune raison de nous occuper de lui ni de ses amours. J'ai seulement appris qu'il se mariait parce qu'il a donné une fête du tonnerre dans une boîte de nuit qu'il a louée pour l'occasion.

— J'aimerais que tu te renseignes sur sa femme. Elle a habité les derniers mois à l'*Hôtel Washington*.

J'ai besoin de savoir d'où elle sort, ce qu'elle faisait avant de le connaître, qui étaient ses amies et ses amis. Surtout ses amies.

Priollet écrivait quelques mots au crayon sur un bloc-notes.

— C'est tout ? Cela a un rapport avec la morte de la place Vintimille ?

Maigret fit signe que oui.

— Je suppose que tu n'as rien dans tes dossiers sur une certaine Louise Laboine ?

Priollet se tourna vers une porte ouverte.

— Dauphin ! Tu as entendu le nom ?

— Oui, patron.

— Veux-tu vérifier ?

Quelques minutes plus tard, l'inspecteur Dauphin lançait de la pièce voisine :

— Rien sur elle.

— Je regrette, mon vieux. Je vais m'occuper de Mme Santoni. Par exemple, il sera difficile de l'interroger avant quelque temps car, selon les journaux, les jeunes mariés sont en Italie.

— Je ne désire pas qu'on l'interroge à présent.

L'horloge, sur la cheminée, la même horloge noire que dans le bureau de Maigret, et que dans celui de tous les commissaires, marquait midi moins quelques minutes.

— Tu viens prendre un verre ?

— Pas maintenant, répondit Priollet. J'attends quelqu'un.

On aurait dit que Maigret ne savait que faire de son grand corps. On le vit traverser lentement le corridor, regarder, maussade, dans la salle d'attente vitrée, où deux ou trois clients se morfondaient. Quelques minutes plus tard, il gravissait les marches d'un escalier étroit, poussait, sous les combles du Palais de Justice, la porte du laboratoire. Moers était penché sur un microscope.

— Tu as examiné les vêtements que je t'ai envoyés ?

Ici, jamais aucune agitation, des hommes en blouse grise se livraient à des travaux minutieux, maniaient des appareils compliqués dans une atmosphère paisible et Moers était l'image même de la paix intérieure.

— La robe noire, dit-il, n'a jamais été envoyée au dégraisseur, mais on en a nettoyé souvent les taches avec de la benzine et on la brossait régulièrement. Il restait néanmoins des poussières incrustées dans le tissu. Je les ai analysées. J'ai aussi examiné certaines taches qui ont résisté à la benzine. C'est ainsi que j'ai repéré de la peinture verte.

— C'est tout ?

— Presque. Quelques grains de sable.

— Du sable de rivière ?

— Du sable de mer, le genre de sable que l'on trouve sur la côte normande.

— Ce n'est pas le même que celui de la Méditerranée ?

— Non. Ni que celui de l'Océan.

Maigret traîna encore dans le laboratoire, vida sa pipe en la frappant sur son talon. Quand il redescendit, il était passé midi et les inspecteurs s'en allaient déjeuner.

— Lucas vous cherche ! lui dit l'un d'eux, Jussieu, qui travaillait dans son service.

Il trouva Lucas le chapeau sur la tête.

— J'allais partir. J'ai laissé une note sur votre bureau. Féret demande que vous l'appeliez le plus tôt possible. Il paraît que c'est au sujet de la jeune morte.

Maigret rentra dans son bureau, décrocha.

— Passez-moi la brigade mobile de Nice.

Jamais on n'avait reçu aussi peu de coups de téléphone, après la publication d'une photographie dans les journaux. Jusqu'ici, il n'y en avait eu qu'un seul, celui de Rose, la petite bonne de la rue de Clichy.

Pourtant, des douzaines, des centaines de personnes avaient dû apercevoir la jeune fille qui, pendant des mois, tout au moins, avait circulé dans Paris.

— Allô ! Féret ?

— C'est vous, patron ?

L'inspecteur Féret avait travaillé pour Maigret avant d'être nommé à Nice, où il avait demandé à être transféré à cause de la santé de sa femme.

— J'ai reçu un coup de téléphone, de bonne heure, ce matin, au sujet de la personne dont vous vous occupez. Au fait, vous savez maintenant son nom ?

— Il paraît qu'elle s'appelle Louise Laboine.

— C'est exact. Vous voulez que je vous donne les détails ? Remarquez que ce n'est pas grand-chose. J'attendais vos instructions avant d'entreprendre une enquête plus poussée. Ce matin, donc, vers huit heures et demie, j'ai reçu un coup de téléphone d'une marchande de poisson, une certaine Alice Feynerou… Allô !…

— J'écoute.

Maigret notait à tout hasard le nom sur un des papiers de Lognon.

— Elle prétend qu'elle a reconnu la photographie qui vient d'être publiée par *l'Éclaireur*. Mais cela remonte assez loin. À quatre ou cinq ans, paraît-il. La jeune fille, qui n'était qu'une gamine à l'époque, habitait avec sa mère l'immeuble voisin de la marchande de poisson.

— Celle-ci a pu fournir des détails ?

— La mère, paraît-il, était une mauvaise paie, c'est ce dont elle se souvient le mieux :

» — Des gens à qui on devrait jamais faire crédit… m'a-t-elle dit.

— Que raconte-t-elle d'autre ?

— La mère et la fille habitaient un appartement assez confortable, non loin de l'avenue Clemenceau. La mère aurait été jadis une belle femme. Elle est plus âgée que ne l'est d'habitude la mère d'une fille de quinze ou seize ans. À cette époque-là, elle avait largement dépassé la cinquantaine.

— De quoi vivaient-elles toutes les deux ?

— Mystère. La mère faisait beaucoup de toilette, sortait généralement après le déjeuner et ne rentrait que tard dans la nuit.

— C'est tout ? Pas d'homme dans l'histoire ?

— Pas d'homme. S'il y avait eu quelque chose d'irrégulier, la marchande de poisson aurait été trop heureuse de m'en parler.

— Elles ont quitté le quartier ensemble ?

— À ce qu'il paraît. Un beau jour, elles ont disparu, et il semble qu'elles aient laissé quelques dettes derrière elles.

— Tu t'es assuré que le nom de Laboine ne figure pas dans tes dossiers ?

— Cela a été mon premier soin. Il n'y a rien. J'ai questionné mes collègues. Le nom n'est pas étranger à un des anciens, mais il ne parvient pas à se souvenir.

— Tu veux t'en occuper ?

— Je ferai mon possible. Qu'est-ce que vous voulez surtout savoir ?

— Tout. Quand la fille a quitté Nice. Ce que la mère est devenue. Leurs moyens d'existence. Les gens qu'elles fréquentaient. Au fait, si la fille avait quinze ou seize ans à l'époque, il est probable qu'elle allait encore à l'école. Veux-tu vérifier dans les écoles de la ville ?

— Compris. Je vous appellerai dès que j'aurai du nouveau.

— Vois le casino aussi, au sujet de la mère.

— J'y pensais justement.

Encore quelques traits de plus. C'était une gamine, maintenant, que ce coup de téléphone évoquait, une gamine qui allait acheter du poisson chez une marchande à qui sa mère devait de l'argent et qui la recevait fraîchement.

Maigret endossa son pardessus, mit son chapeau et descendit l'escalier, où il croisa un homme entre deux gendarmes, qu'il ne regarda pas. Avant de traverser la cour, il entra dans le bureau des garnis. Il avait écrit le nom de Louise sur un bout de papier, ainsi que celui de Jeanine Armenieu.

— Tu veux demander à tes hommes de rechercher ces deux noms-là dans les fiches ? Plutôt de l'année dernière que de cette année.

Il valait mieux que le pauvre Lognon ne sache pas qu'on faisait ainsi une partie de son travail.

Une averse ayant fini quelques minutes plus tôt, le soleil s'était montré et on voyait déjà la pluie sécher sur les pavés. Maigret faillit arrêter un taxi qui passait, changea d'avis et se dirigea lentement vers la brasserie Dauphine où il resta debout au bar. Il ne savait pas ce qu'il avait envie de boire. Deux inspecteurs qui n'étaient pas de son service discutaient de l'âge de la pension.

— Qu'est-ce que ce sera, monsieur Maigret ?

On aurait pu croire qu'il était de mauvaise humeur, mais ceux qui le connaissaient savaient que ce n'était pas le cas. Seulement, il était partout à la fois, dans l'appartement de la veuve de la rue de Clichy, chez la marchande de robes de la rue de Douai, sur le banc de la place de la Trinité, à Nice maintenant, à imaginer une gamine chez une marchande de poisson.

Toutes ces images-là se mêlaient, encore confuses, et quelque chose finirait bien par sortir. Il y en avait une, surtout, dont il ne parvenait pas à se débarrasser, celle d'un corps nu sous un violent éclairage électrique, avec la silhouette du docteur Paul, en blouse blanche, qui enfilait ses gants de caoutchouc.

— Un pernod ! dit-il machinalement.

Est-ce que Paul ne lui avait pas dit qu'avant de recevoir des coups sur la tête la jeune fille était tombée à genoux ?

Elle était passée un peu plus tôt au *Roméo*, rue Caumartin, où un chauffeur de taxi avait remarqué sa robe miteuse, où le barman l'avait vue se faufiler parmi les danseurs, où elle avait parlé au maître d'hôtel, puis à la mariée.

Ensuite, elle avait marché sous la pluie. On l'avait vue traverser la place Saint-Augustin, aperçue ensuite, boulevard Haussmann, au coin du faubourg Saint-Honoré.

Qu'est-ce qu'elle pensait, pendant ce temps-là ? Où allait-elle ? Qu'espérait-elle ?

Elle n'avait pour ainsi dire plus d'argent, à peine assez pour un repas. La vieille Mme Crêmieux l'avait mise à la porte.

Elle n'avait pas pu aller bien loin, et, quelque part, elle avait reçu des gifles ou des coups de poing, elle était tombée à genoux, quelqu'un l'avait frappée sur le crâne avec un instrument dur et pesant.

Cela s'était passé vers deux heures, à en croire l'autopsie. Qu'avait-elle fait de minuit à deux heures ?

Après, ce n'était plus elle qui avait agi, mais l'assassin, qui était allé déposer son cadavre au beau milieu de la place Vintimille.

— Drôle de fille ! grommela-t-il.

— Vous dites ? questionna le garçon.

— Rien. Quelle heure est-il ?

Il rentra déjeuner chez lui.

— À propos de la question que tu me posais hier soir… fit Mme Maigret tandis qu'ils mangeaient tous les deux. J'y ai pensé toute la matinée. Il y a une autre raison, pour une jeune fille, de porter une robe de soirée.

Il n'eut pas les mêmes délicatesses pour elle que pour Lognon, murmura, distrait, sans lui laisser sa chance :

— Je sais. C'était pour un mariage.

Mme Maigret ne dit plus rien.

5

D'une dame qui gagne sa vie en jouant à la roulette, d'une vieille fille qui tient à tout dire et d'une gamine qui se cache sous le lit

Deux fois, peut-être trois, cet après-midi-là, Maigret, levant la tête de ses papiers, regarda le ciel et, comme il était d'un bleu candide, avec des nuages frangés d'or et du soleil qui ruisselait des toits, il s'interrompit en soupirant pour aller ouvrir la fenêtre.

Il avait à peine eu le temps, chaque fois, de retourner à sa place et de savourer une bouffée printanière qui donnait une saveur particulière à sa pipe que les papiers se mettaient à frémir, à se soulever pour s'éparpiller enfin dans la pièce.

Là-haut, les nuages n'étaient déjà plus blanc et or mais d'un gris bleuté et la pluie tombait en diagonale, crépitait sur l'appui de la fenêtre tandis que, sur le pont Saint-Michel, les gens marchaient soudain plus vite, comme dans les anciens films muets, et que les femmes tenaient leur jupe.

La deuxième fois, ce ne fut pas de l'eau qui tomba, mais des grêlons qui rebondissaient comme des balles de ping-pong et, quand il referma la fenêtre, il en retrouva au milieu de la pièce.

Est-ce que Lognon était toujours dehors, l'œil morne, les oreilles basses, comme un chien de chasse, à suivre Dieu sait quelle piste parmi la foule ? C'était possible. C'était probable. Il n'avait pas téléphoné. Il n'emportait jamais de parapluie. Il n'était pas non plus l'homme à se coller contre une porte cochère avec les autres pour attendre la fin de l'averse, mais, au contraire, il devait éprouver une âcre volupté à se laisser tremper, à être seul, au plus fort de la giboulée, à marcher sur les trottoirs, victime de l'injustice et de sa propre conscience.

Janvier, lui, était revenu vers trois heures, légèrement éméché. C'était rare de le voir ainsi, l'œil plus allumé que d'habitude, la voix plus enjouée.

— Ça y est, patron !

— Qu'est-ce qui y est ?

À l'entendre, on aurait pu croire qu'il venait de retrouver la jeune fille vivante.

— Vous aviez raison.

— Explique.

— J'ai fait tous les bars, tous les cafés.

— Je vois.

— C'est seulement au coin de la rue Caumartin et de la rue Saint-Lazare qu'elle s'est arrêtée. Le garçon qui l'a servie s'appelle Eugène.

» Il est chauve, habite Bécon-les-Bruyères et a une fille à peu près du même âge que la jeune morte.

Janvier écrasait sa cigarette dans le cendrier, en allumait une autre.

— Elle est arrivée vers dix heures et demie et s'est assise dans un coin, près de la caisse. Elle semblait avoir froid et elle a commandé un grog. Puis, quand Eugène le lui a servi, elle lui a demandé un jeton de téléphone. Elle est entrée dans la cabine. Elle en est ressortie presque aussitôt. Dès lors, et jusque vers minuit, elle a essayé au moins dix fois d'avoir quelqu'un au bout du fil.

— Combien de grogs a-t-elle bus ?

— Trois. Toutes les quelques minutes, elle retournait à la cabine et composait un numéro.

— Elle a fini par l'obtenir ?

— Eugène ne sait pas. Il s'attendait chaque fois à ce qu'elle se mette à pleurer. Elle ne l'a pas fait. À certain moment, il a essayé d'engager la conversation et elle l'a regardé sans répondre. Vous voyez que ça colle. Elle quittait la boutique de la rue de Douai un peu après dix heures. Elle a eu le temps de descendre à pied jusqu'à la rue Caumartin. Elle est restée dans le café, à essayer de joindre au bout du fil quelqu'un, jusqu'au moment où elle s'est dirigée vers le *Roméo*. Trois grogs, pour une jeune fille, ce n'est pas mal. Elle devait avoir un plumet.

— Et plus d'argent dans son sac, remarqua Maigret.

— Je n'y avais pas pensé. C'est vrai. Qu'est-ce que je fais ?

— Tu n'as rien en train ?

— Seulement de la routine.

Maintenant, il était penché sur son bureau, lui aussi, regrettant sans doute que la tournée n'ait pas été plus longue.

Maigret feuilletait des dossiers, prenait des notes, donnait de temps en temps un coup de téléphone à un autre service. Il était près de cinq heures quand il vit entrer Priollet qui demanda avant de s'asseoir :

— Je ne te dérange pas ?

— Pas du tout. Je liquide de vieilles affaires.

— Tu connais Lucien, un de mes inspecteurs, qui habite près de chez toi ?

Maigret s'en souvenait vaguement. C'était un petit gros, au poil très noir, dont la femme tenait une herboristerie rue du Chemin-Vert. Il l'avait surtout vu, l'été, sur le seuil de la boutique, quand, avec sa femme, Maigret allait dîner chez le docteur Pardon.

— Il y a un quart d'heure, j'ai posé la question à Lucien, à tout hasard, comme je l'ai posée à tous mes hommes.

— Au sujet de Jeanine Armenieu ?

— Oui. Il m'a regardé en fronçant les sourcils.

» — C'est curieux, m'a-t-il dit. Ma femme m'en a justement parlé en déjeunant. Je n'ai guère prêté attention. Attendez. J'essaie de retrouver ses paroles. Ah ! oui :

» — *Tu te souviens de la jolie rousse aux beaux seins qui habitait la maison voisine ? Elle vient de faire un riche mariage. Pour la noce, ils ont loué toute une boîte de nuit.*

» Ma femme a dit son nom. C'est bien Armenieu. Elle a ajouté :

» — *Je suppose qu'elle ne viendra plus m'acheter des ventouses.*

Maigret avait pu la rencontrer dans le quartier, lui aussi, Mme Maigret faire son marché dans les mêmes boutiques qu'elle, car elle achetait presque toutes les victuailles rue du Chemin-Vert.

— Lucien m'a demandé s'il devait s'en occuper. Je lui ai répondu que tu préférerais sans doute garder l'affaire en main.

— Rien au sujet de Santoni ?

— Rien d'intéressant, sauf que ses amis ont été surpris qu'il se marie. Jusqu'ici, ses amours n'ont jamais duré longtemps.

C'était entre deux averses. Le soleil brillait, la pluie séchait. Maigret eut envie d'être dehors et il était sur le point de prendre son manteau et son chapeau quand le téléphone sonna.

— Allô ! Le commissaire Maigret écoute.

C'était Nice. Féret, là-bas, devait avoir du nouveau, car il était aussi excité que Janvier tout à l'heure.

— J'ai retrouvé la mère, patron ! Pour lui parler, j'ai été obligé d'aller à Monte-Carlo.

Il en est presque toujours ainsi. On piétine pendant des heures, des jours, certaines fois des semaines, puis tous les renseignements arrivent en même temps.

— Elle était au casino ?

— Elle y est encore. Elle m'a expliqué qu'elle ne peut quitter la roulette avant d'avoir récupéré sa mise et gagné sa matérielle.

— Elle s'y rend tous les jours ?

— Exactement comme d'autres vont au bureau. Elle joue jusqu'à ce qu'elle ait gagné les quelques centaines de francs qu'il lui faut pour vivre. Après, elle part sans jamais insister.

Maigret connaissait le système.

— Quel temps fait-il, là-bas ?

— Superbe. C'est plein d'étrangers qui sont venus pour le Carnaval. Nous avons demain la bataille de fleurs et on est en train de dresser les estrades.

— Elle s'appelle Laboine ?

— Sa carte d'identité porte : Germaine Laboine, mais elle se fait appeler Liliane. Les croupiers la connaissent sous le nom de Lili. Elle a près de soixante ans, est très maquillée et couverte de bijoux faux. Vous voyez le genre ? J'ai eu toutes les peines du monde à l'arracher à la table de roulette où elle était installée en vieille habituée. Pour la décider, j'ai dû lui déclarer brutalement :

» — Votre fille est morte.

Maigret questionna :

— Elle ne l'avait pas appris par les journaux ?

— Elle ne lit pas les journaux. Ces gens-là ne se préoccupent que de la roulette. Chaque matin, ils achètent une petite feuille qui publie la liste des numéros sortis la veille et la nuit précédente. Ils sont un certain nombre qui prennent le même autobus, à Nice, et se précipitent vers les tables comme les vendeuses des grands magasins se précipitent vers leur comptoir.

— Quelle a été sa réaction ?

— C'est difficile à dire. Le rouge venait de sortir pour la cinquième fois et elle avait sa mise sur le noir. Elle a d'abord poussé quelques jetons sur le tapis. Ses lèvres ont remué, sans que j'entende ce qu'elle disait.

Ce n'est que quand le noir est sorti enfin et qu'elle a eu ramassé son gain qu'elle s'est levée.

» — Comment est-ce arrivé ? m'a-t-elle demandé.

» — Vous ne voulez pas m'accompagner dehors ?

» — Je ne peux pas maintenant. Je dois surveiller la table. Rien ne nous empêche de parler ici. Où cela s'est-il passé ?

» — À Paris.

» — Elle est morte à l'hôpital ?

» — Elle a été tuée. On l'a trouvée morte dans la rue.

» — Un accident ?

» — Un meurtre.

» Elle a paru surprise, mais elle continuait, de loin, à écouter la voix du croupier qui annonçait les coups. À certain moment, elle m'a interrompu :

» — Vous permettez ?

» Elle est allée poser des jetons sur une case. Je me suis demandé si elle se droguait. Toute réflexion faite, je ne le pense pas. Elle en est au point où elle n'est plus qu'une sorte de mécanique, vous comprenez ?

Maigret dit oui. Il en avait vu d'autres comme elle.

— Cela a été long de lui soutirer quelques renseignements. Elle répétait :

» — Pourquoi n'attendez-vous pas ce soir, quand je rentrerai à Nice ? Je vous dirai tout ce que vous voudrez. Il n'y a rien à cacher.

» Vous m'écoutez, patron ? Remarquez qu'elle n'avait pas tout à fait tort en prétendant qu'il lui était impossible de quitter le casino. C'est presque un métier qu'exercent ces gens-là. Ils ont un certain capital, de quoi doubler leur mise un certain nombre de fois. Tant qu'ils sont capables de la doubler et que leur couleur finit par sortir, ils ne risquent rien. Ils doivent donc se contenter d'un petit gain, juste de quoi vivre et prendre leur autobus chaque jour. La direction du casino les connaît. On compte quelques hommes parmi leur troupe, mais surtout des femmes d'un certain âge. Lorsqu'il y a beaucoup de monde et que toutes les tables sont occupées, on se débarrasse d'elles en leur donnant ce qu'elles finiraient par gagner au bout de quelques heures…

— Elle vit seule ?

— Oui. Je dois aller la voir chez elle quand elle rentrera. Elle occupe une chambre meublée rue Greuze, près du boulevard Victor-Hugo. Ses robes datent de dix ans et plus, comme ses chapeaux. Je lui ai demandé si elle a été mariée et elle m'a répondu :

» — Cela dépend de ce que vous appelez mariée.

» Elle m'a appris qu'elle a été artiste et que, pendant des années, sous le nom de Lili France, elle a fait des tournées dans l'Est et en Asie Mineure. Je suppose que vous connaissez ça aussi ?

Des agences, à Paris, se chargeaient jadis de recruter ces artistes-là. Il s'agissait de leur apprendre quelques pas de danse, ou quelques chansons. On les envoyait ensuite en Turquie, en Égypte, à Beyrouth, où elles jouaient le rôle d'entraîneuses dans les cabarets.

— C'est là que sa fille est née ?

— Non. Elle est née en France, alors que la mère avait presque quarante ans.

— À Nice ?

— Autant que j'ai pu comprendre. Il n'est pas facile de questionner quelqu'un qui a les yeux fixés sur la petite boule de la roulette et dont les doigts se crispent chaque fois que cette boule s'arrête. À la fin, elle a été catégorique :

» — Je n'ai rien fait de mal, n'est-ce pas ? Alors, laissez-moi tranquille. Du moment que je vous promets de répondre, ce soir, à vos questions…

— C'est tout ce que tu as appris ?

— Non. La petite est partie, il y a quatre ans, en laissant une lettre par laquelle elle annonçait qu'elle ne reviendrait pas.

— Elle avait donc à peu près seize ans ?

— Seize ans exactement. Elle est partie le jour de son anniversaire et n'a jamais donné de ses nouvelles à sa mère.

— Celle-ci n'a pas averti la police ?

— Non. Je crois qu'elle n'était pas fâchée d'en être débarrassée.

— Elle n'a jamais su ce qu'elle était devenue ?

— Elle a reçu une lettre, quelques mois plus tard, d'une certaine Mlle Poré, qui habite rue du Chemin-Vert, lui disant qu'elle ferait mieux de surveiller sa fille et, de préférence, de ne pas la laisser seule à Paris. Je ne connais pas le numéro de Mlle Poré. Mme Laboine m'a promis de me le donner ce soir.

— Je sais où la trouver.

— Vous êtes au courant ?

— Plus ou moins.

Maigret jeta un coup d'œil à Priollet qui écoutait. Le même renseignement, maintenant, arrivait de plusieurs côtés à la fois.

— À quelle heure as-tu rendez-vous avec elle ?

— Dès qu'elle rentrera à Nice. Cela peut être aussi bien à sept heures du soir qu'à minuit. Cela dépend de la roulette.

— Appelle-moi boulevard Richard-Lenoir.

— Entendu, patron.

Maigret raccrocha.

— D'après ce que Féret me téléphone de Nice, dit-il, la personne chez qui Jeanine Armenieu habitait, rue du Chemin-Vert, est une demoiselle Poré. Et celle-ci connaissait Louise Laboine.

— Tu vas là-bas ?

Maigret ouvrit la porte.

— Tu m'accompagnes, Janvier ?

Quelques instants plus tard, ils prenaient la voiture. Rue du Chemin-Vert, ils s'arrêtaient devant l'herboristerie et trouvaient la femme de Lucien derrière le comptoir, dans une boutique sombre qui sentait bon les herbes de la Saint-Jean.

— Qu'est-ce que je peux faire pour vous, monsieur Maigret ?

— Il paraît que vous connaissez Jeanine Armenieu ?

— Mon mari vous l'a dit ? Je lui en parlais justement ce midi, à cause du mariage dont j'ai lu le compte rendu dans le journal. C'est une rudement belle fille.

— Il y a longtemps que vous l'avez vue ?

— Au moins trois ans. Attendez. C'était avant que mon mari reçoive son augmentation. Cela fait près de trois ans et demi. Elle était toute jeune, mais déjà formée, déjà très femme, et tous les hommes se retournaient sur elle dans la rue.

— Elle habitait la maison voisine ?

— Chez Mlle Poré, une bonne cliente, qui travaille au téléphone. Mlle Poré est sa tante. Je crois qu'à la fin elles ne s'entendaient pas et que la jeune fille a décidé de vivre seule.

— Vous croyez qu'elle est chez elle ?

— Si je ne me trompe pas, cette semaine elle commence à six heures du matin et finit à trois heures. Il y a des chances pour que vous la trouviez.

Maigret et Janvier pénétraient un peu plus tard dans l'immeuble voisin.

— Mlle Poré ? demandaient-ils à la concierge.

— Second étage à gauche. Il y a déjà quelqu'un.

La maison n'avait pas d'ascenseur. L'escalier était sombre. Au lieu d'un bouton de sonnerie, c'était un cordon en passementerie qui pendait et qui, à l'intérieur, agitait une sonnette au son grêle.

La porte s'ouvrit tout de suite. Une personne maigre, aux traits pointus, aux petits yeux noirs, les regarda sévèrement.

— Qu'est-ce que vous voulez ?

Au moment où Maigret allait répondre, il apercevait, à l'intérieur, dans la pénombre, le visage de l'inspecteur Lognon.

— Je vous demande pardon, Lognon. Je ne savais pas vous trouver ici.

Le Malgracieux le regardait, résigné. Mlle Poré murmurait :

— Vous vous connaissez ?

Elle se décidait à les laisser entrer. Le logement, très propre, sentait la cuisine. Ils étaient quatre, maintenant, dans une petite salle à manger, à ne pas savoir comment se tenir.

— Il y a longtemps que vous êtes arrivé, Lognon ?

— À peine cinq minutes.

Ce n'était pas le moment de lui demander comment il avait découvert l'adresse.

— Vous avez déjà appris quelque chose ?

Ce fut Mlle Poré qui répondit :

— J'ai commencé à lui dire ce que je savais, et je n'ai pas fini. Si je ne suis pas allée trouver la police quand j'ai vu la photographie dans le journal, c'est que je n'étais pas sûre de la reconnaître. En trois ans et demi, les gens peuvent changer, surtout à cet âge-là. Enfin, je n'aime pas me mêler de ce qui ne me regarde pas.

— Jeanine Armenieu est votre nièce, n'est-ce pas ?

— Ce n'est pas d'elle que je parlais, mais de son amie. Quant à Jeanine, c'est la fille de mon demi-frère, en effet, et je ne le félicite pas pour la façon dont il l'a élevée.

— Elle est du Midi ?

— Si vous appelez Lyon le Midi. Mon pauvre frère travaille dans une filature et, depuis qu'il a perdu sa femme, n'est plus le même homme.

— Quand sa femme est-elle morte ?

— L'an dernier.

— Il y a quatre ans que Jeanine Armenieu est venue vivre à Paris ?

— À peu près quatre ans, oui. Lyon n'était plus assez bon pour elle. Elle avait dix-sept ans et voulait vivre sa vie. Il paraît qu'elles sont toutes comme ça aujourd'hui. Mon frère m'a écrit pour m'annoncer qu'il était incapable de retenir sa fille, qu'elle avait décidé de partir, et il m'a demandé si j'acceptais de la loger. Je lui ai répondu que oui et que même je pourrais peut-être lui trouver une place.

Elle parlait en articulant toutes les syllabes, comme si ce qu'elle disait était d'une importance capitale. Les regardant tour à tour, elle questionnait soudain :

— Comment se fait-il, puisque vous êtes tous de la police, que vous soyez venus séparément ?

Que répondre ? Lognon baissait la tête. Maigret disait :

— Nous appartenons à des services différents.

Histoire de mettre les pieds dans le plat, elle prononçait en regardant l'imposante silhouette de Maigret :

— Je suppose que c'est vous le plus important ? Quel est votre grade ?

— Commissaire.

— Vous êtes le commissaire Maigret ?

Et, comme il faisait oui de la tête, elle lui avançait une chaise.

— Asseyez-vous. Je vais tout vous raconter. Où en étais-je ? Ah ! oui, à la lettre de mon demi-frère. Je peux la retrouver si vous voulez, car je conserve toutes les lettres que je reçois, y compris celles de la famille.

— Ce n'est pas indispensable. Merci.

— Comme vous voudrez. Bref, j'ai donc reçu cette lettre, j'y ai répondu et, un matin, vers sept heures et demie, ma nièce est arrivée. Rien que ce détail vous donne une idée de sa mentalité. Il y a d'excellents trains de jour, mais elle a tenu à prendre un train de nuit. Parce que cela fait plus romantique, vous comprenez ? Heureusement, c'était une semaine où je faisais partie de la deuxième équipe. Passons. Je ne dis rien de la façon dont elle était habillée, ni de sa coiffure. Mais je lui en ai touché deux mots, à elle, sans lui cacher que si elle ne tenait pas à se faire montrer du doigt dans le quartier, elle ferait mieux de changer de genre.

» Le logement, que j'occupe depuis vingt-deux ans, n'est pas grand, ni luxueux, mais j'ai quand même deux chambres à coucher. J'en ai mis une à la disposition de Jeanine. Pendant une semaine, je suis sortie avec elle afin de lui montrer Paris.

— Quelles étaient ses intentions ?

— Vous me le demandez ? Trouver un homme riche, voilà son intention. Si j'en crois le journal, elle est arrivée à ses fins. Seulement, je ne voudrais pas passer par où elle a passé.

— Elle a trouvé une place ?

— Comme vendeuse, dans un magasin des Grands Boulevards. Une maroquinerie, près de la place de l'Opéra.

— Elle y est restée longtemps ?

Elle tenait à raconter l'histoire à sa manière et ne le lui cacha pas.

— Si vous me questionnez tout le temps, vous allez me faire perdre le fil de mes idées. Je vous dirai tout, n'ayez pas peur. Donc, nous vivions ici toutes les deux. Plus exactement, je m'imaginais que nous vivions ici toutes les deux. Une semaine sur deux je suis libre le matin et l'autre semaine après trois heures de l'après-midi. Des mois ont passé. C'était en hiver. Cet hiver-là a été très froid. Je continuais à faire mon marché dans le quartier comme j'en ai toujours eu l'habitude. Et c'est à cause de la nourriture que j'ai commencé à avoir des soupçons, surtout à cause du beurre, qui disparaissait à une vitesse inhabituelle. Le pain aussi. Parfois, je ne retrouvais pas dans le garde-manger le reste de viande ou de gâteau que j'étais sûre d'y avoir laissé.

» — C'est toi qui as mangé la côtelette ?

» — Oui, tante. J'ai eu une petite faim, la nuit dernière.

» J'abrège. J'ai mis du temps à comprendre. Savez-vous la vérité ? Pendant tout ce temps-là, à mon insu, il y avait une troisième personne dans mon appartement.

» Pas un homme, je vous rassure tout de suite. Une gamine. Celle-là dont on a publié la photo dans le journal et qu'on a retrouvée morte place Vintimille. Ce qui prouve, entre nous soit dit, que j'avais raison de m'inquiéter, car ce sont des choses qui n'arrivent pas à des gens comme vous et moi.

Elle n'avait jamais besoin de reprendre son souffle. Elle restait debout, le dos à la fenêtre, les mains jointes sur son ventre plat, et les mots succédaient aux mots, les phrases suivaient les phrases en une sorte de chapelet.

— J'ai presque fini, n'ayez pas peur. Je ne veux pas abuser de votre temps, car je suppose que vous êtes un homme très occupé.

Elle ne s'adressait qu'à Maigret, et Lognon ne jouait plus à ses yeux qu'un rôle de figurant.

— Un matin que je faisais le ménage, j'ai laissé tomber une bobine de fil qui a roulé sous le lit de Jeanine et je me suis baissée pour la ramasser. Je vous avoue que j'ai poussé un cri et je me demande ce que vous auriez fait à ma place. Il y avait quelqu'un sous le lit, quelqu'un qui me regardait avec des yeux de chat.

» Encore heureux que c'était une femme. Cela me faisait moins peur. Je suis allée chercher le tisonnier, à tout hasard, j'ai dit :

» — Sortez de là !

» Elle n'avait même pas l'âge de Jeanine, à peine plus de seize ans. Mais si vous croyez qu'elle a pleuré, qu'elle m'a demandé pardon, vous vous trompez. Elle me fixait toujours comme si, des deux, c'était moi qui étais une sorte de monstre.

» — Qui vous a introduite dans la maison ?

» — Je suis une amie de Jeanine.

» — Est-ce une raison pour vous cacher sous le lit ? Qu'est-ce que vous y faisiez, sous le lit ?

» — J'attendais que vous sortiez.

» — Pour quoi faire ?

» — Pour sortir à mon tour.

» Vous imaginez-vous ça, monsieur le commissaire ? Il y avait des semaines, des mois que cela durait. Elle était arrivée à Paris en même temps que ma nièce. Toutes les deux avaient lié connaissance dans le train. Elles voyageaient en troisième classe et, ne parvenant pas à dormir, elles ont passé la nuit à se raconter leurs petites histoires. La fille, qui s'appelait

Louise, avait juste assez d'argent pour vivre pendant deux ou trois semaines.

» Elle a trouvé une place, à coller des timbres sur des enveloppes dans je ne sais quel bureau, mais il paraît que son chef n'a pas tardé à lui adresser des propositions et elle lui a flanqué une gifle.

» Ça, c'est ce qu'elle m'a dit, mais ce n'est pas nécessairement la vérité.

» Quand elle a été sans argent et qu'on l'a mise à la porte du meublé où elle couchait, elle est allée trouver Jeanine et celle-ci lui a offert, pour quelques nuits, le temps de trouver un autre emploi, de dormir ici.

» Jeanine n'a pas osé m'en parler. Elle introduisait son amie dans l'appartement en mon absence et, jusqu'à ce que je sois endormie, la Louise se cachait sous le lit de ma nièce.

» Les semaines où je faisais partie de la deuxième équipe, elle devait rester sous le lit jusqu'à deux heures et demie, étant donné que je prends mon travail à trois heures.

Maigret, depuis le début, s'efforçait de ne pas sourire, car la tante ne le quittait pas des yeux et n'aurait pas apprécié la moindre manifestation d'ironie.

— Bref… répéta-t-elle.

C'était au moins la troisième fois qu'elle répétait ce mot-là et Maigret ne put s'empêcher de regarder sa montre.

— Si je vous ennuie…

— Pas du tout.

— Vous avez un rendez-vous ?

— J'ai encore le temps.

— Je finis. Je tiens seulement à vous faire remarquer que, pendant des mois, tout ce que j'ai dit a été entendu par une tierce personne, par une aventurière que je ne connaissais même pas et qui épiait mes allées et venues. Je vivais ma petite vie de tous les jours, me croyant chez moi, sans me douter…

— Vous avez écrit à sa mère ?

— Comment le savez-vous ? Elle vous l'a dit ?

Lognon avait une mine désabusée. Il avait découvert la piste Poré, ce qui lui avait coûté probablement de longues et harassantes marches à travers Paris. Combien d'averses avait-il reçues sur les épaules, sans prendre la peine de se mettre à l'abri ?

Maigret, lui, n'avait pas eu besoin de quitter son bureau. Les renseignements lui venaient sans qu'il se dérange. Or, non seulement il arrivait sur la piste Poré presque en même temps que Lognon, mais il semblait en savoir davantage.

— Je n'ai pas écrit à sa mère tout de suite. D'abord, j'ai flanqué la fille dehors en lui recommandant de ne plus remettre les pieds ici. Je suppose que j'aurais pu la poursuivre ?

— Pour violation de domicile ?

— Et pour la nourriture qu'elle m'a volée pendant ces mois-là. Lorsque ma nièce est rentrée, je ne lui ai pas mâché ce que je pensais d'elle et de ses relations. Jeanine ne valait guère mieux, je m'en suis aperçue quand elle m'a quittée à son tour, quelques semaines plus tard, pour prendre une chambre d'hôtel. Mademoiselle avait besoin d'être libre, vous comprenez ? Afin de recevoir des hommes !

— Vous êtes sûre qu'elle en recevait ?

— Pourquoi aurait-elle éprouvé le besoin d'aller vivre en meublé alors qu'elle avait ici le gîte et le couvert ? Je l'ai questionnée sur son amie. J'ai obtenu le nom et l'adresse de sa mère. J'ai hésité pendant près d'une semaine, puis j'ai écrit une lettre dont j'ai conservé la copie. J'ignore si elle a fait son effet. Celle-là ne pourra pas prétendre que je ne l'ai pas mise en garde ! Vous voulez voir ?

— Ce n'est pas nécessaire. Vous êtes restée en rapport avec votre nièce après qu'elle vous a quittée ?

— Elle n'est seulement jamais venue me dire bonjour et n'a jamais pensé, au Nouvel An, à m'envoyer ses vœux. Je suppose que toute la nouvelle génération est comme ça. Le peu que je sais d'elle, je l'ai appris par mon frère, qui n'y voit que du feu. Elle a l'art de l'embobeliner. Elle lui écrit de temps en temps, lui raconte qu'elle travaille, que sa santé est bonne, promet chaque fois d'aller bientôt le voir.

— Elle n'est jamais retournée à Lyon ?

— Une fois, pour Noël.

— Elle n'a ni frère, ni sœur ?

— Elle a eu un frère, qui est mort dans un sanatorium. Bref…

Maigret commençait à les compter, machinalement.

— Elle est majeure. Je suppose qu'elle a averti mon frère de son mariage. Il ne m'en a rien dit. C'est par le journal que j'ai appris la nouvelle. Le plus curieux, c'est que son amie ait justement été tuée la nuit de ses noces, vous ne trouvez pas ?

— Elles se voyaient toujours ?

— Comment le saurais-je ? Si vous me demandez mon opinion cependant, une fille comme Louise n'a pas lâché facilement son amie. Ces gens-là, qui vivent au crochet des autres et se cachent sous les lits, ne se laissent rebuter par rien. Et ce Santoni est réellement un homme riche…

— Vous n'avez donc pas vu votre nièce pendant trois ans ?

— Un peu plus de trois ans. Une fois, l'année dernière, vers le mois de juillet, je l'ai aperçue dans un train. C'était à la gare Saint-Lazare. Je me rendais à Mantes-la-Jolie pour la journée. Il faisait très chaud. J'avais congé et j'avais faim de campagne. Un train se trouvait sur la voie à côté de la nôtre, un rapide de luxe, et on m'a dit qu'il allait à Deauville. Au moment où nous commencions à rouler, j'ai aperçu Jeanine dans un compartiment. Elle m'a désignée du doigt à la personne qui était près d'elle et, au dernier moment, m'a adressé un petit signe ironique.

— Elle était avec une femme ?

— Je n'ai pas pu voir. J'ai eu l'impression qu'elle était bien habillée et ce train-là n'avait que des premières classes.

Janvier, comme d'habitude, avait pris des notes, pas beaucoup, car ce bavardage pouvait se résumer en quelques mots.

— Quand votre nièce vivait ici, vous n'étiez pas au courant de ses fréquentations ?

— À l'entendre, elle ne fréquentait personne. Il est difficile de faire confiance à une jeune fille qui cache des gens sous son lit.

— Je vous remercie, mademoiselle.

— C'est tout ce que vous désirez savoir ?

— À moins que vous ayez d'autres renseignements ?

— Je ne vois pas. Non. Si un souvenir me revenait…

Elle les voyait à regret se diriger vers la porte. Elle aurait bien voulu avoir encore quelque chose à dire. Lognon laissait passer Maigret et Janvier, s'engageait le dernier dans l'escalier.

Sur le trottoir, le commissaire ne savait trop que lui dire.

— Je vous demande pardon, vieux. Si j'avais su que vous étiez là…

— Cela n'a pas d'importance.

— Vous avez fait du bon travail. Il est probable que, maintenant, les choses iront vite.

— Cela signifie que vous n'avez plus besoin de moi ?

— Je n'ai pas dit ça…

La femme de Lucien les observait à travers les vitres de l'herboristerie.

— Pour le moment, je n'ai rien de spécial à vous faire faire. Peut-être est-il temps que vous vous reposiez et que vous soigniez votre bronchite.

— Ce n'est qu'un rhume. Je vous remercie quand même.

— Je vous dépose quelque part ?

— Non. Je prendrai le métro.

Il tenait à marquer la différence entre ceux qui s'en allaient en voiture et lui qui se dirigeait vers le métro où, comme il était six heures, il allait se trouver coincé dans la foule.

— Mes félicitations. Si vous apprenez du nouveau, téléphonez-moi. De mon côté, je vous tiendrai au courant.

Quand il se retrouva seul dans l'auto avec Janvier, Maigret soupira :

— Pauvre Lognon ! J'aurais donné gros pour arriver après son départ.

— Vous rentrez au Quai ?

— Non. Dépose-moi chez moi.

C'était à deux pas. Ils n'avaient pas le temps de commenter ce qu'ils venaient d'apprendre. Tous les deux, sans doute, pensaient à la gamine de seize ans qui s'était enfuie de chez sa mère et qui, pendant des mois, avait dû, chaque jour, se cacher sous un lit.

La veuve Crêmieux avait dit d'elle que c'était une orgueilleuse qui ne daignait parler à personne. Rose, la bonne des Larcher, l'avait vue passer des heures, toute seule, sur un banc du square de la Trinité. Toute seule aussi elle avait pénétré, par deux fois, dans la boutique de Mlle Irène. Toute seule elle était allée au *Roméo* et, toute seule, enfin, elle en était sortie, refusant l'offre d'un chauffeur de taxi qui l'avait vue plus tard traverser la place Saint-Augustin sous la pluie, puis atteindre le faubourg Saint-Honoré.

Après cela, il n'y avait plus rien, qu'un corps étendu sur le pavé mouillé de la place Vintimille.

Elle n'avait plus ni la cape de velours ni le sac à main argenté qu'elle avait empruntés et il lui manquait un de ses souliers à hauts talons.

— À demain, patron.

— À demain, mon petit Janvier.

— Pas d'instructions ?

Il était impossible d'interroger Jeanine Armenieu, devenue Mme Santoni, qui passait sa lune de miel à Florence.

— J'attends ce soir un coup de téléphone de Nice.

Il restait encore beaucoup de blancs à remplir.

Et il y avait quelque part quelqu'un qui avait tué la jeune fille et l'avait transportée ensuite place Vintimille.

6

Où il est parlé d'un drôle de père et des scrupules de Maigret

Pendant le dîner, Mme Maigret parla de la fille de leur voisine de palier qui, ce jour-là, était allée chez le dentiste pour la première fois et qui avait dit… Qu'avait-elle dit, au fait ? Maigret ne se rendait pas compte qu'il n'écoutait que d'une oreille distraite, regardait sa femme dont la voix coulait comme une musique agréable et elle s'interrompait pour lui demander :

— Tu ne ris pas ?

— Tu as raison, c'est très drôle.

Il avait eu une absence. Cela lui arrivait. Dans ces cas-là, il regardait les gens avec de gros yeux un peu trop fixes et ceux qui ne le connaissaient pas ne pouvaient pas savoir que, pour ces yeux-là, ils n'étaient qu'une sorte de mur ou de toile de fond.

Mme Maigret n'insista pas, alla faire la vaisselle pendant qu'il s'installait dans son fauteuil et déployait son journal. La vaisselle finie, il n'y eut aucun bruit dans l'appartement, sinon par instants celui du papier qu'on froissait en tournant la page, et par deux fois on entendit la pluie tomber dehors.

Vers dix heures, quand elle le vit replier le journal avec soin, elle espéra un moment qu'ils allaient se coucher, mais son mari choisit un magazine dans la pile et se remit à lire. Alors, de son côté, elle continua de coudre, prononçant de temps en temps une phrase sans importance pour meubler le silence. Peu importait qu'il réponde ou non, ou qu'il se contente de pousser un grognement : cela faisait plus intime.

Les gens de l'étage au-dessus avaient éteint leur radio et s'étaient mis au lit.

— Tu attends quelque chose ?

— Peut-être un coup de téléphone.

Féret lui avait promis qu'il irait à nouveau questionner la mère de Louise dès qu'elle rentrerait de Monte-Carlo. Il était possible que Féret soit retardé par un autre travail. À la veille de la bataille de fleurs, ils devaient être occupés, là-bas.

Plus tard, Mme Maigret eut conscience que son mari oubliait de tourner la page. Il avait encore les yeux ouverts. Elle attendit longtemps avant de suggérer :

— Si nous nous couchions quand même ?

Il était passé onze heures. Maigret ne protesta pas, emporta le téléphone qu'il alla brancher dans la chambre à coucher et qu'il posa sur sa table de nuit.

Ils se déshabillèrent, passèrent l'un après l'autre dans la salle de bains, accomplirent les menus rites quotidiens. Une fois couché, Maigret éteignit la lumière, se tourna vers sa femme pour l'embrasser.

— Bonne nuit.

— Bonne nuit. Essaie de t'endormir.

Il pensait toujours à Louise Laboine et aux autres personnages qui avaient surgi les uns après les autres, sortant de l'anonymat pour lui faire une sorte de cortège. La seule différence avec tout à l'heure, c'est que ces personnages devenaient flous et grotesques, qu'à la fin ils s'embrouillaient, jouant un rôle qui n'était pas le leur.

Plus tard encore, Maigret se crut en train de jouer aux échecs, mais il était si fatigué, la partie durait depuis si longtemps, qu'il ne reconnaissait plus les figures, prenait la reine pour le roi, les fous pour les cavaliers et ne savait plus où il avait placé ses tours. C'était angoissant, car le chef l'observait. La partie était capitale pour le Quai des Orfèvres. Son partenaire, en effet, n'était autre que Lognon, qui avait un sourire sarcastique et qui attendait, sûr de lui, l'occasion de mettre Maigret échec et mat.

Il ne fallait pas que ça arrive. Le prestige du Quai était en jeu. C'est pourquoi ils étaient tous derrière lui à le guetter, Lucas, Janvier, le petit Lapointe, Torrence, d'autres encore qu'il ne distinguait pas.

— Vous avez soufflé ! disait Lognon à quelqu'un qui se tenait près de l'épaule du commissaire. Mais cela ne fait rien.

Il était tout seul, lui. Il n'y avait personne pour l'aider. S'il gagnait, qu'est-ce que les gens allaient dire ?

— Soufflez tant que vous voudrez. Tout ce que je demande, c'est qu'on ne triche pas.

Pourquoi pensait-il que Maigret avait eu l'intention de tricher ? Est-ce que c'était son habitude ? Avait-il jamais triché de sa vie ?

Qu'il retrouve seulement sa reine, qui était la clef de la partie, et il en sortirait. Le mieux était d'examiner à nouveau les cases une à une. Sa reine ne pouvait pas être perdue.

La sonnerie du téléphone retentit. Il tendit le bras, fut un moment avant de trouver le commutateur électrique.

— On vous parle de Nice.

Le réveil marquait une heure dix minutes.

— C'est vous, patron ?

— Un instant, Féret.

— J'ai peut-être eu tort de vous réveiller ?

— Non. Tu as bien fait.

Il but une gorgée d'eau. Puis, comme sa pipe se trouvait, avec encore du tabac dedans, sur la table de nuit, il l'alluma.

— Bon ! Maintenant, tu peux y aller.

— Je ne savais que faire. Comme je ne connais de l'affaire que ce que les journaux en ont dit, il m'est difficile de juger de ce qui est important et de ce qui ne l'est pas.

— Tu as vu la femme Laboine ?

— Je la quitte. Elle n'est rentrée de Monte-Carlo qu'à onze heures et demie. Je suis allé chez elle. Elle vit dans une espèce de pension où, apparemment, il n'y a guère que de vieilles folles comme elle. Le curieux, c'est que ce sont presque toutes d'anciennes actrices. Il y a aussi une ex-écuyère de cirque et la patronne, à l'en croire, a chanté jadis à l'Opéra. C'est difficile de vous expliquer ce qu'on ressent là-dedans. Personne n'était couché. Le soir, celles qui ne sont pas au casino jouent aux cartes dans un salon où tout semble dater d'un siècle. On a un peu l'impression d'être au musée Grévin. Je vous ennuie !

— Non.

— Si je vous dis tout ça, c'est que je sais que vous aimez vous rendre compte par vous-même. Comme vous n'avez pas pu venir…

— Continue.

— D'abord, je sais maintenant d'où elle sort. Son père était instituteur dans un village de la Haute-Loire. Elle est partie pour Paris, à dix-huit ans, et a été pendant deux ans figurante au Châtelet. À la fin, on lui confiait quelques pas de danse dans *le Tour du monde en 80 jours* ou dans *Michel Strogoff.* Elle est passée ensuite aux Folies-Bergère. Enfin, elle a fait une première tournée, avec une troupe, en Amérique du Sud, où elle est restée plusieurs années. Il est impossible d'obtenir d'elle des dates exactes, car elle s'embrouille sans cesse.

» Vous écoutez ? Je me suis encore une fois demandé si elle se droguait. À mieux l'observer, j'ai compris que ce n'était pas ça. Au fond, elle n'est pas intelligente, et peut-être même n'est-elle pas tout à fait comme une autre.

— Elle ne s'est jamais mariée ?

— J'y arrive. Elle avait une trentaine d'années quand elle a commencé à faire les cabarets de l'Est. C'était avant la guerre. Elle a traîné à Bucarest, à

Sofia, à Alexandrie. Elle est restée plusieurs années au Caire et il semble qu'elle soit allée jusqu'en Éthiopie.

» J'ai dû lui tirer ces renseignements les uns après les autres. Elle était affalée dans un fauteuil, à caresser ses jambes enflées et, à un certain moment, elle m'a demandé la permission de retirer son corset. Bref…

Le mot rappela à Maigret Mlle Poré, la tante de Jeanine Armenieu, et son interminable monologue.

Mme Maigret, un œil ouvert, l'observait.

— C'est à Istanbul, alors qu'elle avait trente-huit ans, qu'elle a rencontré un certain Van Cram.

— Quel nom as-tu dit ?

— Julius Van Cram, un Hollandais, apparemment. D'après elle, il avait l'air d'un vrai gentleman et il vivait au *Pera-Palace*.

Maigret avait froncé les sourcils, s'efforçait de retrouver ce que ce nom-là lui rappelait. Il était sûr que ce n'était pas la première fois qu'il l'entendait.

— Tu sais l'âge de Van Cram ?

— Il était beaucoup plus âgé qu'elle. Il devait avoir passé la cinquantaine à l'époque, ce qui signifie qu'il aurait maintenant non loin de soixante-dix ans.

— Il est mort ?

— Je l'ignore. Attendez ! J'essaie de vous raconter les choses dans l'ordre afin de ne rien oublier. Elle m'a montré une photo d'elle à cette époque-là et j'admets que c'était encore une belle femme, déjà mûre, mais d'une maturité agréable.

— Que faisait Van Cram ?

— Elle ne paraît pas s'en être préoccupée. Il parlait couramment plusieurs langues, en particulier l'anglais et le français. L'allemand aussi. Il fréquentait les soirées des ambassades.

» Il serait tombé amoureux d'elle et ils ont vécu ensemble pendant un certain temps.

— Au *Pera-Palace* ?

— Non. Il lui avait loué un appartement non loin de l'hôtel. Ne m'en veuillez pas, patron, si je ne suis pas plus précis. Si vous saviez le mal que j'ai eu à lui soutirer ces renseignements-là ! À chaque instant, elle s'interrompait pour me parler d'une femme qu'elle avait connue dans tel ou tel cabaret et pour me raconter son histoire, après quoi, elle se mettait à geindre en disant :

» — Je sais que vous me prenez pour une mauvaise mère…

» Elle a fini par m'offrir un petit verre de liqueur. Si elle ne se drogue pas, elle doit tâter de la bouteille.

» — Jamais avant d'aller au casino ! m'a-t-elle déclaré. Je ne bois pas quand je joue non plus. Un petit verre après, pour combattre la tension nerveuse.

» Elle m'a expliqué que, de toutes les activités humaines, le jeu est la plus épuisante.

» Je reviens à Van Cram. Après quelques mois, elle s'est aperçue qu'elle était enceinte. C'était la première fois que cela lui arrivait. Elle ne pouvait pas y croire.

» Elle en a parlé à son amant, se figurant que celui-ci allait lui conseiller de se débarrasser de l'enfant.

— Elle y était prête ?

— Elle ne sait pas. Elle en parle comme d'une mauvaise farce que le sort lui a jouée.

» — *J'aurais dû être enceinte cent mille fois auparavant, et c'est quand j'ai eu trente-huit ans passés que ça m'est arrivé !*

» Ce sont ses paroles. Van Cram n'a pas bronché. Après quelques semaines, il lui a proposé de l'épouser.

— Où se sont-ils mariés ?

— À Istanbul. C'est justement ce qui complique la situation. Je crois qu'elle était vraiment amoureuse de lui. Il l'a conduite dans un bureau, elle ne sait pas où au juste, où elle a signé des papiers et prêté serment. Du moment qu'il lui affirmait qu'elle était mariée, elle le croyait.

» Quelques jours plus tard, il lui offrait de venir s'installer en France.

— Ensemble ?

— Oui. Ils ont pris un bateau italien pour Marseille.

— Elle avait un passeport au nom de Van Cram ?

— Non. Je lui ai posé la question. Ils n'avaient pas eu, paraît-il, le temps de faire changer son passeport. Ils ont vécu deux semaines à Marseille, d'où ils sont passés à Nice. C'est ici que l'enfant est née…

— Ils vivaient à l'hôtel ?

— Ils avaient loué un appartement assez confortable non loin de la Promenade des Anglais. Deux mois plus tard, Van Cram, qui était sorti pour acheter des cigarettes, n'est pas rentré et elle ne l'a jamais revu.

— Elle n'a pas reçu de ses nouvelles ?

— Il lui a écrit plusieurs fois, d'un peu partout, de Londres, de Copenhague, de Hambourg, de

New York et, chaque fois, il lui envoyait une somme d'argent.

— Une somme importante ?

— Certaines fois, oui. D'autres fois, ce n'était presque rien. Il lui demandait de lui donner de ses nouvelles et surtout de celles de leur fille.

— Elle l'a fait ?

— Oui.

— À la poste restante, je suppose ?

— Oui. C'est depuis ce temps-là qu'elle joue. Sa fille a grandi, est allée à l'école.

— Elle n'a jamais vu son père ?

— Elle avait deux mois quand il est parti et il n'est pas revenu en France depuis, tout au moins à la connaissance de sa femme. Le dernier mandat, il y a un an, était assez gros, mais elle a tout perdu en une nuit.

— Van Cram ne lui a jamais demandé où était sa fille ? Il sait qu'elle a quitté Nice pour Paris ?

— Oui. Seulement la mère ignorait l'adresse de la jeune fille.

— C'est tout, vieux ?

— À peu près. Je n'ai pas eu l'impression qu'elle était tout à fait sincère en prétendant ne rien savoir des moyens d'existence de son mari… Au fait, j'allais oublier le principal… Quand elle a dû faire renouveler sa carte d'identité, il y a quelques années, elle a eu l'intention de la faire établir au nom de Van Cram. On lui a demandé son certificat de mariage. Elle a montré la seule pièce en sa possession, qui est établie en turc. Ils l'ont examinée soigneusement, l'ont envoyée au consulat de Turquie. En fin de compte, on lui a déclaré que le papier était sans valeur et qu'elle n'était pas mariée le moins du monde.

— Elle en a été affectée ?

— Non. Rien ne peut l'affecter, sinon de voir le rouge sortir douze fois quand elle fait une martingale sur le noir. À l'écouter, on a l'impression d'être en présence d'une personne pas tout à fait réelle. Elle ne vit pas dans le même monde que nous. Quand je lui ai parlé de sa fille, elle n'a pas eu un instant d'émotion. Elle a dit simplement :

» — J'espère pour elle qu'elle n'a pas trop souffert…

— Je suppose que tu vas te coucher ?

— Hélas, non ! Il faut que je file à Juan-les-Pins, où ils viennent de pincer un tricheur au casino… Vous n'avez plus besoin de moi, patron ?

— Pas pour le moment. Un instant. T'a-t-elle montré une photographie de son ex-mari ?

— Je lui en ai demandé. Il paraît qu'elle n'en possédait qu'une, qu'elle lui avait prise à son insu, car il avait la phobie des photographes. Quand sa fille est partie pour Paris, elle a dû l'emporter, car la photo a disparu.

— Merci.

L'instant d'après, Maigret raccrochait et, au lieu de poser la tête sur l'oreiller et d'éteindre, il se levait pour aller bourrer une nouvelle pipe.

La veuve Crêmieux lui avait parlé d'un portrait que sa locataire gardait dans son portefeuille et il avait été trop préoccupé par la jeune fille elle-même pour y attacher de l'importance.

Il restait debout en pyjama, les pieds nus dans ses pantoufles. Sa femme évitait de le questionner.

Peut-être à cause de son rêve, il pensait à Lognon. Est-ce que, tout à l'heure, sans trop y attacher d'importance, il n'avait pas dit à celui-ci : « — *Je vous tiendrai au courant* » ?

Or, l'existence de Julius Van Cram pouvait changer le cours de l'enquête.

— Je lui téléphonerai demain matin, murmura-t-il à mi-voix.

— Tu dis ?

— Rien. Je parlais tout seul.

Il chercha le numéro de l'appartement du Malgracieux, place Constantin-Pecqueur. Comme cela, on ne pourrait lui faire aucun reproche.

— Allô !... Je pourrais parler à votre mari, s'il vous plaît ? Je m'excuse de vous avoir réveillée, mais...

— Je ne dormais pas. Je ne dors jamais plus d'une heure ou deux par nuit.

C'était Mme Lognon, à la fois acide et geignante.

— Le commissaire Maigret, à l'appareil.

— J'ai reconnu votre voix.

— J'aimerais dire quelques mots à votre mari.

— Je le croyais avec vous. En tout cas, il m'a dit que c'était pour vous qu'il était en train de travailler.

— À quelle heure est-il sorti ?

— Tout de suite après le dîner. Il a mangé en vitesse et est parti en m'annonçant qu'il ne rentrerait probablement pas de la nuit.

— Il ne vous a pas dit où il allait ?

— Il ne me le dit jamais.

— Je vous remercie.

— Ce n'est pas vrai qu'il travaille pour vous ?

— Mais si.

— Alors, comment se fait-il que vous ne sachiez pas…

— Je ne suis pas nécessairement au courant de ses moindres mouvements.

Elle n'était pas convaincue, le soupçonnait de mentir pour couvrir son mari et allait sans doute poser d'autres questions quand il raccrocha. Tout de suite, il appela le poste du 2ᵉ Quartier où un certain Ledent répondit.

— Lognon n'est pas là ?

— Il n'a pas mis les pieds au bureau de la nuit.

— Je te remercie. S'il venait, dis-lui de m'appeler chez moi.

— Entendu, monsieur Maigret.

Alors il eut une mauvaise pensée, à peu près comme dans son rêve. Cela l'inquiéta soudain de savoir Lognon dehors sans avoir aucune indication sur ce qu'il était en train de faire. Il n'y avait plus à enquêter dans les boîtes de nuit, ni à questionner les chauffeurs. Apparemment, le *Roméo* ne pouvait plus rien donner.

Or, Lognon passait la nuit en chasse. Fallait-il croire qu'il avait découvert une piste ?

Maigret n'était pas jaloux de ses collègues, encore moins de ses inspecteurs. Quand une affaire arrivait à bonne fin, c'était presque toujours à eux qu'il en donnait le mérite. Il était rare qu'il fasse des déclarations à la presse. L'après-midi, encore, c'était Lucas qu'il avait chargé de recevoir les journalistes accrédités au Quai.

Dans le cas présent, pourtant, il eut un mouvement d'humeur. Car c'était vrai que, comme dans la partie d'échecs de son rêve, Lognon était seul tandis que Maigret avait pour lui l'organisation entière de la P.J. sans compter l'aide des brigades mobiles et de toute la machine policière.

Il rougit de la pensée qu'il venait d'avoir, n'en fut pas moins tenté de s'habiller et de gagner le Quai des Orfèvres. Il avait du travail là-bas, maintenant qu'il savait de qui était la photographie que Louise Laboine avait chipée à sa mère et qu'elle avait précieusement conservée.

Sa femme le vit passer dans la salle à manger, ouvrir le buffet, se verser un petit verre de prunelle.

— Tu ne te recouches pas ?

Logiquement, il devait partir et son instinct l'y poussait. S'il ne le fit pas, ce fut pour donner à Lognon sa chance, pour se punir lui-même d'avoir eu une mauvaise pensée.

— Cette affaire paraît te tracasser ?

— Elle est assez compliquée.

C'était curieux, d'ailleurs. Car, jusqu'ici, ce n'était pas à l'assassin qu'il avait pensé, mais à la victime, c'était sur celle-ci seule que l'enquête avait porté. Maintenant enfin qu'on la connaissait un peu mieux, il allait être possible de se demander qui l'avait tuée.

Qu'est-ce que Lognon pouvait bien faire ? Il alla regarder à la fenêtre. La lune était pleine, le ciel serein. Il ne pleuvait plus. Les toits luisaient.

Il vida sa pipe, se coucha lourdement, embrassa sa femme :

— Éveille-moi à l'heure habituelle.

Cette fois, son sommeil fut sans rêve. Quand il but son café, assis dans son lit, il y avait du soleil. Lognon ne lui avait pas téléphoné, ce qui semblait signifier qu'il n'était pas passé par son bureau et qu'il n'était pas non plus rentré chez lui.

Quai des Orfèvres, il assista au rapport sans prendre part à la conversation et, dès que ce fut terminé, il grimpa aux Sommiers. Là, sur des kilomètres de rayonnages, s'alignaient les dossiers de tous ceux qui ont eu des démêlés avec la justice. L'employé portait une blouse grise qui le faisait ressembler à un magasinier, et l'air sentait le vieux papier comme dans une bibliothèque publique.

— Veux-tu voir si tu as quelque chose au nom de Van Cram, Julius Van Cram ?

— C'est récent ?

— Cela peut dater de vingt ans et plus.

— Vous attendez ?

Maigret s'assit. Dix minutes plus tard, le préposé lui apportait un dossier au nom de Van Cram, mais il s'agissait d'un Joseph Van Cram, employé d'assurances à Paris, rue de Grenelle, qui avait été condamné deux ans plus tôt pour faux et usage de faux et qui n'avait que vingt-huit ans.

— Pas d'autres Van Cram ?

— Seulement un Von Kramm, avec un *K* et deux *m*, et celui-là est mort à Cologne, il y a vingt-quatre ans.

Il existait d'autres dossiers, en bas, concernant non seulement les personnes condamnées, mais toutes celles dont la police, à un moment ou à un autre, avait eu à s'occuper. On y retrouvait le Van Cram assureur et le Von Kramm de Cologne.

En étudiant la liste des aventuriers internationaux et en éliminant tous ceux qui n'avaient pas vécu dans le Proche-Orient et dont l'âge ne correspondait pas à celui du mari de Mme Laboine, Maigret finit par ne plus avoir que quelques fiches à la main, dont une qui portait la mention :

« Hans Ziegler, *alias* Ernst Marek, *alias* John Donley, *alias* Joey Hogan, *alias* Jean Lemke (son véritable nom et son origine sont inconnus). Spécialisé dans le vol à l'américaine. Parle couramment le français, l'anglais, l'allemand, le hollandais, l'italien et l'espagnol. Un peu de polonais. »

C'était la police de Prague, trente ans plus tôt, qui avait envoyé dans tous les pays la photographie d'un nommé Hans Ziegler qui, avec l'aide d'un complice, s'était procuré frauduleusement une somme importante. Hans Ziegler se disait né à Munich et avait alors des moustaches blondes.

Londres connaissait bientôt le même homme sous le nom de John Donley, né à San Francisco, et Copenhague l'avait arrêté sous le nom de Ernst Marek.

On le retrouvait ailleurs sous d'autres identités, Joey Hogan, Jules Stieb, Cari Spangler.

Son aspect changeait aussi avec les années. Au début, c'était un homme grand et mince, malgré une solide ossature. Peu à peu, il prenait de l'embonpoint en même temps qu'une certaine dignité.

Il portait beau, était habillé avec recherche. À Paris, il avait vécu dans un grand hôtel des Champs-Élysées, à Londres au *Savoy*. Partout, il fréquentait les endroits sélects et partout son activité était invariable, partout il suivait une technique depuis longtemps mise au point par d'autres mais dont il usait avec un rare brio.

Ils étaient deux à travailler de concert, mais, de son complice, on ne savait rien, sinon qu'il était plus jeune et avait un accent d'Europe centrale.

Dans un bar élégant, ils repéraient une victime, un homme cossu, de préférence un industriel ou un commerçant de province.

Après quelques verres en compagnie de sa victime, Jean Lemke, ou Jules Stieb, John Donley, selon le cas, se plaignait de ne pas connaître le pays.

— Il faut absolument que je trouve un homme de confiance, disait-il. On m'a chargé d'une mission qui m'embarrasse, car je me demande comment je vais la mener à bien. J'ai tellement peur de me faire rouler !

La suite variait, mais le fond en était toujours le même. Une vieille dame très riche, une Américaine de préférence si cela se passait en Europe, lui avait remis une somme importante pour être distribuée à un certain nombre de personnes méritantes. Il avait l'argent, là-haut, en billets, dans sa chambre. Comment, dans un pays qu'il ne connaissait pas, juger des cas intéressants ?

Ah ! oui. La vieille dame avait spécifié qu'une partie de la somme, le tiers, par exemple, ou un quart, pouvait être distraite afin de couvrir les frais.

Est-ce que son nouvel ami… – car c'était un ami, n'est-ce pas ?… qui était un honnête homme – n'accepterait pas de l'aider ? Bien entendu, le tiers en question serait partagé avec lui… Cela représentait un assez joli paquet.

Il se devait d'être prudent, se considérait tenu d'exiger certaines garanties… Que son ami dépose une certaine somme en banque, de son côté, afin de prouver sa bonne foi…

— Attendez-moi un instant… Ou, mieux, montez donc dans mon appartement…

Les banknotes y étaient. Il y en avait plein une serviette, en liasses impressionnantes.

— Nous les emportons, nous passons par votre banque où vous retirez la somme…

Celle-ci variait selon les pays.

— Nous allons déposer le tout à mon compte tandis que je vous remets la serviette dont vous n'aurez plus qu'à distribuer le contenu, après prélèvement de votre part.

Dans le taxi, la mallette aux billets était entre eux deux. La victime retirait ses fonds. Devant sa propre banque, généralement un grand établissement du centre de la ville, Lemke, *alias* Stieb, *alias* Ziegler, etc., laissait la valise sous la garde de son compagnon.

— J'en ai pour un instant…

Il se précipitait avec les fonds de sa victime qui ne le revoyait jamais et découvrait bientôt que les liasses de billets, à part ceux qui se trouvaient au-dessus des piles, n'étaient que du papier journal.

La plupart du temps, quand l'homme avait été arrêté, il n'avait rien de compromettant en sa possession. Le produit du vol avait disparu, emporté par un complice à qui il l'avait passé dans la foule encombrant la banque.

Dans un dossier, un seul, envoyé par la police danoise, on ajoutait :

« Selon des informations qu'il nous a été impossible de contrôler, il s'agirait en réalité d'un sujet hollandais nommé Julius Van Cram, né à Groningen. Fils de bonne famille, Van Cram a travaillé, vers l'âge de vingt-deux ans, dans une banque d'Amsterdam dont son père était administrateur. Il parlait déjà plusieurs langues, avait reçu une excellente éducation et fréquentait le Yacht Club d'Amsterdam.

» Il a disparu deux ans plus tard, et quelques semaines après on s'est aperçu qu'il avait emporté une partie des fonds de la banque. »

Malheureusement, il avait été impossible de se procurer des photographies de ce Van Cram, dont on ne possédait pas non plus les empreintes digitales.

En confrontant les dates, Maigret faisait une autre découverte intéressante. À l'encontre de la plupart des malfaiteurs et des escrocs, l'homme travaillait rarement deux fois de suite. Il mettait des semaines, parfois des mois, à préparer son coup, toujours pour une somme importante.

Après quoi, on était généralement plusieurs années avant de le retrouver à un autre bout du monde, jouant à nouveau sa partie avec la même adresse, la même perfection dans le détail.

Cela n'indiquait-il pas qu'il attendait pour recommencer que les fonds soient en baisse ? Conservait-il une poire pour la soif ? Avait-il un magot caché quelque part ?

Son dernier exploit datait de six ans et avait eu lieu au Mexique.

— Tu veux venir un instant, Lucas ?

Lucas regarda avec surprise les dossiers qui encombraient le bureau.

— Je voudrais que tu expédies un certain nombre de télégrammes. Auparavant tu enverras quelqu'un chez la veuve Crêmieux, rue de Clichy, pour t'assurer que ce personnage est bien celui dont elle a vu la photographie dans le sac de sa locataire.

Il donna la liste des pays où l'homme avait travaillé, avec le nom sous lequel il y avait été connu.

— Tu téléphoneras aussi à Féret, à Nice. Qu'il retourne voir Mme Laboine et qu'il essaie d'obtenir la date et le lieu d'origine des mandats qu'elle a reçus. Je doute qu'elle en ait conservé les talons, mais c'est une chance à courir.

Il s'interrompit soudain.

— Pas de nouvelles de Lognon ?

— Il devait téléphoner ?

— Je ne sais pas. Veux-tu appeler son appartement ?

Il eut Mme Lognon au bout du fil.

— Votre mari est rentré ?

— Pas encore. Vous ne savez toujours pas où il est ?

Elle s'inquiétait et il commençait à s'inquiéter à son tour.

— Je suppose, dit-il pour la rassurer, que sa filature l'aura conduit hors ville.

Il parlait de filature à tout hasard, dut subir les doléances de Mme Lognon qui se plaignit qu'on réserve invariablement à son mari les missions les plus ingrates et les plus dangereuses.

Pouvait-il lui répondre que, chaque fois que Lognon s'était mis dans un mauvais pas, il l'avait fait de son propre chef, la plupart du temps à l'encontre des instructions qu'il avait reçues ?

Il voulait tellement bien faire, avait un tel désir de se distinguer, qu'il fonçait tête baissée, persuadé, chaque fois, qu'il allait enfin prouver sa valeur.

Sa valeur, on la reconnaissait. Il n'y avait que lui à ne pas le savoir.

Maigret appela le 2e Quartier, où on n'avait pas davantage de nouvelles du Malgracieux.

— Personne ne l'a vu dans les environs ?

— On ne m'en a pas parlé.

Lucas, à côté, qui avait envoyé un inspecteur rue de Clichy, téléphonait ses télégrammes. Janvier, dans l'encadrement de la porte, attendait que Maigret raccroche pour lui demander ses instructions.

— Je crois que le commissaire Priollet désire vous voir. Il est passé tout à l'heure, mais vous n'étiez pas dans votre bureau.

— J'étais là-haut.

Maigret se rendit chez Priollet, qui était occupé à interroger un marchand de drogue aux narines pincées et aux yeux bordés de rouge.

— Je ne sais pas si cela t'intéresse toujours. Peut-être as-tu reçu l'information par ailleurs. On m'a signalé, ce matin, que Jeanine Armenieu a vécu assez longtemps dans un appartement de la rue de Ponthieu.

— Tu as le numéro ?

— Non. Ce n'est pas loin de la rue de Berri et il y a un bar au rez-de-chaussée.

— Je te remercie. Rien sur Santoni ?

— Rien. Je ne pense pas qu'on ait quoi que ce soit à lui reprocher et il doit filer le parfait amour à Florence.

Maigret retrouva Janvier dans son bureau.

— Prends ton chapeau et ton manteau.

— Où allons-nous ?

— Rue de Ponthieu.

Probablement en apprendrait-il encore un peu plus sur sa morte. Elle restait au premier plan de ses préoccupations. Mais il y avait ce sacré Lognon qui commençait à jouer un rôle important. Et, malheureusement, sur ce rôle-là, on ne savait rien.

— Celui qui a dit « Surtout, pas de zèle » avait bougrement raison, grommela le commissaire en endossant son pardessus.

Il était peu probable que le Malgracieux fût toujours à marcher dans les rues en se rendant d'une adresse à l'autre. La veille, à cinq heures, autant qu'on en pouvait juger – et, avec lui, ce n'était pas facile de juger – il n'avait aucune piste.

Il était rentré chez lui pour dîner, était reparti aussitôt.

Avant de sortir, Maigret passa la tête dans le bureau des inspecteurs.

— Que quelqu'un téléphone aux gares, à tout hasard, et s'assure que Lognon n'a pas pris le train.

En suivant quelqu'un, par exemple. C'était possible. Et, dans ce cas, il n'avait peut-être pas eu l'occasion de téléphoner au Quai ou à son bureau.

Dans ce cas-là aussi, il avait des renseignements que les autres n'avaient pas.

— On y va, patron ?

— On y va.

Maigret, maussade, fit arrêter la voiture place Dauphine pour boire un verre.

Ce n'était pas vrai qu'il était jaloux de Lognon. Si celui-ci découvrait l'assassin de Louise Laboine, tant mieux. S'il l'arrêtait, bravo !

Mais, sacrebleu, il aurait pu donner de ses nouvelles, comme tout le monde.

7

D'un inspecteur qui va de l'avant et d'une jeune fille qui a rendez-vous avec le destin

Pendant que Janvier pénétrait dans l'immeuble pour se renseigner, Maigret, les mains dans les poches, restait au bord du trottoir et se disait que la rue de Ponthieu était un peu comme la coulisse des Champs-Élysées, ou comme son escalier de service. Chaque grande artère de Paris a ainsi, souvent parallèle à elle, une rue plus étroite et animée où l'on trouve des petits bars et des boutiques d'alimentation, des restaurants de chauffeurs et des hôtels bon marché, des coiffeurs et des représentants des petits métiers.

Il y avait justement un débit de vin où il avait envie d'entrer et il allait sans doute le faire quand Janvier surgit.

— C'est ici, patron !

Dès le premier immeuble, ils étaient tombés juste. La loge n'était pas plus claire que la plupart des loges de Paris mais la concierge était jeune, appétissante, et un bébé s'ébattait dans un parc en bois verni.

— Vous êtes de la police aussi, n'est-ce pas ?

— Pourquoi dites-vous aussi ?

— Parce que, hier soir, il est déjà venu quelqu'un de la police. J'allais me coucher. C'était un petit homme à l'air si triste qu'avant de m'apercevoir qu'il était enrhumé j'ai cru qu'il avait perdu sa femme et qu'il pleurait.

Il était difficile de ne pas sourire à cette description du Malgracieux.

— Quelle heure était-il ?

— Environ dix heures. J'étais occupée à me déshabiller derrière le paravent et j'ai dû le faire attendre. Vous venez pour la même chose ?

— Je suppose qu'il vous a questionnée au sujet de Mlle Armenieu ?

— Et de son amie, oui, celle qui a été assassinée.

— Vous avez reconnu sa photographie dans le journal ?

— J'ai cru la reconnaître.

— Elle était votre locataire ?

— Asseyez-vous, messieurs. Vous permettez que je continue à préparer le déjeuner du petit ? Si vous avez trop chaud, ne vous gênez pas pour retirer votre pardessus.

Elle questionna à son tour :

— Vous n'appartenez pas au même service que celui d'hier ? Je ne sais pas pourquoi je vous demande cela. Cela ne me regarde pas. Comme je l'ai dit à votre collègue, la vraie locataire, celle au nom de qui le logement était loué, était Mlle Armenieu,

Mlle Jeanine, comme je l'appelais. Maintenant, elle est mariée. Les journaux en ont parlé. Vous le savez ?

Maigret fit signe que oui.

— Elle a habité longtemps chez vous ?

— Environ deux ans. Quand elle est arrivée, elle était encore jeunette et gauche et elle venait souvent me demander conseil.

— Elle travaillait ?

— À cette époque-là, elle était dactylo dans un bureau, pas très loin d'ici, je ne sais pas où au juste. Elle a pris le petit appartement du troisième, qui donne sur la cour mais qui est joli.

— Son amie ne vivait pas avec elle ?

— Si. Seulement, comme je vous le disais, c'était elle qui payait le loyer et le bail était à son nom.

Elle ne demandait qu'à parler. Cela lui était d'autant plus facile qu'elle avait déjà donné ces renseignements-là la veille.

— Je sais d'avance ce que vous allez me demander. Elles sont parties il y a environ six mois. Plus exactement, Mlle Jeanine est partie la première.

— Je croyais que l'appartement était à son nom ?

— Oui. Le mois était presque fini. Il restait trois ou quatre jours à courir. Un soir, Mlle Jeanine est venue s'asseoir à la place où vous êtes et m'a annoncé :

» — J'en ai assez, madame Marcelle. Cette fois, j'ai décidé d'en finir.

Maigret questionna :

— D'en finir avec quoi ?

— Avec l'autre, son amie, Louise.

— Elles ne s'entendaient pas ?

— C'est justement ce que je voudrais essayer de vous expliquer. Mlle Louise ne s'arrêtait jamais pour bavarder et je ne sais presque rien d'elle, sinon par son amie, de sorte que je ne connais qu'un son de cloche. Les premiers temps, j'ai cru qu'elles étaient deux sœurs, ou des cousines, ou des amies d'enfance. Puis Mlle Jeanine m'a appris qu'elles s'étaient simplement rencontrées dans le train deux ou trois mois plus tôt.

— Elles ne s'aimaient pas ?

— Oui et non. C'est difficile à dire. J'ai vu défiler un certain nombre de filles de cet âge-là. Nous en avons encore maintenant deux qui dansent au *Lido*. Une autre est manucure au *Claridge*. La plupart me racontent leurs petites affaires. Après quelques jours, Mlle Jeanine a fait comme elles. Mais l'autre, Louise, ne s'est jamais confiée. J'ai longtemps pensé qu'elle était fière, puis je me suis demandé si ce n'était pas de la timidité de sa part et c'est ce que je suis encore inclinée à croire.

» Voyez-vous, ces petites-là, quand elles arrivent à Paris et se sentent perdues au milieu des millions de gens, ou bien ça bluffe, ça crâne, ça parle haut, ou bien ça se renferme sur soi-même.

» Mlle Jeanine, elle, était plutôt de la première sorte. Rien ne lui faisait peur. Elle sortait presque tous les soirs. Après quelques semaines, elle rentrait à des deux ou trois heures du matin et elle avait appris comment s'habiller. Elle n'était pas ici depuis trois mois que je l'entendais, la nuit, monter avec un homme.

» Cela ne me regardait pas. Elle était chez elle. Nous ne tenons pas une pension de famille.

— Chacune avait sa chambre ?

— Oui. Quand même ! Louise n'en devait pas moins tout entendre et, le matin, il lui fallait attendre que l'homme soit parti pour faire sa toilette ou pour passer dans la cuisine.

— C'est ce qui a causé des disputes ?

— Je n'en suis pas sûre. En deux ans, il arrive beaucoup de choses et j'ai vingt-deux locataires dans l'immeuble. Je ne pouvais pas prévoir qu'une d'entre elles se ferait assassiner.

— Que fait votre mari ?

— Il est maître d'hôtel dans un restaurant de la place des Ternes. Cela ne vous ennuie pas que je donne à manger au petit ?

Elle l'installa dans sa chaise, se mit à lui tendre les bouchées une à une, sans perdre le fil de ses idées.

— J'ai raconté tout cela hier à votre collègue qui a pris des notes. Si vous voulez mon opinion, je vous dirai que Mlle Jeanine savait ce qu'elle voulait et qu'elle était décidée à l'obtenir par tous les moyens. Elle ne sortait pas avec n'importe qui. La plupart des hommes qui ont passé ici avaient leur voiture, que je voyais le matin à la porte en sortant les poubelles. Ils n'étaient pas nécessairement jeunes. Ils n'étaient pas vieux non plus. Ce que j'essaie de vous faire comprendre, c'est que ce n'était pas seulement pour le plaisir.

» Quand elle me posait des questions, je voyais où elle voulait en venir. Par exemple, si on lui donnait rendez-vous dans un restaurant qu'elle ne connaissait pas, elle tenait à savoir si c'était un restaurant chic ou non, comment il fallait s'habiller pour y aller, etc.

» Elle n'a pas mis plus de six mois pour connaître un certain Paris comme ses poches.

— Son amie ne l'accompagnait jamais ?

— Seulement quand elles allaient au cinéma.

— À quoi Louise passait-elle ses soirées ?

— La plupart du temps, elle restait là-haut. Parfois, elle allait faire un tour, sans jamais s'éloigner beaucoup, comme si elle avait peur.

» Elles avaient à peu près le même âge mais Mlle Louise, à côté de l'autre, était une petite fille.

» C'est ce qui, parfois, exaspérait Mlle Jeanine. Une première fois, elle m'a dit :

» — Si seulement, dans le train, j'avais pu dormir au lieu de bavarder avec elle !

» Cependant, surtout dans les débuts, je suis sûre qu'elle n'était pas fâchée d'avoir quelqu'un à qui parler. Peut-être avez-vous remarqué aussi que les jeunes filles qui viennent chercher fortune à Paris se mettent presque toujours à deux.

» Ensuite, petit à petit, elles commencent à se détester.

» C'est ce qui s'est passé, d'autant plus vite que Mlle Louise ne s'adaptait pas et ne restait jamais plus de quelques semaines dans une place.

» Elle n'avait guère d'instruction. Il paraît qu'elle faisait des fautes d'orthographe et que cela l'empêchait de travailler dans un bureau. Quand elle était embauchée comme vendeuse quelque part, il lui arrivait toujours une mésaventure. Ou c'était le patron, ou un chef de rayon qui essayait de coucher avec elle.

» Au lieu de leur faire comprendre adroitement que ce n'était pas son genre, elle montait sur ses grands chevaux, les giflait, ou s'en allait en claquant les portes. Une fois il y a eu des vols dans l'établissement et c'est elle qu'on a soupçonnée, alors qu'elle était sûrement innocente.

» Tout cela, remarquez-le, c'est son amie qui me l'a raconté. Pour ma part, je sais seulement qu'il y avait des périodes pendant lesquelles Mlle Louise ne travaillait pas, sortait plus tard que d'habitude pour courir aux adresses fournies par les petites annonces.

— Elles prenaient leurs repas là-haut ?

— Presque toujours. Sauf quand Mlle Jeanine mangeait dehors avec des amis. L'année dernière, elles sont allées toutes les deux passer une semaine à Deauville. Plus exactement, elles sont parties toutes les deux mais la petite – je veux dire Louise – est revenue la première et Jeanine n'est rentrée que plusieurs jours plus tard. J'ignore ce qui s'est passé là-bas. Elles sont restées un temps sans se parler tout en continuant à vivre dans le même appartement.

— Louise recevait du courrier ?

— Jamais de lettres personnelles. Je l'ai même crue orpheline. Son amie m'a appris qu'elle avait une mère, dans le Midi, une demi-folle qui ne s'occupait pas de sa fille. De temps en temps, quand Mlle Louise répondait par écrit à des annonces, elle recevait quelques lettres sur du papier à en-tête et je savais ce que cela signifiait.

— Et Jeanine ?

— Une lettre de Lyon toutes les deux ou trois semaines. De son père qui est veuf là-bas. Puis surtout des pneumatiques, pour lui donner des rendez-vous.

— Il y a longtemps que Jeanine vous avait dit son désir de se débarrasser de son amie ?

— Elle a commencé à en parler voilà plus d'un an, peut-être un an et demi, mais c'était toujours quand elles s'étaient disputées, ou quand l'autre venait une fois de plus de perdre sa place. Jeanine soupirait :

» — Quand je pense que j'ai quitté mon père pour être libre et que je me suis mis cette gourde-là sur le dos !

» Le lendemain ou le surlendemain, elle était contente de la retrouver, j'en suis persuadée. C'était un peu comme dans les ménages. Je suppose que vous êtes mariés tous les deux ?

— Il y a six mois que Jeanine Armenieu vous a donné son congé ?

— Oui. Elle avait beaucoup changé pendant les derniers temps. Elle s'habillait mieux, je veux dire avec des choses plus coûteuses, fréquentait des endroits d'une classe au-dessus de ceux qu'elle avait fréquentés jusqu'alors. Il lui arrivait de ne pas rentrer de deux ou trois jours. Elle recevait des fleurs, des boîtes de chocolat qui venaient de la *Marquise de Sévigné*. J'ai compris.

» Un soir, donc, elle est venue s'asseoir dans la loge et m'a annoncé :

» — Cette fois, je m'en vais pour de bon, madame Marcelle. Je n'ai rien contre la maison, mais je ne peux pas éternellement continuer à habiter avec cette fille.

» — Vous n'allez pas vous marier ? ai-je plaisanté.

» Elle n'a pas ri, a murmuré :

» — Pas tout de suite. Quand cela arrivera, vous l'apprendrez par les journaux.

» Elle devait déjà avoir fait la connaissance de M. Santoni. Elle était sûre d'elle et son petit sourire en disait long.

» J'ai continué à plaisanter.

» — Vous m'inviterez à la noce ?

» — Je ne promets pas de vous inviter, mais je vous enverrai un joli cadeau.

— Elle l'a fait ? demanda Maigret.

— Pas encore. Elle le fera probablement. Toujours est-il qu'elle est arrivée à ses fins, et qu'elle passe sa lune de miel en Italie. Pour en revenir à ce soir-là, elle m'a avoué qu'elle partait sans rien dire à son amie et qu'elle s'arrangerait pour que celle-ci ne la retrouve pas.

» — Sinon, elle parviendra encore à s'accrocher à moi !

» Elle a fait ce qu'elle m'a annoncé, a profité de ce que l'autre était sortie pour emporter ses deux valises et ne m'a même pas laissé d'adresse, pour être plus sûre.

» — Je passerai de temps en temps voir s'il y a du courrier pour moi.

— Vous l'avez revue ?

— Trois ou quatre fois. Donc, il restait quelques jours de loyer à courir. Le dernier matin, Mlle Louise est venue me trouver pour me déclarer qu'elle était obligée de quitter la maison. J'avoue que j'ai eu pitié d'elle. Elle ne pleurait pas. Sa lèvre tremblait en me parlant et je la sentais si désemparée. Elle ne possédait qu'une petite valise bleue pour tout bagage. Je lui ai demandé où elle allait et elle m'a répondu qu'elle l'ignorait.

» — Si vous voulez rester encore quelques jours, jusqu'à ce que je trouve un locataire…

» — Je vous remercie beaucoup, mais j'aime mieux pas…

» C'était bien d'elle. Je l'ai vue s'éloigner le long du trottoir, sa valise à la main, et, quand elle a tourné le coin de la rue, j'avais envie de la rappeler pour lui donner un peu d'argent.

— Elle est revenue vous voir aussi ?

— Elle est revenue, mais pas pour me voir. C'était pour me demander l'adresse de son amie. Je lui ai répondu que je l'ignorais. Elle n'a pas dû me croire.

— Pourquoi voulait-elle la retrouver ?

— Probablement pour se remettre avec elle, ou pour lui demander de l'argent. À l'état de ses vêtements, il était facile de comprendre que ça allait mal.

— Quand est-elle venue pour la dernière fois ?

— Il y a un peu plus d'un mois. Je venais de lire le journal, qui était encore sur la table. Je n'aurais sans doute pas dû faire ce que j'ai fait.

» — Je ne sais pas où elle habite, lui ai-je dit, mais on parle justement d'elle dans les échos.

» C'était vrai. Il était dit quelque chose comme :

» *Marco Santoni, des vermouths, chaque soir au Maxim's avec un ravissant mannequin, Jeanine Armenieu.*

Maigret regarda Janvier, qui avait compris. Un mois plus tôt, Louise Laboine s'était rendue une première fois rue de Douai pour louer une robe du soir à « Mademoiselle Irène ». N'était-ce pas avec l'intention de se rendre au *Maxim's* pour rencontrer son amie ?

— Vous ignorez si elle l'a vue ?

— Elle ne l'a pas vue. Mlle Jeanine est venue quelques jours plus tard, et, quand je lui ai posé la question, elle s'est mise à rire :

» — Nous allons souper souvent au *Maxim's,* mais quand même pas chaque soir, m'a-t-elle dit. En outre, je doute qu'on ait laissé entrer la pauvre Louise.

Maigret questionna :

— Vous avez raconté tout cela à l'inspecteur qui est venu hier soir ?

— Peut-être pas avec autant de détails, parce qu'il y en a dont je me suis souvenue depuis.

— Vous ne lui avez rien dit d'autre ?

Maigret essayait de découvrir ce qui, dans ce qu'il venait d'apprendre, avait pu lancer Lognon sur une piste. La veille, à dix heures du soir, il se trouvait dans cette même loge de concierge. Et, depuis, on ne savait rien de lui.

— Vous me donnez un moment pour mettre mon fils au lit ?

Elle le débarbouilla, le changea sur la table, pénétra avec lui dans une sorte d'alcôve où on l'entendit chuchoter tendrement.

Quand elle revint, elle paraissait un peu plus soucieuse.

— Je me demande, à présent, si ce qui est arrivé n'est pas ma faute. Si seulement ces filles-là ne faisaient pas tant de mystères, ce serait si facile ! Que

Mlle Jeanine ne me laisse pas son adresse pour ne pas être ennuyée par son amie, je le comprends. Mais l'autre, Mlle Louise, elle aurait pu me donner la sienne.

» Il y a une dizaine de jours, peut-être un peu plus, je ne sais pas au juste, un homme est venu et m'a demandé si une certaine Louise Laboine habitait bien ici.

» Je lui ai répondu que non, qu'elle était partie depuis plusieurs mois mais qu'elle vivait encore à Paris, que je ne connaissais pas son adresse, qu'elle venait de temps en temps me voir.

— Quelle sorte d'homme ?

— Un étranger. À son accent, j'ai cru comprendre que c'était un Anglais ou un Américain. Pas quelqu'un de riche, ni d'élégant. Un petit bonhomme maigre, qui, tenez, ressemble un peu à l'inspecteur d'hier. J'ignore pourquoi il m'a fait penser à un clown.

» Il paraissait découragé, a insisté pour savoir si j'espérais la voir bientôt.

» — Peut-être demain, peut-être dans un mois, lui ai-je répondu.

» — Je vais lui laisser un mot.

» Il s'est assis devant la table, m'a demandé du papier et une enveloppe et s'est mis à écrire au crayon. J'ai glissé la lettre dans un casier vide et je n'y ai plus pensé.

» Quand il est revenu, trois jours après, la lettre était toujours là et il s'est montré encore plus découragé.

» — Je ne vais pas pouvoir attendre longtemps, m'a-t-il dit. Il faudra bientôt que je m'en aille.

» Je lui ai demandé si c'était important et il m'a répondu :

» — Pour elle, oui. Très important.

» Il a repris la lettre et en a écrit une autre, en y mettant le temps, cette fois, comme s'il était obligé de prendre une décision. À la fin, il me l'a tendue en soupirant.

— Vous ne l'avez pas revu ?

— Seulement le lendemain. Trois jours plus tard, Mlle Jeanine est venue me rendre visite. Cet après-midi-là, elle m'a annoncé, très excitée :

» — Vous entendrez bientôt parler de moi par les journaux.

» Elle venait de faire des achats dans le quartier et était chargée de petits paquets qui sortaient des meilleures maisons.

» Je lui ai parlé de la lettre pour Mlle Louise, lui ai raconté les visites du bonhomme maigre.

» — Si seulement je savais où la trouver…

» Elle a paru réfléchir.

» — Vous feriez peut-être mieux de me la confier, a-t-elle fini par dire. Comme je connais Louise, elle ne sera pas longtemps sans venir me voir. Dès qu'elle saura par les journaux où je suis…

» J'ai hésité. J'ai pensé qu'elle avait sans doute raison.

— Vous lui avez remis la lettre ?

— Oui. Elle a regardé l'enveloppe et l'a fourrée dans son sac. Ce n'est qu'en sortant qu'elle m'a lancé :

» — Vous ne tarderez pas à recevoir votre cadeau, madame Marcelle !

Maigret se taisait, tête baissée, le regard fixé au plancher.

— C'est tout ce que vous avez dit à l'inspecteur ?

— Je crois. Oui. Je cherche. Je ne vois pas ce que j'aurais pu ajouter.

— Louise n'est pas revenue, depuis ?

— Non.

— Elle ignorait donc que son ex-amie avait une lettre pour elle ?

— Je suppose. En tout cas, ce n'est pas par moi qu'elle a pu l'apprendre.

Maigret venait, en un quart d'heure, d'en découvrir beaucoup plus qu'il n'avait espéré. Seulement, la piste s'arrêtait brusquement.

C'était à Lognon, plus encore qu'à Louise Laboine, qu'il pensait, comme si le Malgracieux s'était soudain mis à jouer le premier rôle.

Il était venu ici, avait entendu le même récit.

Après quoi il avait disparu de la circulation.

Un autre, la veille au soir, sachant ce qu'il savait, aurait téléphoné à Maigret pour lui communiquer les renseignements et demander des instructions. Pas Lognon ! Il avait tenu, tout seul, à aller jusqu'au bout.

— Vous semblez préoccupé, remarqua la concierge.

— Je suppose que l'inspecteur ne vous a rien dit, n'a fait aucune réflexion ?

— Non. Il est parti en me remerciant et a tourné à droite dans la rue.

Que faire, sinon remercier aussi et s'en aller ? Sans consulter Janvier, Maigret entraîna celui-ci dans le bistrot qu'il avait remarqué tout à l'heure, commanda deux pernods et but le sien en silence.

— Veux-tu téléphoner au 2e Quartier pour savoir s'ils ont de ses nouvelles ? Appelle sa femme ensuite, au cas où le bureau ne saurait rien. Enfin, assure-toi qu'il n'a pas pris contact avec le Quai.

Quand Janvier sortit de la cabine, Maigret buvait lentement un second apéritif.

— Rien !

— Je ne vois qu'une explication, c'est qu'il ait téléphoné en Italie.

— Vous allez le faire ?

— Oui. Nous obtiendrons plus rapidement la communication du bureau.

Quand ils y arrivèrent, presque tout le monde était parti déjeuner. Maigret se fit donner la liste des hôtels de Florence, choisit les plus luxueux et, au troisième, apprit que les Santoni y étaient descendus. Ils ne se trouvaient pas dans leur appartement, qu'ils avaient quitté une demi-heure plus tôt pour descendre déjeuner au restaurant.

C'est là, un peu plus tard, qu'il put les joindre et il eut la chance que le maître d'hôtel, qui avait travaillé à Paris, sache un peu de français.

— Voulez-vous demander à Mme Santoni de venir à l'appareil ?

Quand le maître d'hôtel eut fait la commission, ce fut une voix d'homme, agressive, que Maigret entendit.

— Je vous serais obligé de me dire ce que signifie cette histoire ?

— Qui est à l'appareil ?

— Marco Santoni. La nuit dernière, on nous réveille sous prétexte que la police de Paris a besoin d'un renseignement urgent. Aujourd'hui, c'est au restaurant que vous nous poursuivez.

— Je m'excuse, monsieur Santoni. C'est le commissaire Maigret, de la Police Judiciaire, qui vous parle.

— Cela ne me dit pas ce que ma femme a à voir avec…

— Ce n'est pas à elle que nous en avons. Il se fait seulement qu'une de ses anciennes amies a été assassinée.

— C'est ce que le type de la nuit dernière nous a raconté. Et après ? Est-ce une raison pour…

— Votre femme avait reçu une lettre en dépôt. Cette lettre nous permettrait probablement…

— Est-il indispensable, pour cela, de téléphoner deux fois ? Elle a dit tout ce qu'elle savait à l'inspecteur.

— L'inspecteur a disparu.

— Ah !

Sa colère tombait.

— Dans ce cas, je vais appeler ma femme. J'espère qu'ensuite vous la laisserez tranquille et que vous éviterez que son nom soit dans les journaux.

Il y eut des chuchotements. Jeanine devait se trouver dans la cabine avec son mari.

— J'écoute ! dit-elle.

— Excusez-moi, madame. Vous savez déjà de quoi il s'agit. La concierge de la rue de Ponthieu vous a remis une lettre destinée à Louise.

— Je regrette de m'en être chargée !

— Qu'est-ce que cette lettre est devenue ?

Il y eut un silence et, un instant, Maigret crut que la communication avait été coupée.

— Vous la lui avez remise la nuit de votre mariage, quand elle est allée vous voir au *Roméo* ?

— Bien sûr que non. Je n'allais pas emporter la lettre avec moi le soir de mon mariage.

— C'est à cause de cette lettre que Louise est allée vous trouver ?

Un nouveau silence, comme une hésitation.

— Non. Elle n'en avait même pas entendu parler.

— Que voulait-elle ?

— Que je lui prête de l'argent, bien sûr. Elle m'a dit qu'elle n'avait plus un sou, que sa propriétaire l'avait mise à la porte et m'a laissé entendre qu'elle n'avait plus que la ressource de se suicider. Pas si clairement que ça. Avec Louise, rien n'est jamais clair.

— Vous lui avez donné de l'argent ?

— Trois ou quatre billets de mille francs. Je ne les ai pas comptés.

— Vous lui avez parlé de la lettre ?

— Oui.

— Que lui avez-vous dit exactement ?

— Ce qu'il y avait dedans.

— Vous l'aviez lue ?

— Oui.

Encore un silence.

— Vous me croirez si vous voulez. Ce n'est pas par curiosité. Ce n'est même pas moi qui l'ai ouverte. Marco l'a trouvée dans mon sac. Je lui ai raconté l'histoire et il ne m'a pas crue. Je lui ai dit :

» — Ouvre-la. Tu verras bien.

À voix plus basse, elle parla à son compagnon, qui était resté dans la cabine.

— Tais-toi, lui disait-elle. Il vaut mieux dire la vérité. Ils la découvriront quand même.

— Vous vous souvenez du contenu ?

— Pas mot à mot. C'était mal écrit, en mauvais français, plein de fautes d'orthographe. Cela disait en substance :

» *J'ai une commission très importante à vous faire et il est urgent que je vous rencontre. Demandez après Jimmy au* Pickwick's Bar, *rue de l'Étoile. C'est moi. Si je n'y suis pas, le barman vous dira où vous pouvez me trouver.*

» — Vous êtes toujours là, commissaire ?

Maigret prenait des notes, grommelait :

— Continuez.

— La lettre ajoutait : *Il se peut qu'il ne me soit pas possible de rester en France assez longtemps. Dans ce cas, je laisserai le document au barman. Il vous demandera de prouver votre identité. Vous comprendrez après.*

— C'est tout ?

— Oui.

— Vous avez fait part de ce message à Louise ?

— Oui.

— Elle a paru comprendre ?

— Pas tout de suite. Puis elle a eu l'air de penser à quelque chose et elle est partie en me disant merci.

— Vous n'avez pas eu de ses nouvelles au cours de la nuit ?

— Non. Comment aurais-je pu en avoir ? Ce n'est que deux jours après, en parcourant par hasard le journal, que j'ai appris qu'elle était morte.

— Vous pensez qu'elle s'est rendue au *Pickwick's Bar* ?

— C'est probable, non ? Qu'auriez-vous fait à sa place ?

— Personne, en dehors de vous et de votre mari, n'était au courant ?

— Je ne sais pas. La lettre a traîné dans mon sac pendant deux ou trois jours.

— Vous habitiez l'*Hôtel Washington* ?

— Oui.

— Vous n'avez pas reçu de visite ?

— Pas en dehors de Marco.

— Où se trouve à présent la lettre ?

— J'ai dû la ranger avec d'autres papiers.

— Vos affaires sont encore à l'hôtel ?

— Certainement pas. Je les ai transportées chez Marco la veille du mariage, sauf mes objets de toilette et quelques vêtements que le valet de chambre est allé chercher le jour même. Vous croyez que c'est à cause de ce message qu'elle est morte ?

— C'est possible. Elle n'a fait aucune réflexion à ce sujet ?

— Aucune.

— Elle ne vous a jamais parlé de son père ?

— Je lui ai demandé un jour de qui était la photographie qu'elle gardait dans son portefeuille et elle m'a répondu que c'était le portrait de son père.

» — Il vit encore ? ai-je insisté.

» Elle m'a regardée comme quelqu'un qui n'a pas envie de parler et qui fait des mystères. Je me suis tue. Une autre fois que nous discutions de nos parents, j'ai questionné :

» — Que fait ton père ?

» Elle m'a fixée de la même manière, en silence, c'était son genre. Maintenant qu'elle est morte, ce n'est pas le moment d'en dire du mal, mais…

Son compagnon dut la faire taire.

— Je vous ai dit tout ce que je savais.

— Je vous remercie. Quand comptez-vous rentrer à Paris ?

— D'ici une semaine.

Janvier avait suivi la conversation à un second écouteur.

— Il me semble que nous venons de retrouver la piste Lognon, dit-il, avec un mince sourire.

— Tu connais le *Pickwick's Bar* ?

— J'ai déjà vu ça en passant, mais je n'y suis jamais entré.

— Moi non plus. Tu as faim ?

— J'ai encore plus hâte de savoir.

Maigret ouvrit la porte du bureau voisin, lança à Lucas :

— Pas de nouvelles de Lognon ?

— Rien, patron.

— S'il t'appelle, tu pourras me toucher au *Pickwick's Bar*, rue de l'Étoile.

— J'ai eu tout à l'heure une visite, patron, celle de la tenancière d'un meublé de la rue d'Aboukir. Elle a mis du temps à se décider. Il paraît qu'elle a été si occupée ces derniers jours, qu'elle n'a pas lu le journal. Bref, elle est venue nous dire que Louise Laboine a vécu dans son établissement pendant quatre mois.

— À quelle époque ?

— Récemment. Elle l'a quitté voilà deux mois.

— Donc, au moment d'aller s'installer rue de Clichy.

— Oui. Elle travaillait comme vendeuse dans un magasin du boulevard Magenta. C'est un de ces magasins qui ont un rayon de soldes sur le trottoir. La jeune fille y a passé une partie de l'hiver, a fini par attraper une bronchite et a dû garder la chambre pendant une semaine.

— Qui la soignait ?

— Personne. Sa chambre était au dernier étage, une sorte de mansarde. Le meublé est de dernier ordre, surtout fréquenté par des Nord-Africains.

Les vides, maintenant, étaient presque tous remplis. Il devenait possible de reconstituer l'histoire de la jeune fille depuis le moment où elle avait quitté sa mère, à Nice, jusqu'à la nuit où elle avait retrouvé Jeanine au *Roméo*.

— Tu viens, Janvier ?

Il ne restait à reconstituer que son emploi du temps pendant à peu près deux heures la dernière nuit.

Le chauffeur de taxi l'avait vue place Saint-Augustin puis, marchant toujours en direction de l'Arc de Triomphe, au coin du boulevard Haussmann et du faubourg Saint-Honoré.

C'était la route à suivre pour se rendre rue de l'Étoile.

Louise, qui n'avait jamais su organiser sa vie, qui n'avait trouvé, pour s'y raccrocher, qu'une fille rencontrée dans un train, marchait vite, toute seule sous la pluie fine, comme si elle était pressée de rencontrer son destin.

8

Où tout se passe entre gens qui savent ce que parler veut dire et où il est encore une fois question du Malgracieux

La façade, entre l'échoppe d'un cordonnier et une blanchisserie où l'on voyait travailler des repasseuses, était si étroite que la plupart des gens devaient passer sans soupçonner qu'il y avait là un bar. On ne pouvait rien distinguer à l'intérieur à cause des culs de bouteilles verdâtres qui servaient de vitres, et la porte, masquée par un rideau rouge sombre, était surmontée d'une lanterne genre ancien, où les mots *Pickwick's Bar* étaient peints en lettres plus ou moins gothiques.

Le seuil franchi, une transformation s'opéra en Maigret, qui sembla se durcir, devenir plus impersonnel, et un changement semblable s'opéra automatiquement dans l'attitude de Janvier.

Le bar, tout en longueur, était désert. À cause des culs de bouteilles et de l'étroitesse de la façade, la pièce était sombre, avec par-ci par-là des reflets sur les boiseries.

Un homme en bras de chemise, qui s'était levé à leur entrée, fit un mouvement pour poser quelque chose, sans doute un sandwich qu'il était en train de manger, assis derrière le bar, invisible, quand la porte s'était ouverte.

La bouche encore pleine, il les regardait s'avancer sans mot dire, sans qu'on pût lire aucune expression sur son visage. Il avait les cheveux très noirs, presque bleus, d'épais sourcils qui lui donnaient un air têtu, une fossette au milieu du menton, profonde comme une cicatrice.

Maigret parut à peine le regarder, mais il était évident qu'ils s'étaient reconnus tous les deux et que ce n'était pas la première fois qu'ils s'affrontaient. Il s'avança lentement vers un des hauts tabourets, s'y assit en déboutonnant son pardessus et en repoussant son chapeau en arrière. Janvier l'imita.

Après un silence, le barman questionna :

— Vous buvez quelque chose ?

Maigret regarda Janvier, hésitant.

— Et toi ?

— Je ferai comme vous.

— Deux pernods, si tu en as.

Albert les servit, posa une carafe d'eau glacée sur le comptoir d'acajou, attendit, et un instant on put croire qu'ils allaient jouer à qui garderait le plus longtemps le silence.

Ce fut le commissaire qui le rompit.

— À quelle heure Lognon est-il venu ?

— Je ne savais pas que son nom était Lognon. Je l'ai toujours entendu appeler le Malgracieux.

— Quelle heure ?

— Peut-être onze heures ? Je n'ai pas regardé l'horloge.

— Où l'as-tu envoyé ?

— Nulle part.

— Qu'est-ce que tu lui as dit ?

— J'ai répondu à ses questions.

Maigret piquait des olives dans une coupe qui se trouvait sur le comptoir et les mangeait une à une avec l'air de penser à autre chose.

Dès l'entrée, quand le barman s'était levé derrière son comptoir, il l'avait reconnu pour un certain Albert Falconi, un Corse, qu'il avait envoyé au moins deux fois en prison sous l'inculpation de jeux clandestins et, une fois, de trafic d'or avec la Belgique. Une autre fois, Falconi avait été soupçonné d'avoir descendu, à Montmartre, un type de la bande des Marseillais, mais on n'avait pu retenir de preuve contre lui et il avait été relâché.

Il devait avoir trente-cinq ans.

De part et d'autre, on évitait les mots inutiles. On était en quelque sorte entre professionnels et les phrases qu'on prononçait avaient leur plein poids de signification.

— Quand tu as lu le journal, mardi, tu as reconnu la petite ?

Albert ne nia pas, n'admit rien, continua à regarder le commissaire d'un œil impassible.

— Combien y avait-il de clients dans la boîte quand elle est venue lundi soir ?

Maigret contemplait l'enfilade de la salle. Il existe à Paris un certain nombre de bars comme celui-là, et le passant qui y entre à l'improviste alors qu'ils sont vides peut se demander de quoi ils vivent. Cela tient à ce qu'ils ont une clientèle d'habitués, appartenant plus ou moins tous à un même milieu, qui se retrouvent régulièrement aux mêmes heures.

Le matin, Albert ne devait pas ouvrir. Il venait probablement d'arriver et n'avait pas fini de ranger ses bouteilles. Le soir, par contre, tous les tabourets étaient sans doute occupés, laissant juste assez de place pour se faufiler le long du mur. Au fond, s'amorçait un escalier raide qui conduisait au sous-sol.

Le barman, lui aussi, paraissait faire le compte des tabourets.

— C'était à peu près plein, finit-il par dire.

— Il était entre minuit et une heure ?

— Beaucoup plus près d'une heure que de minuit.

— Tu l'avais déjà vue ?

— C'était la première fois.

Tout le monde avait dû se tourner vers Louise et l'examiner avec curiosité. Si des femmes fréquentaient l'établissement, c'étaient des professionnelles, elles aussi bien différentes de la jeune fille. Sa robe du soir fanée, la cape de velours qui n'avait pas été faite pour elle avaient certainement causé une certaine sensation.

— Qu'est-ce qu'elle a fait ?

Albert fronça les sourcils, en homme qui cherche à se souvenir.

— Elle s'est assise.

— Où ?

Il regarda à nouveau les tabourets.

— À peu près où vous êtes. C'était la seule place libre à proximité de la porte.

— Qu'est-ce qu'elle a bu ?

— Un martini.

— Elle a tout de suite commandé un martini ?

— Quand je lui ai demandé ce qu'elle prenait.

— Ensuite ?

— Elle est restée un bon moment sans rien dire.

— Elle avait un sac à main ?

— Elle l'avait posé sur le bar. Un sac argenté.

— Lognon t'a posé ces questions-là ?

— Pas dans le même ordre.

— Continue.

— J'aime mieux répondre.

— Elle t'a demandé si tu avais une lettre pour elle ?

Il fit signe que oui.

— Où était la lettre ?

Il se retourna, comme au ralenti, désigna une place, entre deux bouteilles qui ne devaient pas souvent servir, où se trouvaient deux ou trois enveloppes destinées à des clients.

— Ici.

— Tu la lui as remise ?

— Je lui ai réclamé sa carte d'identité.

— Pourquoi ?

— Parce qu'on m'avait recommandé de le faire.

— Qui ?

— Le type.

Il n'en disait jamais plus qu'il était indispensable et, pendant les silences, essayait évidemment de prévoir la question suivante.

— Jimmy ?

— Oui.

— Tu connais son nom de famille ?

— Non. Dans les bars, les gens donnent rarement leur nom de famille.

— Cela dépend dans quels bars.

Albert haussa les épaules comme pour signifier que cela ne l'offensait pas.

— Il parlait le français ?

— Assez bien pour un Américain.

— Quel genre de type ?

— Vous le savez mieux que moi, non ?

— Dis toujours.

— J'ai eu l'impression qu'il avait passé un certain nombre d'années à l'ombre.

— Un petit, maigre, mal portant ?

— Oui.

— Il était ici lundi ?

— Il avait quitté Paris cinq ou six jours plus tôt.

— Avant cela, il venait tous les jours ?

Albert acquiesçait sans impatience et, comme les verres étaient vides, saisissait la bouteille de pernod.

— Il passait le plus clair de son temps ici.

— Tu sais où il habitait ?

— Probablement dans un hôtel du quartier, j'ignore lequel.

— Il t'avait déjà remis l'enveloppe ?

— Non. Il m'avait seulement dit que, si la jeune fille venait le demander, je lui dise à quelle heure elle pouvait le trouver.

— Quelles étaient ces heures ?

— L'après-midi à partir de quatre heures, puis presque toute la soirée, jusque très tard.

— À quelle heure fermes-tu ?

— Deux ou trois heures du matin, cela dépend.

— Il te parlait ?

— Des fois.

— De lui ?

— De choses et d'autres.

— Il t'a avoué qu'il sortait de prison ?

— Il me l'a laissé entendre.

— Sing-Sing ?

— Je crois. Si Sing-Sing est dans l'État de New York, au bord de l'Hudson, c'est ça.

— Il ne t'a pas mis au courant de ce que contenait l'enveloppe ?

— Non. Seulement que c'était important. Il avait hâte de s'en aller.

— À cause de la police ?

— De sa fille. Elle se marie la semaine prochaine à Baltimore. C'est pour cela qu'il a dû s'en aller sans attendre plus longtemps.

— Il t'a décrit la jeune fille qui viendrait ?

— Non. Il m'a seulement recommandé de m'assurer que c'était bien elle. C'est pourquoi je lui ai demandé sa carte d'identité.

— Elle a lu la lettre dans le bar ?

— Elle est descendue.

— Qu'est-ce qu'il y a, en bas ?

— Les lavabos et les téléphones.

— Tu crois qu'elle est allée lire sa lettre en bas ?

— Je le suppose.

— Elle a emporté son sac à main ?

— Oui.

— Quelle tête avait-elle quand elle est remontée ?

— Elle était moins déprimée qu'avant.

— Elle avait bu, avant de venir ?

— Je ne sais pas. Peut-être.

— Qu'a-t-elle fait ensuite ?

— Elle a repris sa place au bar.

— Elle a commandé un autre martini ?

— Pas elle. L'autre Américain.

— Quel autre Américain ?

— Un grand bougre avec une balafre et des oreilles en chou-fleur.

— Tu ne le connais pas ?

— Celui-là, je ne sais même pas son prénom.

— Quand a-t-il commencé à fréquenter ton bar ?

— À peu près en même temps que Jimmy.

— Ils se connaissaient ?

— Jimmy ne le connaissait sûrement pas.

— Et l'autre ?

— J'ai eu l'idée qu'il le suivait.

— Il venait aux mêmes heures ?

— À peu près, dans une grande bagnole grise qu'il rangeait en face de la porte.

— Le Jimmy ne t'en a pas parlé ?

— Il m'a demandé si je le connaissais.

— Tu lui as répondu que non ?

— Oui. Cela a paru le préoccuper. Puis il m'a dit que c'était sans doute le F.B.I. qui se demandait ce qu'il était venu faire en France et qui le surveillait.

— Tu crois que c'est ça ?

— Il y a longtemps que je ne crois plus rien.

— Quand Jimmy est reparti pour les États-Unis, l'autre a continué à venir ?

— Régulièrement.

— Il y avait un nom sur l'enveloppe ?

— Louise Laboine. Et la mention : Paris.

— Les clients pouvaient lire, de leur place ?

— Sûrement pas.

— Tu ne quittes jamais le bar pour un instant ?

— Pas quand il y a du monde. Je ne me fie à personne.

— Il a adressé la parole à la demoiselle ?

— Il lui a demandé la permission de lui offrir un verre.

— Elle a accepté ?

— Elle m'a regardé comme pour me demander conseil. On devinait qu'elle n'avait pas l'habitude.

— Tu lui as fait signe d'accepter ?

— Je ne lui ai fait aucun signe. Je me suis contenté de servir deux martinis. Puis je suis allé à l'autre bout du comptoir où on m'appelait et je n'y ai plus fait attention.

— La jeune fille et l'Américain sont partis ensemble ?

— Je crois.

— En voiture ?

— J'ai entendu le bruit d'un moteur.

— C'est tout ce que tu as dit à Lognon ?

— Non. Il m'a posé d'autres questions.

— Lesquelles ?

— Par exemple, si le type n'avait pas téléphoné. Je lui ai répondu que non. Ensuite, si je savais où il habitait. Je lui ai dit que non aussi. Enfin, si je n'avais aucune idée de l'endroit où il pouvait être allé.

Maintenant, Albert regardait lourdement Maigret et attendait.

— Alors ?

— Vous allez en savoir exactement autant que le Malgracieux. La veille, l'Américain m'avait demandé quelle est la meilleure route pour Bruxelles. Je lui ai conseillé de sortir de Paris par Saint-Denis, de passer par Compiègne, puis…

— C'est tout ?

— Non. Peut-être une heure avant l'arrivée de la petite, il m'a à nouveau parlé de Bruxelles. Il désirait savoir, cette fois, quel était le meilleur hôtel. Je lui ai répondu que je descendais toujours au *Palace*, en face de la gare du Nord.

— Quelle heure était-il, quand tu as dit ça à Lognon ?

— Près d'une heure du matin. Cela a pris plus de temps qu'avec vous, parce que je devais servir les clients.

— Tu as un indicateur des chemins de fer ?

— Si c'est pour les trains de Bruxelles, ce n'est pas la peine. L'inspecteur est descendu pour téléphoner à la gare. Il n'y avait plus de train cette nuit-là. Le premier était à cinq heures trente du matin.

— Il t'a dit qu'il le prendrait ?

— Il n'avait pas besoin de me le dire.

— Qu'est-ce que tu crois qu'il a fait jusqu'à cinq heures du matin ?

— Qu'est-ce que vous auriez fait ?

Maigret réfléchit. Il venait d'être question de deux étrangers, qui tous les deux semblaient avoir habité le quartier, et qui, tous les deux, avaient découvert le *Pickwick's Bar*.

— Tu crois que Lognon a fait le tour des hôtels des environs ?

— C'est vous qui enquêtez, non ? Moi, je ne suis pas responsable du Malgracieux.

— Tu veux descendre et téléphoner à Bruxelles, Janvier ? Demande au *Palace* s'ils ont vu Lognon. Il a dû débarquer vers neuf heures et demie du matin. Peut-être est-il toujours à attendre l'arrivée de l'Américain en auto.

Pendant l'absence de l'inspecteur, il ne dit pas un mot et Albert, comme si, lui aussi, jugeait l'entretien terminé, s'était assis derrière le bar et s'était remis à manger.

Maigret n'avait pas touché à son second verre, mais avait fini le plateau d'olives. Il tenait les yeux fixés sur la perspective de la salle, sur les tabourets alignés, sur le petit escalier du fond, et on aurait dit qu'il peuplait le décor des gens qui étaient là le lundi soir, quand Louise Laboine, en robe du soir bleue et en cape de velours, un sac argenté à la main, avait fait son entrée.

Son front était barré d'un pli profond. Deux fois, il ouvrit la bouche pour parler, mais, les deux fois, il se ravisa.

Plus de dix minutes s'écoulèrent et le barman eut le temps d'achever son repas, de ramasser les miettes de pain sur la tablette, de finir sa tasse de café. Saisissant un chiffon douteux, il commençait à essuyer les poussières sur les bouteilles de l'étagère quand Janvier reparut.

— Il est à l'appareil, patron. Vous voulez lui parler ?

— C'est inutile. Dis-lui qu'il peut revenir.

Janvier hésita, incapable de cacher sa surprise, se demandant s'il avait bien entendu, si Maigret avait réfléchi. Enfin, habitué à obéir, il fit demi-tour en murmurant :

— Bien !

Albert, lui, n'avait pas tressailli, mais, au contraire, ses traits s'étaient durcis. Il continuait machinalement à essuyer ses bouteilles une à une et, dans le miroir qui se trouvait derrière les étagères, il pouvait voir le commissaire, à qui il tournait le dos.

Janvier revint. Maigret demanda :

— Il a protesté ?

— Il a commencé une phrase qu'il n'a pas finie, s'est contenté de dire :

» — Du moment que c'est un ordre !

Maigret quitta son tabouret, boutonna son pardessus, redressa son chapeau.

— Habille-toi, Albert, prononça-t-il simplement.

— Quoi ?

— J'ai dit : habille-toi. Nous allons faire un tour au Quai des Orfèvres.

L'autre paraissait ne pas comprendre.

— Je ne peux pas laisser le bar…

— Tu as une clef, non ?

— Qu'est-ce que vous voulez au juste de moi ? Je vous ai dit ce que je savais.

— Tu veux qu'on t'emmène de force ?

— Je viens. Mais…

Il se trouva seul à l'arrière de la petite auto et, pendant tout le temps qu'ils roulèrent, il ne dit pas un mot. Il regardait durement devant lui, en homme qui cherche à comprendre. Janvier ne parlait pas non plus. Maigret fumait sa pipe en silence.

— Monte !

Il le fit passer le premier dans son bureau. Devant lui, il demanda à Janvier :

— Quelle heure est-il à Washington ?

— Il doit être huit heures du matin.

— Le temps que tu aies la communication, même en priorité, et il ne sera pas loin de neuf heures. Demande-moi le F.B.I. Si Clark est là, essaie de l'avoir au bout du fil. J'aimerais lui parler.

Il se débarrassa posément de son manteau, de son chapeau, les rangea dans leur placard.

— Tu peux retirer ton pardessus. Nous en avons pour un bout de temps.

— Vous ne m'avez toujours pas dit pourquoi ?…

— Combien d'heures es-tu resté dans ce bureau le jour où nous avons discuté des lingots d'or ?

Albert n'avait pas besoin de chercher dans sa mémoire.

— Quatre.

— Tu n'as rien remarqué, dans le journal le mardi matin ?

— La photo de la jeune fille.

— Il y avait une autre photo, trois types, des durs, ceux qu'on a appelés les perceurs de murailles. Il était trois heures du matin quand ils ont avoué. Il y avait très longtemps qu'ils étaient entrés dans ce bureau. *Trente heures.*

Maigret alla s'asseoir à sa place, mit de l'ordre dans ses pipes, avec l'air de chercher la meilleure.

— Toi, après quatre heures, tu as préféré en finir. Personnellement, cela m'est égal. Nous sommes un certain nombre à pouvoir nous relayer et nous avons tout le temps devant nous.

Il composa sur le cadran du téléphone le numéro de la *Brasserie Dauphine*.

— Ici, Maigret. Voulez-vous m'envoyer quelques sandwiches et de la bière ?… Pour combien ?…

Il se souvint que Janvier n'avait pas déjeuné non plus.

— Pour deux ! Tout de suite, oui. Quatre demis, entendu.

Il alluma sa pipe, marcha vers la fenêtre où il resta un moment à regarder le mouvement des voitures et des piétons sur le pont Saint-Michel.

Derrière lui, Albert allumait une cigarette d'une main qu'il voulait ferme, avec l'air sérieux d'un homme qui pèse le pour et le contre.

— Qu'est-ce que vous voulez savoir ? questionna-t-il enfin, encore hésitant.

— Tout.

— Je vous ai dit la vérité.

— Non.

Maigret ne se retournait pas pour le regarder. Vu ainsi, de dos, il avait vraiment l'air d'un homme qui n'a rien d'autre à faire qu'à attendre en fumant sa pipe et en contemplant le mouvement de la rue.

Albert se taisait à nouveau. Il se tut assez longtemps pour que le garçon de la brasserie eût le temps d'arriver avec son plateau, qu'il posa sur le bureau.

Maigret alla ouvrir la porte des inspecteurs.

— Janvier ! appela-t-il.

Celui-ci parut.

— J'aurai la communication d'ici une vingtaine de minutes.

— Sers-toi. C'est pour nous deux.

En même temps, il lui faisait signe d'aller manger son sandwich et boire sa bière dans le bureau voisin.

Maigret s'installa confortablement, se mit à manger. Les rôles étaient renversés. Tout à l'heure, au *Pickwick's Bar*, c'était Albert qui déjeunait derrière son comptoir.

Le commissaire paraissait avoir oublié sa présence et on aurait juré qu'il ne pensait à rien, qu'à mastiquer et à boire de temps en temps une gorgée de bière. Son regard errait sur les papiers épars sur le bureau.

— Vous êtes sûr de vous, hein ?

Il fit oui de la tête, la bouche pleine.

— Vous vous figurez que je vais me mettre à table ?

Il haussa les épaules, comme pour dire que cela lui était égal.

— Pourquoi avez-vous rappelé le Malgracieux ?

Maigret sourit.

Et, à ce moment-là, Albert, rageusement, déchiqueta la cigarette qu'il tenait à la main, dut se brûler les doigts, grogna :

— Merde !

Il était trop sous tension pour rester assis et il se leva, marcha vers la fenêtre, colla son front à la vitre, regardant à son tour le mouvement du dehors.

Quand il se retourna, il avait pris son parti et sa fébrilité avait disparu, ses muscles s'étaient relâchés. Sans y être invité, il but une gorgée à un des deux verres de bière qui restaient sur le plateau, s'essuya la bouche et alla reprendre sa place. C'était son dernier geste de défi, pour sauver la face.

— Comment avez-vous deviné ? questionna-t-il.

Maigret répondit tranquillement :

— Je n'ai pas deviné. J'ai *su* tout de suite.

9

Où il est démontré qu'un escalier peut jouer un rôle important et où un sac à main en joue un plus important encore

Maigret tira quelques bouffées de sa pipe et regarda son interlocuteur en silence. On aurait pu croire que, s'il prenait un temps, c'était à la façon d'un acteur, pour donner plus de poids à ce qu'il allait dire. Or, il n'agissait nullement ainsi par cabotinage. C'est à peine s'il voyait le visage du barman. C'était à Louise Laboine qu'il pensait. Tout le temps qu'il avait passé, silencieux, dans le bar de la rue de l'Étoile, pendant que Janvier était en bas à téléphoner, c'était elle qu'il s'était efforcé de voir entrant dans le bar plein de consommateurs, avec sa pauvre robe du soir et la cape de velours qui ne lui allait pas.

— Vois-tu, murmura-t-il enfin, ton histoire est parfaite à première vue, presque trop parfaite, et j'y aurais cru si je n'avais pas connu la jeune fille.

Albert, surpris, questionna malgré lui :

— Vous la connaissiez ?

— J'ai fini par la connaître assez bien.

Maintenant, encore, tout en parlant, il l'imaginait cachée sous le lit, chez Mlle Poré, puis, plus tard, se disputant avec Jeanine Armenieu dans leur logement de la rue de Ponthieu. Il la suivait dans son meublé miteux de la rue d'Aboukir et devant la boutique du boulevard Magenta où elle travaillait en plein vent.

Il aurait pu répéter chacune des phrases qui lui avaient été dites à son sujet, celles de la concierge comme celles de la veuve Crêmieux.

Il la voyait entrer au *Maxim's* comme il la voyait, un mois plus tard, se faufiler, au *Roméo*, parmi les invités de la noce.

— D'abord, il est plus que probable qu'elle ne se serait pas assise au bar.

Parce qu'elle sentait qu'elle n'était pas à sa place, que tout le monde la regardait et reconnaissait du premier coup qu'elle portait une robe d'occasion.

— Même si elle s'était assise, elle n'aurait pas commandé un martini. Le tort que tu as eu, c'est de penser à elle comme à n'importe laquelle de tes clientes et, quand je t'ai demandé ce qu'elle avait bu, tu as répondu machinalement :

» — Un martini.

— Elle n'a rien bu, admit Albert.

— Elle n'est pas descendue au sous-sol non plus pour lire sa lettre. Comme cela arrive dans des bars d'habitués comme le tien, il n'y a aucune inscription au-dessus de l'escalier. Même s'il y en avait eu une, je doute qu'elle ait eu le courage de passer derrière le dos d'une vingtaine de consommateurs qui, pour la plupart, étaient sans doute plus ou moins ivres.

» Enfin, les journaux n'ont pas publié *tous* les résultats de l'autopsie. Ils ont dit que l'estomac de la morte contenait de l'alcool, sans préciser qu'il s'agissait de rhum. Or, le martini se fait avec du gin et du vermouth.

Maigret ne triomphait pas, peut-être parce que c'était toujours à Louise qu'il pensait. Il parlait à mi-voix, comme pour lui-même.

— Tu lui as vraiment remis la lettre ?

— Je lui ai remis une lettre.

— Tu veux dire une enveloppe ?

— Oui.

— Qui contenait du papier blanc ?

— Oui.

— Quand as-tu ouvert la vraie lettre ?

— Quand j'ai été sûr que Jimmy avait pris l'avion pour les États-Unis.

— Tu l'as fait suivre à Orly ?

— Oui.

— Pourquoi ? Tu ne savais pas encore de quoi il s'agissait.

— Un type qui sort de prison et se donne la peine de traverser l'Océan pour remettre un message à une jeune fille, cela suppose quelque chose d'important.

— Tu as gardé la lettre ?

— Je l'ai détruite.

Maigret le crut, persuadé qu'Albert ne se donnerait plus la peine de mentir.

— Qu'est-ce qu'elle disait ?

— Quelque chose dans ce genre :

» Je ne me suis peut-être pas beaucoup occupé de toi jusqu'ici, mais tu apprendras un jour que cela valait mieux pour toi. Quoi qu'on te dise, ne me juge pas trop sévèrement. Chacun choisit sa voie, souvent à un âge où l'on n'est pas capable de discernement et, après, il est trop tard.

» Tu peux avoir confiance dans la personne qui te remettra cette lettre. Quand tu la recevras, je serai mort. Que cela ne t'attriste pas, j'ai l'âge de m'en aller.

» J'ai la consolation de savoir que tu seras désormais à l'abri du besoin. Dès que tu le pourras, demande un passeport pour les États-Unis. Brooklyn est un faubourg de New York, on te l'a peut-être appris à l'école. Tu y trouveras, à l'adresse ci-dessous, un petit tailleur polonais du nom de…

Albert s'arrêta. Maigret lui fit signe de continuer.

— Je ne me souviens pas…

— Si.

— Bon !… *du nom de Lukasek. Tu iras le trouver. Tu lui montreras ton passeport et il te remettra une certaine somme en billets…*

— C'est tout ?

— Il y avait encore trois ou quatre phrases sentimentales que je n'ai pas retenues.

— Tu as retenu l'adresse ?

— Oui. 1214, 37e Rue.

— Qui as-tu mis dans le coup ?

Albert fut encore tenté de se taire. Le regard de Maigret pesait toujours sur lui et il se résigna.

— J'ai montré la lettre à un copain.

— Qui ?

— Bianchi.

— Il est toujours avec la grande Jeanne ?

Celui-là, qu'on soupçonnait d'être le chef de la bande des Corses, Maigret l'avait arrêté au moins dix fois, n'était parvenu qu'une seule fois à le faire condamner. Il est vrai que c'était pour cinq ans.

Le commissaire se leva, ouvrit la porte du bureau voisin.

— Torrence est là ?

On alla le chercher.

— Tu vas prendre deux ou trois hommes avec toi. Assure-toi que la grande Jeanne habite toujours rue Lepic. Il y a des chances que tu trouves Bianchi chez elle. S'il n'y est pas, arrange-toi pour qu'elle te dise où le trouver. Sois prudent, car il est capable de se défendre.

Albert écoutait, impassible.

— Continue.

— Qu'est-ce que vous voulez de plus ?

— Bianchi ne pouvait pas envoyer n'importe qui aux États-Unis pour se présenter à Lukasek et réclamer le magot. Il s'est douté que le Polonais avait des instructions et réclamerait des preuves de l'identité de la jeune fille.

C'était si évident qu'il n'attendit aucune réponse.

— Vous avez donc attendu qu'elle se présente au *Pickwick's*.

— On n'avait pas l'intention de la tuer.

Albert fut surpris d'entendre Maigret répondre :

— J'en suis persuadé.

C'étaient des professionnels qui ne prenaient pas de risques inutiles. Tout ce dont ils avaient besoin, c'était de la carte d'identité de la jeune fille. Une fois en possession de cette pièce, ils arriveraient à obtenir un passeport pour une comparse quelconque, qui prendrait la place de Louise Laboine.

— Bianchi était à ton bar ?

— Oui.

— Elle est sortie sans ouvrir l'enveloppe ?

— Oui.

— Ton chef avait une voiture à la porte ?

— Avec le Tatoué au volant. Au point où j'en suis, autant que je continue.

— Ils l'ont suivie ?

— Je n'étais pas avec eux. Ce que j'en sais, ils me l'ont raconté par la suite. Inutile que vous cherchiez le Tatoué à Paris. Il a eu le trac, après ce qui s'est passé, et a filé.

— À Marseille ?

— Probablement.

— Je suppose qu'ils avaient l'intention de lui voler son sac ?

— Oui. Ils l'ont dépassée. Bianchi est descendu de l'auto au moment où elle arrivait à leur hauteur. La rue était déserte. Il a saisi le sac à main, ignorant qu'il était accroché au poignet de la gamine par une chaînette. Elle est tombée à genoux. La voyant ouvrir la bouche pour crier, il l'a frappée au visage. Il paraît qu'elle se cramponnait à lui, essayant d'appeler au secours. C'est alors qu'il a sorti une matraque de sa poche et qu'il l'a assommée.

— Tu n'as inventé l'histoire du second Américain que pour éloigner Lognon ?

— Qu'est-ce que vous auriez fait à ma place ? Le Malgracieux n'y a vu que du feu.

Pendant la plus grande partie de l'enquête, l'inspecteur n'en avait pas moins été presque toujours en avance sur la P.J. Et, s'il s'était préoccupé davantage de la mentalité de la jeune fille, il aurait enfin eu son triomphe, qu'il attendait depuis si longtemps sans plus y croire.

À quoi pensait-il, maintenant, dans le train qui le ramenait de Bruxelles ? Il devait accuser sa malchance, être plus que jamais persuadé que le monde entier se liguait contre lui. Techniquement, il n'avait commis aucune faute, et aucun cours de police n'apprend à se mettre dans la peau d'une jeune fille, élevée à Nice, par une mère à moitié folle.

Pendant des années, Louise avait cherché obstinément sa place sans la trouver. Perdue dans un monde qu'elle ne comprenait pas, elle s'était raccrochée désespérément à la première venue et celle-ci avait fini par lui faire faux bond.

Seule, elle se raidissait dans un univers hostile, où elle essayait en vain d'apprendre les règles du jeu.

Sans doute ne savait-elle rien de son père ? Toute petite, déjà, elle devait se demander pourquoi sa mère n'était pas comme les autres, pourquoi toutes les deux vivaient différemment des voisines ?

De toutes ses forces, elle avait essayé de s'adapter. Elle avait fui. Elle avait lu les petites annonces. Et, alors que Jeanine Armenieu trouvait sans peine un emploi, elle se faisait mettre à la porte de toutes les places où elle se présentait.

Est-ce que, comme Lognon, elle avait fini par se persuader qu'il existait une sorte de conjuration contre elle ?

En quoi était-elle tellement différente ? Pourquoi était-ce sur elle que tous les ennuis s'abattaient ?

Même sa mort constituait comme une ironie du sort. Si la chaînette du sac argenté n'avait pas été enroulée à son poignet, Bianchi se serait contenté de le lui arracher et l'auto se serait éloignée à toute allure.

Aurait-elle alors raconté son histoire à la police que personne ne l'aurait crue.

— Pourquoi ont-ils transporté le corps place Vintimille ?

— D'abord, ils ne pouvaient pas la laisser à proximité de mon bar. Ensuite, habillée comme elle l'était, elle paraissait plus à sa place à Montmartre. Ils ont choisi le premier endroit désert, là-bas.

— Ils ont déjà envoyé quelqu'un au Consulat des États-Unis ?

— Bien sûr que non. Ils attendent.

— L'inspecteur Clark est à l'appareil, patron.

— Tu peux me passer la communication ici.

Il ne s'agissait plus que d'une vérification et c'était plutôt par curiosité personnelle que Maigret avait quelques questions à poser au F.B.I.

La conversation, comme toujours avec Clark, eut lieu moitié dans le mauvais anglais de Maigret, moitié dans le mauvais français de l'Américain, chacun s'efforçant avec application de parler le langage de l'autre.

Avant que Clark pût comprendre de quoi il s'agissait, Maigret dut citer tous les *alias* de Julius Van Cram, dit Lemke, dit Stieb, dit Ziegler, Marek, Spangler, Donley…

C'était sous le nom de Donley qu'il avait été enterré, un mois plus tôt, au pénitencier de Sing-Sing, où il purgeait une peine de huit ans, à la suite d'un abus de confiance.

— On a retrouvé le magot ?

— Seulement une petite partie.

— C'était gros ?

— Dans les cent mille dollars.

— Son complice s'appelait Jimmy ?

— Jimmy O'Malley. Il n'a eu que trois ans et a été relâché il y a deux mois.

— Il est venu faire un tour en France.

— Je croyais que sa fille se mariait prochainement.

— Il est reparti pour la noce. L'argent est à Brooklyn, chez un tailleur polonais du nom de Lukasek.

Il y avait quand même un certain frémissement de triomphe dans la voix de Maigret.

— Lukasek, qui ne sait peut-être pas ce qu'il a en dépôt, est chargé de remettre le paquet à une jeune fille du nom de Louise Laboine.

— Elle viendra ?

— Malheureusement non.

Le mot lui avait échappé. Pour le corriger, il se hâta d'ajouter :

— Elle est morte cette semaine à Paris.

Il échangea encore quelques politesses, et même quelques plaisanteries avec Clark, qu'il n'avait pas vu depuis plusieurs années. Quand il raccrocha, il parut surpris de voir Albert toujours sur sa chaise, en train de fumer une cigarette.

Les gens du F.B.I. allaient presque sûrement retrouver les dollars et les restituer à quelque banquier à qui ils appartenaient, ou peut-être à une compagnie d'assurances, car il y avait des chances que le banquier fût assuré contre le vol. Le petit tailleur polonais ferait de la prison. Probablement, pour s'être chargé de la commission, Jimmy O'Malley, au lieu d'assister au mariage de sa fille, à Baltimore, reprendrait-il sa place à Sing-Sing.

Le sort de Louise avait tenu à peu de chose, à une chaînette enroulée autour d'un poignet. Si Mademoiselle Irène, rue de Douai, avait confié un autre modèle de sac à la jeune fille qui était venue, un soir, pour lui emprunter une robe…

Et si elle était passée à temps rue de Ponthieu pour que la lettre lui soit remise en main propre ?…

Est-ce que Louise Laboine serait allée en Amérique ?

Qu'aurait-elle fait, ensuite, des cent mille dollars ?

Maigret finit son verre de bière. Elle était tiède. Il vida sa pipe, non pas dans le cendrier, mais dans le seau à charbon, en la frappant contre son talon.

— Tu veux venir, Janvier ?

Il lui désigna le barman qui sut tout de suite de quoi il s'agissait. Il commençait à avoir l'habitude.

— Emmène-le dans ton bureau, enregistre ses déclarations, fais-les-lui signer et conduis-le au Dépôt. Je téléphone au juge Coméliau.

Ce n'était que de la routine. Cela ne l'intéressait plus. Au moment où Albert franchissait la porte, il le rappela :

— J'oubliais les trois pernods.

— C'est sur le compte de la maison.

— Jamais de la vie !

Il lui tendit des billets et, comme il l'aurait fait dans le bar de la rue de l'Étoile, murmura :

— Garde le reste.

Tout comme s'il était encore derrière son comptoir aussi, le barman répondit machinalement :

— Je vous remercie.

Shadow Rock Farm, Lakeville (Connecticut),
18 janvier 1954.

La Colère de Maigret

1

Il était midi et quart quand Maigret franchit la voûte toujours fraîche, le portail flanqué de deux agents en uniforme qui se tenaient tout contre le mur pour jouir d'un peu d'ombre. Il les salua de la main, resta un moment immobile, indécis, à regarder vers la cour, puis vers la place Dauphine, puis vers la cour à nouveau.

Dans le couloir, là-haut, ensuite dans l'escalier poussiéreux, il s'était arrêté deux ou trois fois, faisant mine de rallumer sa pipe, avec l'espoir de voir surgir un de ses collègues ou de ses inspecteurs. Il était rare que l'escalier soit désert à cette heure, mais cette année, le 12 juin, la P.J. avait déjà son atmosphère de vacances.

Certains, pour éviter la cohue de juillet et d'août, étaient partis dès le début du mois, et d'autres se préparaient à l'exode annuel. Ce matin-là, brusquement, après un printemps pourri, la chaleur était venue, et Maigret avait travaillé fenêtres ouvertes, en manches de chemise.

Sauf pour le rapport chez le directeur et pour une ou deux visites dans le bureau des inspecteurs, il était resté seul, à continuer une fastidieuse besogne administrative commencée depuis plusieurs jours. Des dossiers s'empilaient devant lui, et de temps en temps il levait la tête comme un écolier, tourné vers le feuillage immobile des arbres, écoutant le bruissement de Paris qui venait de prendre sa sonorité particulière des chaudes journées d'été.

Depuis deux semaines, il n'avait pas manqué un repas boulevard Richard-Lenoir et il n'avait pas été dérangé une seule fois au cours de la soirée ou de la nuit.

Normalement, il aurait dû tourner à gauche sur le quai, vers le pont Saint-Michel, pour prendre un autobus ou un taxi. La cour restait vide. Personne ne le rejoignait.

Alors, avec un léger haussement d'épaules, il tournait quand même à droite et gagnait la place Dauphine, qu'il traversait en biais. L'envie lui était soudain venue, en sortant du bureau, d'aller à la *Brasserie Dauphine* et, en dépit des conseils de son ami Pardon, le médecin de la rue Picpus, chez qui il avait dîné avec Mme Maigret la semaine précédente, de s'offrir l'apéritif.

Il y avait plusieurs semaines qu'il était sage, se contentant d'un verre de vin aux repas, parfois, le soir, lorsqu'ils sortaient, d'un verre de bière avec sa femme.

L'odeur du bistrot de la place Dauphine, le goût anisé des apéritifs, qui se mariait si bien avec l'atmosphère de ce jour-là, lui manquaient tout à coup. Il avait espéré en vain rencontrer quelqu'un qui l'aurait entraîné, et il se sentait mauvaise conscience en gravissant les trois marches de la brasserie devant laquelle stationnait une auto rouge longue et basse qu'il avait regardée curieusement.

Tant pis ! Pardon lui avait recommandé de ménager son foie, mais il ne lui avait pas interdit de boire un apéritif, un seul, après des semaines d'abstinence presque totale.

Il retrouvait, près du zinc, des visages familiers, une dizaine au moins d'hommes de la P.J. qui n'avaient guère plus de travail que lui et qui étaient sortis de bonne heure. Cela arrive de loin en loin : un creux de quelques jours, le calme plat, les affaires courantes, comme on dit, puis, soudain, les drames qui éclatent à un rythme accéléré, ne laissant à personne le temps de souffler.

On le saluait de la main ; on se serrait pour lui faire place au comptoir, et, désignant les verres remplis de boisson opaline, il grommelait :

— La même chose…

Le patron était déjà là trente ans plus tôt, quand le commissaire débutait Quai des Orfèvres, mais à cette époque c'était encore le fils de la maison. Maintenant, il y avait un fils aussi, pareil à lui jadis, en toque blanche dans la cuisine.

— Ça va, chef ?

— Ça va.

L'odeur n'avait pas changé. Chaque petit restaurant de Paris a son odeur propre, et ici, par exemple, sur un arrière-fond d'apéritifs et d'alcool, un connaisseur aurait discerné le fumet un peu aigu des petits vins de la Loire. Quant à la cuisine, l'estragon et la ciboulette dominaient.

Maigret lisait machinalement le menu sur l'ardoise : petits merlans de Bretagne et foie de veau en papillote. Au même moment, dans la salle à manger aux nappes de papier, il apercevait Lucas, qui semblait s'y être réfugié, non pour déjeuner, mais pour bavarder en paix avec un inconnu, car il n'y avait encore personne à table.

Lucas, de son côté, le voyait, hésitait, se levait et venait à lui.

— Vous avez un moment, patron ? Je crois que cela pourrait vous intéresser…

Le commissaire le suivait, son verre à la main. L'inconnu se levait. Lucas présentait :

— Antonio Farano… Vous le connaissez ?…

Le nom ne disait rien au commissaire, mais il lui semblait avoir déjà vu ce visage de bel Italien qui aurait pu jouer les jeunes premiers au cinéma. L'auto de sport rouge, devant la porte, lui appartenait sans doute ! Elle s'harmonisait avec son allure, avec ses vêtements clairs trop bien coupés, avec la lourde chevalière qu'il portait au doigt.

Lucas continuait, tandis que les trois hommes s'asseyaient :

— Il s'est présenté au Quai pour me voir alors que je venais de sortir. Lapointe lui a dit qu'il me trouverait peut-être ici…

Maigret remarqua que, si Lucas buvait le même apéritif que lui, Farano se contentait d'un jus de fruits.

— C'est le beau-frère d'Émile Boulay... Il gère l'un de ses cabarets, le *Paris-Strip*, rue de Berri...

Lucas adressait un discret clin d'œil à son patron.

— Répétez ce que vous venez de me dire, Farano...

— Eh bien ! mon beau-frère a disparu...

Il avait gardé l'accent de son pays.

— Quand ? questionnait Lucas.

— La nuit dernière, probablement... On ne sait pas au juste...

Maigret l'impressionnait et, par contenance, il tira un étui à cigarettes de sa poche.

— Vous permettez ?

— Je vous en prie...

Lucas expliquait, pour le commissaire :

— Vous connaissez Boulay, patron. C'est ce petit homme qui est arrivé du Havre il y a quatre ou cinq ans...

— Sept ans, corrigea l'Italien.

— Sept ans, soit... Il a racheté une première boîte de nuit rue Pigalle, le *Lotus*, et maintenant il en possède quatre...

Maigret se demandait pourquoi Lucas avait tenu à le mêler à cette affaire. Depuis qu'il dirigeait la Brigade criminelle, il était rare qu'il s'occupe de ce milieu-là, qu'il avait bien connu jadis, mais qu'il avait quelque peu perdu de vue. Il y avait au moins deux ans qu'il n'avait pas mis les pieds dans un cabaret. Quant aux mauvais garçons de Pigalle, il n'en connaissait plus que quelques-uns, surtout parmi les anciens, car c'est un petit monde qui change sans cesse.

— Je me demande, intervenait encore Lucas, si cela n'a pas un rapport avec l'affaire Mazotti…

Bon ! Il commençait à comprendre. Quand donc Mazotti s'était-il fait descendre alors que, vers trois heures du matin, il sortait d'un bar de la rue Fontaine ? Il y avait près d'un mois de ça. Cela se passait vers la mi-mai. Maigret se souvenait d'un rapport de la police du IXe arrondissement, qu'il avait passé à Lucas en disant :

— Sans doute un règlement de comptes… Fais ce que tu pourras…

Mazotti n'était pas un Italien, comme Farano, mais un Corse qui avait débuté sur la Côte d'Azur avant de monter à Paris avec une petite bande à lui.

— Mon beau-frère n'a pas tué Mazotti… prononçait Farano avec conviction. Vous savez bien, monsieur Lucas, que ce n'est pas son genre… D'ailleurs, vous l'avez questionné deux fois dans votre bureau…

— Je ne l'ai jamais accusé d'avoir tué Mazotti… Je l'ai interrogé comme j'ai interrogé tous ceux à qui Mazotti s'en est pris… Cela fait pas mal de monde…

Et, à Maigret :

— Je lui ai justement envoyé une convocation pour aujourd'hui à onze heures et j'ai été surpris de ne pas le voir…

— Il ne lui arrive jamais de découcher ? questionnait candidement le commissaire.

— Jamais !… On voit que vous ne le connaissez pas… Ce n'est pas son genre… Il aime ma sœur, la vie de famille… Il ne rentrait jamais plus tard que quatre heures du matin…

— Et la nuit dernière, il n'est pas rentré ? C'est ça ?

— C'est ça…

— Où étiez-vous ?

— Au Paris-Strip… Nous n'avons pas fermé avant cinq heures… Pour nous, c'est la pleine saison, car Paris est déjà envahi par les touristes… Au moment où je faisais la caisse, Marina m'a téléphoné pour me demander si j'avais vu Émile… Marina, c'est ma sœur… Je n'avais pas vu mon beau-frère de la soirée… Il descendait rarement aux Champs-Élysées…

— Où sont situées ses autres boîtes ?

— Toutes à Montmartre, à quelques centaines de mètres l'une de l'autre… C'était son idée et elle a réussi… Avec des cabarets pour ainsi dire porte à porte, on peut faire passer les artistes de l'un à l'autre en cours de soirée et diminuer les frais généraux…

» Le *Lotus* est tout en haut de la rue Pigalle, le *Train-Bleu* à deux pas, rue Victor-Massé, et le *Saint-Trop'* un peu plus bas, rue Notre-Dame-de-Lorette…

» Émile a hésité à ouvrir un cabaret dans un autre quartier, et c'est le seul dont il ne s'occupait pour ainsi dire pas… Il m'en laissait la direction…

— Votre sœur vous a donc téléphoné un peu après cinq heures ?

— Oui. Elle a tellement l'habitude d'être réveillée par son mari…

— Qu'est-ce que vous avez fait ?

— J'ai d'abord appelé le *Lotus*, où on m'a dit qu'il était sorti vers onze heures du soir… Il est passé aussi au *Train-Bleu*, mais la caissière ne peut pas préciser l'heure... Quant au *Saint-Trop'*, il était fermé quand j'ai essayé de l'avoir au bout du fil...

— À votre connaissance, votre beau-frère n'avait aucun rendez-vous la nuit dernière ?

— Aucun... Je vous l'ai dit : c'était un homme paisible, attaché à ses habitudes... Après avoir dîné en famille...

— Quelle est son adresse ?

— Rue Victor-Massé...

— Dans le même immeuble que le *Train-Bleu* ?

— Non. Trois maisons plus loin... Après le dîner, donc, il allait d'abord au *Lotus* surveiller la mise en place... C'est la boîte la plus importante et il s'en occupait personnellement... Puis il descendait au *Saint-Trop'*, où il restait un bout de temps, ensuite au *Train-Bleu*, et il recommençait la tournée... Il l'accomplissait deux ou trois fois au cours de la nuit, car il avait l'œil à tout...

— Il était en smoking ?

— Non... Il portait un complet sombre, bleu de nuit, mais jamais de smoking... Il se souciait assez peu d'élégance...

— Vous parlez de lui au passé...

— Parce qu'il lui est sûrement arrivé quelque chose...

À plusieurs tables, on commençait à manger, et il arrivait à Maigret de loucher vers les assiettes et vers les carafes de pouilly. Bien que son verre fût vide, il résistait à l'envie d'en commander un second.

— Qu'avez-vous fait ensuite ?

— Je suis allé me coucher, après avoir demandé à ma sœur de m'appeler s'il y avait du nouveau...

— Elle vous a rappelé ?

— Vers huit heures…

— Où habitez-vous ?

— Rue de Ponthieu.

— Vous êtes marié ?

— Oui. Avec une compatriote. J'ai passé la matinée à téléphoner aux employés des trois cabarets… Je cherchais à savoir où et quand il avait été vu en dernier lieu… Ce n'est pas facile… Pendant une bonne partie de la nuit, les boîtes sont pleines à craquer et chacun ne s'occupe que de son travail… En outre, Émile n'était pas voyant… C'est un petit homme tout maigre que personne, parmi les clients, ne prenait pour le patron, et il lui arrivait de rester longtemps devant la porte en compagnie du pisteur…

Lucas faisait signe que tout cela était vrai.

— Il semble bien que nul ne l'ait aperçu après onze heures et demie du soir…

— Qui l'a vu le dernier ?

— Je n'ai pas pu questionner tout le monde… Certains garçons, barmen ou musiciens n'ont pas le téléphone… Quant aux filles, j'ignore l'adresse de la plupart… Ce n'est que la nuit prochaine que je pourrai me renseigner sérieusement, quand chacun sera à son poste…

» Jusqu'à présent, le dernier à lui avoir parlé est le pisteur du *Lotus*, Louis Boubée, un bonhomme pas plus grand ni plus gras qu'un jockey, plus connu à Montmartre sous le surnom de Mickey…

» Entre onze heures et onze heures et demie, donc, Émile est sorti du *Lotus* et est resté debout un certain temps sur le trottoir près de Mickey, qui se précipitait pour ouvrir la portière chaque fois qu'une voiture s'arrêtait…

— Ils se sont parlé ?

— Émile ne parlait pas beaucoup… Il paraît qu'il a regardé plusieurs fois sa montre avant de se diriger vers le bas de la rue… Mickey a cru qu'il se rendait au *Saint-Trop'*…

— Votre beau-frère avait une voiture ?

— Non. Pas depuis l'accident…

— Quel accident ?

— Il y a sept ans de cela… Il vivait encore au Havre, où il avait une petite boîte de nuit, le *Monaco*… Un jour qu'il se rendait à Rouen en auto avec sa femme…

— Il avait déjà épousé votre sœur ?

— Je parle de sa première femme, une Française des environs du Havre, Marie Pirouet… Elle attendait un bébé… Ils allaient justement à Rouen pour consulter un spécialiste… Il pleuvait… Dans un virage, la voiture a fait une embardée et s'est écrasée contre un arbre… La femme d'Émile a été tuée sur le coup…

— Et lui ?

— Il s'en est tiré avec une blessure à la joue, dont il a gardé la cicatrice… À Montmartre, la plupart des gens se figurent que c'est la trace d'un coup de couteau…

— Il aimait sa femme ?

— Beaucoup… Il la connaissait depuis son enfance…

— Il est né au Havre ?

— Dans un village des environs, je ne sais pas lequel… Elle était du même village… Depuis qu'elle est morte, il n'a pas touché le volant d'une auto et il évitait autant que possible de monter dans une voiture… Ainsi, à Paris, il était rare qu'il prenne un taxi… Il marchait beaucoup et, quand il le fallait, il utilisait le métro… D'ailleurs, il ne quittait pas volontiers le IXe arrondissement…

— Vous croyez qu'on l'a fait disparaître ?

— Je dis que, s'il ne lui était rien arrivé, il serait rentré chez lui depuis longtemps…

— Il vit seul avec votre sœur ?

— Non. Ma mère habite chez eux, et aussi mon autre sœur, Ada, qui lui sert de secrétaire… Sans parler des deux enfants… Car Émile et Marina ont deux enfants, un garçon de trois ans, Lucien, et une petite fille de dix mois…

— Vous avez des soupçons ?

Antonio secoua la tête.

— Votre impression est que la disparition de votre beau-frère est liée à l'affaire Mazotti ?…

— Ce dont je suis certain, c'est qu'Émile n'a pas tué Mazotti…

Maigret se tourna vers Lucas, qui s'était occupé de l'enquête.

— Et toi ?

— C'est ma conviction aussi, patron… Je l'ai interrogé deux fois et il m'a eu l'air de répondre franchement… Comme dit Antonio, c'est un homme plutôt malingre, presque timide, qu'on ne s'attend pas à trouver à la tête de plusieurs établissements de nuit…

D'un autre côté, en ce qui concerne Mazotti, il a su se défendre…

— Comment ?

— Mazotti et sa bande avaient organisé un racket qui n'a rien d'original mais qu'ils avaient perfectionné… Sous prétexte de protection, ils exigeaient, chaque semaine, des sommes plus ou moins importantes de chaque propriétaire de cabaret…

» La plupart, au début, refusaient… Alors se déroulait une petite comédie bien réglée… Au moment où la boîte était pleine, on voyait arriver Mazotti en compagnie d'un ou deux costauds… Ils s'installaient à une table s'il y en avait une de libre, au bar s'il n'y en avait pas, commandaient du champagne et, au milieu d'un numéro, déclenchaient la bagarre… On entendait d'abord des murmures, puis des éclats de voix… le barman ou le maître d'hôtel était pris à partie, traité de voleur…

» Cela finissait par des verres brisés, par une bousculade plus ou moins générale, et, bien entendu, la plupart des clients s'en allaient en se jurant de ne pas revenir…

» Les propriétaires, à la prochaine visite de Mazotti, préféraient payer.

— Émile n'a pas payé ?

— Non. Il ne s'est pas non plus adressé à des gorilles du milieu, comme certains de ses confrères, à qui cela n'a pas réussi, car Mazotti finissait par les acheter… Son idée a été de faire venir du Havre quelques dockers, qui se sont chargés de mettre Mazotti et ses hommes au pas…

— De quand date la dernière bagarre ?

— Du soir même de la mort de Mazotti… Il était allé au *Lotus*, vers une heure du matin, avec deux de ses compagnons habituels… Les dockers d'Émile Boulay les ont vidés… Il y a eu des horions échangés…

— Émile était présent ?

— Il était réfugié derrière le bar, car il a horreur des coups… Mazotti, donc, est allé se réconforter dans un bar de la rue Fontaine, chez Jo, qui était un peu son quartier général. Ils étaient quatre ou cinq à boire au fond de la salle… Quand ils sont sortis, à trois heures du matin, une voiture est passée et Mazotti a été abattu de cinq balles tandis qu'un de ses compagnons en recevait une dans l'épaule… On n'a pas retrouvé la voiture… Personne n'a parlé… J'ai interrogé la plupart des tenanciers de boîtes de nuit… Je continue l'enquête…

— Où était Boulay au moment de la fusillade ?

— Vous savez, patron, dans ce milieu-là, ce n'est pas facile à établir… Il semble qu'il se soit trouvé au *Train-Bleu*, mais je ne me fie pas trop aux témoignages…

— Émile n'a pas descendu Mazotti… répéta l'Italien.

— Il portait une arme ?

— Un automatique, oui… Il avait un permis délivré par la Préfecture… Ce n'est pas avec cette arme-là que Mazotti a été tué…

Maigret soupira, fit signe à la serveuse de remplir les verres, car il y avait assez longtemps qu'il en brûlait d'envie.

Lucas expliquait :

— Je préférais vous mettre au courant, patron, et j'ai cru que cela vous intéresserait d'entendre Antonio...

— Je n'ai dit que la vérité...

Lucas poursuivait :

— J'ai convoqué Émile pour ce matin au Quai... J'avoue que cela me trouble qu'il ait justement disparu la nuit dernière...

— Que voulais-tu lui demander ?

— De la routine... J'allais lui poser une dernière fois les mêmes questions, pour comparer avec ses premières réponses et avec les autres dépositions...

— Les deux fois que tu l'as eu dans ton bureau, il avait l'air effrayé ?

— Non. Plutôt ennuyé... Il tenait par-dessus tout à ne pas voir son nom dans les journaux... Il répétait que cela ferait un tort énorme à ses affaires, que ses cabarets étaient tranquilles, qu'il ne s'y passait jamais rien et que, si on parlait de lui à propos d'un règlement de comptes, il ne s'en relèverait pas...

— C'est vrai... approuvait Antonio en faisant mine de se lever.

Il ajoutait :

— Vous n'avez plus besoin de moi ?... Je dois aller rejoindre mes sœurs et ma mère, qui sont dans tous leurs états...

Quelques instants plus tard, on entendait le vrombissement de l'auto rouge qui s'élançait vers le Pont-Neuf. Maigret buvait lentement une gorgée d'apéritif, jetait un coup d'œil en coin à Lucas, soupirait :

— On t'attend quelque part ?

— Non... Je comptais...

— Manger ici ?

Et, comme il acquiesçait, Maigret décidait :

— Dans ce cas, on va manger tous les deux… Je passe un coup de téléphone à ma femme… Tu peux commander…

— Vous prendrez des maquereaux ?

— Et du foie de veau en papillote…

C'était surtout le foie de veau qui le tentait, et l'atmosphère de la brasserie, où il n'avait pas mis les pieds depuis des semaines.

L'affaire n'était pas tellement importante et, jusqu'à présent, Lucas s'en était occupé seul. Personne, sauf dans le milieu, ne se préoccupait de la mort de Mazotti. Chacun sait que ces règlements de comptes finissent toujours par trouver leur solution, fût-ce par un autre règlement de comptes.

L'avantage, dans ces affaires-là, c'est que le Parquet et les juges d'instruction ne sont pas sans cesse à talonner la police. Comme disait un magistrat :

— Cela en fait un de moins à entretenir pendant des années en prison…

Les deux hommes déjeunèrent en bavardant. Maigret en apprit un peu plus sur le compte d'Émile Boulay et finit par s'intéresser à ce curieux petit homme.

Fils d'un pêcheur normand, Émile, dès l'âge de seize ans, s'était engagé comme chasseur à la Transat. C'était avant la guerre. Il naviguait à bord du *Normandie* et se trouvait à New York quand les hostilités avaient commencé en France.

Comment, petit et chétif, avait-il été accepté dans les « marines » américains ? Il avait fait toute la guerre dans cette arme avant de reprendre du service, comme second maître d'hôtel, cette fois, à bord de l'*Île-de-France*.

— Vous savez, patron, ils rêvent à peu près tous de s'installer un jour à leur compte, et, après deux ans de mariage, Boulay a acheté au Havre un bar, qu'il n'a pas tardé à transformer en dancing… C'étaient les débuts du strip-tease et il paraît qu'il a amassé rapidement un assez sérieux magot…

» Quand l'accident s'est produit et que sa femme est morte, il avait déjà l'intention d'étendre son activité à Paris…

— Il a conservé le cabaret du Havre ?

— Il l'a mis en gérance… Un de ses anciens camarades de l'*Île-de-France* le dirige…

» À Paris, il a racheté le *Lotus*, qui ne marchait pas comme à présent… C'était une boîte de second ordre, une trappe à touristes comme il en pullule aux alentours de la place Pigalle…

— Où a-t-il rencontré la sœur d'Antonio ?

— Au *Lotus*… Elle travaillait au vestiaire… Elle n'avait que dix-huit ans…

— Que faisait Antonio à l'époque ?

— Ouvrier chez Renault, à la carrosserie… Il était arrivé le premier en France… Puis il avait fait venir sa mère et ses deux sœurs… Ils habitaient le quartier de Javel…

— En somme, Émile semble avoir plus ou moins épousé toute la famille… Tu es allé chez lui ?

— Non… J'ai jeté un coup d'œil au *Lotus* et dans ses autres boîtes, mais je n'ai pas cru nécessaire de me rendre à son appartement…

— Tu es persuadé qu'il n'a pas abattu Mazotti ?

— Pourquoi l'aurait-il fait ?... Il était en train de gagner la partie...

— Il aurait pu avoir peur...

— Personne, à Montmartre, ne pense qu'il a fait le coup...

Ils prirent le café en silence et Maigret refusa le calvados que le patron vint comme d'habitude lui offrir. Il avait bu deux apéritifs, mais il s'était contenté ensuite d'un seul verre de pouilly et, tandis qu'il se dirigeait vers la P.J. avec Lucas, il était assez satisfait de lui.

Dans son bureau, il retira sa veste, donna du jeu à sa cravate et s'attaqua aux dossiers administratifs. Il ne s'agissait ni plus ni moins que d'une réorganisation de tous les services sur laquelle on attendait son rapport, et il s'y appliquait comme un bon élève.

Il lui arriva, au cours de l'après-midi, de penser à Émile Boulay, au petit empire montmartrois que l'ancien maître d'hôtel de la Transat avait édifié, au jeune Italien à la voiture rouge, à l'appartement de la rue Victor-Massé, où les trois femmes vivaient avec les enfants.

Pendant ce temps-là, Lucas devait téléphoner aux hôpitaux, aux différents postes de police. Il avait aussi lancé le signalement de Boulay, mais, à six heures et demie, les recherches n'avaient donné aucun résultat.

La soirée fut presque aussi chaude que la journée et Maigret alla se promener avec sa femme, passa près d'une heure à une terrasse de la place de la République devant un seul verre de bière.

Ils avaient surtout parlé de vacances. Beaucoup de passants avaient leur veste sur le bras ; la plupart des femmes portaient des robes en coton imprimé.

Le lendemain était un jeudi. Encore une journée radieuse. Les rapports de la nuit ne faisaient pas mention d'Émile Boulay, Lucas n'avait pas de nouvelles.

Un orage, vers onze heures, violent mais bref, après lequel de la vapeur sembla sortir des pavés. Il rentra déjeuner chez lui, retrouva ensuite son bureau et la pile de dossiers.

Au moment où il quittait le Quai des Orfèvres, on ne savait toujours rien sur le sort du petit homme du Havre et Lucas avait en vain passé l'après-midi à Montmartre.

— Il semble bien, patron, que ce soit Boubée, celui qu'on surnomme Mickey et qui est depuis des années pisteur au *Lotus*, qui l'ait vu le dernier... Il croit se souvenir qu'Émile a tourné le coin de la rue Pigalle et de la rue Notre-Dame-de-Lorette comme pour se rendre au *Saint-Trop'*, mais il n'y a pas attaché d'importance... Je retournerai à Montmartre ce soir, quand chacun sera à son poste...

Lucas ne devait rien apprendre de plus. À neuf heures, le vendredi matin, Maigret achevait de feuilleter les rapports journaliers quand il appela Lucas dans son bureau.

— On l'a retrouvé, lui annonça-t-il en rallumant sa pipe.

— Vivant ?

— Mort.

— À Montmartre ? Dans la Seine ?

Maigret lui tendit un rapport du XXe arrondissement. On y signalait qu'un cadavre avait été trouvé, au lever du jour, rue des Rondeaux, en bordure du Père-Lachaise. Le corps était étendu en travers du trottoir, non loin du remblai du chemin de fer. Il était vêtu d'un complet bleu sombre et, dans le portefeuille, qui contenait une certaine somme d'argent, une carte d'identité portait le nom d'Émile Boulay.

Lucas, sourcils froncés, levait la tête.

— Je me demande… commençait-il.

— Continue de lire…

La suite, en effet, devait étonner davantage l'inspecteur. Le rapport précisait que le corps, transporté à l'Institut médico-légal, était dans un état de décomposition avancé.

Cette partie de la rue des Rondeaux, qui finissait en cul-de-sac, n'était certes pas fort passante. Néanmoins, un cadavre n'aurait pu y rester sur le trottoir pendant deux jours, ni même pendant quelques heures, sans être découvert.

— Qu'en penses-tu ?

— C'est curieux…

— Tu as lu jusqu'au bout ?

— Pas les dernières lignes…

Émile Boulay avait disparu la nuit du mardi au mercredi. Il était vraisemblable, étant donné l'état du corps, qu'il avait été tué cette nuit-là.

Deux journées entières s'étaient écoulées, deux journées de forte chaleur.

Il était difficile d'imaginer la raison pour laquelle le ou les assassins avaient gardé le corps pendant tout ce temps.

— C'est encore plus étrange ! s'exclama Lucas en reposant le rapport sur le bureau.

Ce qui était le plus étrange, en effet, c'est que, d'après les premières constatations, le crime n'avait pas été commis à l'aide d'une arme à feu, pas davantage à l'aide d'un couteau.

Autant qu'on en pouvait juger en attendant l'autopsie, Émile Boulay avait été étranglé.

Or, ni Maigret ni Lucas, malgré leurs nombreuses années de service dans la police, ne se souvenaient d'un seul crime du milieu commis par strangulation.

Chaque quartier de Paris, chaque classe sociale a pour ainsi dire sa façon de tuer comme, aussi, son mode de suicide. Il existe des rues où on se jette par la fenêtre, d'autres où l'on s'asphyxie au charbon de bois ou au gaz, d'autres encore où on absorbe des barbituriques.

On connaît les quartiers à coups de couteau, ceux où l'on se sert d'une matraque et ceux, comme Montmartre, où dominent les armes à feu.

Non seulement le petit propriétaire de boîtes de nuit avait été étranglé, mais, pendant deux jours et trois nuits, l'assassin ne s'était pas débarrassé du corps.

Maigret ouvrait déjà le placard pour y prendre son veston et son chapeau.

— Allons-y ! grommelait-il.

Il avait enfin une excuse pour abandonner son pensum administratif.

Par un beau matin de juin, que rafraîchissait une légère brise, les deux hommes se dirigèrent vers l'Institut médico-légal.

2

Les bâtiments roses de l'Institut médico-légal, quai de la Rapée, ressemblent davantage à un laboratoire de produits pharmaceutiques, par exemple, qu'à l'ancienne morgue, sous la grosse horloge du Palais de Justice.

Derrière un guichet, dans un bureau clair, Maigret et Lucas trouvaient un employé qui les reconnaissait tout de suite et leur disait avec un sourire empressé :

— C'est pour le type de la rue des Rondeaux, je suppose ?

L'horloge électrique, au-dessus de sa tête, marquait dix heures cinq et, par la fenêtre, on voyait les bateaux, de l'autre côté de la Seine, amarrés devant les docks des Magasins Généraux.

— Il y a déjà quelqu'un qui attend, continuait le fonctionnaire, qui avait envie de faire la conversation. Il paraît que c'est un parent…

— Il a donné son nom ?

— Je le lui demanderai quand il aura reconnu le corps et qu'il signera sa déclaration…

Cet employé ne s'occupait des cadavres que d'une façon théorique, sous forme de fiches.

— Où est-il ?

— Dans la salle d'attente… Il faudra que vous patientiez aussi, monsieur Maigret… Le docteur Morel est en plein travail…

Le couloir était blanc, dallé de clair, la salle d'attente claire aussi, avec ses deux bancs et ses chaises en bois verni, sa grande table sur laquelle il ne manquait que des magazines pour qu'on pût se croire chez un dentiste. Les murs, peints à l'huile, étaient nus, et Maigret s'était déjà demandé quel genre de tableaux ou de gravures on aurait pu y suspendre.

Antonio était assis sur une des chaises, le menton dans les mains, et, s'il restait beau garçon, son visage était un peu bouffi comme celui d'un homme qui n'a pas assez dormi, ses joues n'étaient pas rasées.

Il se leva à l'entrée des policiers.

— Vous l'avez vu ? questionna-t-il.

— Pas encore.

— Moi non plus. Voilà plus d'une demi-heure que j'attends. C'est bien la carte d'identité d'Émile qu'on m'a montrée…

— Qui ?

— Un inspecteur qui a un drôle de nom… Attendez… Mornique ?… Bornique ?…

— Bornique, oui…

Maigret et Lucas échangeaient un coup d'œil. Avec Bornique, du XXe arrondissement, cela ne pouvait rater. Ils étaient quelques-uns comme lui, dans les commissariats de quartier, non seulement des inspecteurs, mais certains commissaires, qui s'entêtaient à rivaliser avec la P.J. et qui mettaient leur point d'honneur à arriver avant elle.

Maigret n'avait connu la découverte du corps que par les rapports journaliers et, depuis cette découverte, les gens du XXe n'étaient pas restés inactifs. C'était justement pour éviter ces excès de zèle que Maigret travaillait depuis plusieurs semaines à une refonte des services.

— Vous croyez que le toubib en a encore pour longtemps ? Les femmes sont comme folles…

— C'est Bornique qui est allé les avertir ?

— Il n'était pas huit heures du matin. Elles venaient de se lever et s'occupaient des gosses.

» — Laquelle de vous s'appelle Marina Boulay ? a-t-il demandé.

» Puis il a tendu une carte d'identité à ma sœur.

» — C'est bien la carte de votre mari ? Vous reconnaissez sa photographie ? Quand l'avez-vous vu pour la dernière fois ?…

» Vous imaginez la scène. Ada m'a tout de suite téléphoné chez moi. Je dormais. Je n'ai pas pris le temps de déjeuner ni de me préparer une tasse de café. Quelques minutes plus tard, j'étais rue Victor-Massé, et c'est tout juste si l'inspecteur ne m'a pas traité de suspect.

» — Qui êtes-vous, vous ?

» — Le beau-frère…

» — De cette dame ?

» — Non. De son mari…

Antonio était à cran.

— Il m'a fallu discuter longtemps pour obtenir de venir reconnaître le corps à la place de ma sœur. Celle-ci insistait pour m'accompagner. Comme je me doutais que ce ne serait pas beau, je l'ai obligée à rester à la maison…

Il allumait nerveusement une cigarette.

— L'inspecteur ne vous a pas accompagné ?

— Non. Il paraît qu'il a autre chose à faire. Il m'a annoncé que l'employé d'ici me donnerait une feuille à remplir et à signer…

Après un temps, il ajoutait :

— Vous voyez que j'avais raison de m'inquiéter. Avant-hier, vous n'aviez pas l'air de me croire. Où est-ce, la rue des Rondeaux ?

— En bordure du cimetière du Père-Lachaise…

— Je ne connais pas le coin. Quel genre de quartier est-ce ?

Une porte s'ouvrait. Le docteur Morel, en blouse blanche, le calot sur la tête, un masque de gaze pendant sous son menton, cherchait des yeux le commissaire.

— On m'apprend que vous m'attendez, Maigret… Vous voulez venir ?…

Il les introduisait dans une salle où la lumière ne parvenait qu'à travers des carreaux dépolis et où les murs étaient couverts de casiers métalliques, comme dans une administration, à la différence que les casiers étaient d'une taille inusitée. Un corps, couvert d'une toile, était étendu sur une table roulante.

— Il vaudrait mieux que son beau-frère le reconnaisse d'abord, dit le commissaire.

Et ce fut le geste traditionnel de soulever le drap à hauteur du visage. Le mort avait le visage envahi par une barbe de près d'un centimètre, des poils roussâtres, comme ses cheveux. La peau avait des reflets bleutés et on distinguait nettement, sur la joue gauche, la cicatrice dont Antonio avait parlé à la *Brasserie Dauphine*.

Quant au corps, sous le drap, il paraissait menu et maigre.

— C'est bien lui ?

— C'est lui, évidemment…

Sentant que l'Italien avait mal au cœur, Maigret l'envoya au bureau avec Lucas pour les formalités.

— On peut le ranger ? questionna le médecin en faisant signe à un homme en blouse grise qui avait déjà ouvert un des tiroirs. Vous m'accompagnez, Maigret ?

Il l'emmenait dans un bureau muni d'un lavabo et, tout en parlant, se désinfectait les mains, le visage, se débarrassait de sa blouse blanche, reprenait l'aspect d'un homme ordinaire.

— Je suppose que vous désirez quelques indications en attendant mon rapport ?… Il faudra, comme d'habitude, procéder à des analyses qui prendront plusieurs jours… Ce que je peux vous dire, dès à présent, c'est que le corps ne porte aucune trace de blessures… L'homme a été étranglé ou, plus exactement…

Morel cherchait ses mots, comme s'il n'était pas trop sûr de lui-même.

— Ceci n'est pas officiel, n'est-ce pas ?… Je ne serai pas aussi catégorique dans mon rapport… Si je devais reconstituer le meurtre à la lumière de l'autopsie, je dirais que la victime a été attaquée par-derrière, qu'on lui a passé un bras autour du cou et qu'on a tiré si violemment qu'une vertèbre cervicale a été brisée… C'est un peu ce que vous appelez le coup du lapin…

— Il était donc debout ?

— Debout ou, à la rigueur, assis… Je pense plutôt qu'il était debout et qu'il ne s'attendait pas à cette attaque… Il n'y a pas eu de lutte à proprement parler…

Il ne s'est pas défendu... J'ai soigneusement examiné ses ongles et je n'y ai trouvé ni brins de laine, comme s'il s'était accroché aux vêtements de son agresseur, ni sang, ni poils ; il n'y a pas non plus d'égratignures sur ses mains. Qui est-ce ?

— Un propriétaire de boîtes de nuit. Avez-vous une idée de la date de sa mort ?

— Il s'est écoulé deux jours pleins au moins, trois au plus, depuis que l'homme a cessé de vivre, et, toujours officieusement, sans garantie, j'ajoute un détail : à mon avis, le corps n'a pas été exposé au grand air pendant ce temps-là... Vous recevrez un premier rapport ce soir...

Lucas surgissait.

— Il a signé les papiers... Qu'est-ce que j'en fais ?... Je le renvoie rue Victor-Massé ?

Maigret fit signe que oui, car il lui restait à examiner les vêtements d'Émile et le contenu des poches. Plus tard dans la journée, on recommencerait ce travail, plus scientifiquement, au laboratoire.

Ces objets se trouvaient dans une autre pièce, en tas sur une table. Le complet, bleu sombre, n'avait aucune déchirure et on n'y voyait qu'assez peu de poussière. Pas de sang. Il était à peine froissé. Quant aux chaussures noires, elles étaient aussi nettes que celles d'un homme qui sort de chez lui, avec seulement deux écorchures fraîches dans le cuir.

Maigret aurait parié que le crime n'avait pas été commis dans la rue mais dans une maison, et qu'on ne s'était débarrassé du corps, en le déposant sur le trottoir de la rue des Rondeaux, que vers la fin de la nuit précédente.

D'où l'avait-on amené ? On s'était presque sûrement servi d'une voiture. On ne l'avait pas traîné sur le trottoir.

Quant au contenu des poches, il était assez décevant. Émile Boulay fumait-il ? Il ne le semblait pas. Il n'y avait en effet ni pipe, ni cigarettes, ni briquet, ni allumettes. Pas non plus ces brins de tabac qu'on trouve toujours au fond des poches d'un fumeur.

Une montre en or. Dans le portefeuille, cinq billets de cent nouveaux francs et trois billets de cinquante. Les billets de dix francs étaient en vrac dans une des poches, et, dans une autre, de la menue monnaie.

Un trousseau de clés, un canif, un mouchoir froissé et un autre mouchoir, bien plié, dans la poche extérieure. Une petite boîte d'aspirine et des bonbons à la menthe.

Lucas, qui vidait le portefeuille, s'exclamait :

— Tiens ! Ma convocation…

Une convocation à laquelle Émile Boulay aurait été bien en peine de se rendre !

— Je croyais qu'il avait l'habitude de porter un automatique, grommela Maigret.

L'arme ne se trouvait pas parmi les objets épars sur la table, mais il y avait un carnet de chèques, que le commissaire feuilleta. Le carnet était presque neuf. Trois chèques seulement avaient été tirés. Le seul important était un chèque de cinq mille nouveaux francs libellé : « À moi-même. »

Il portait la date du 22 mai et Lucas remarqua tout de suite :

— Tiens ! C'est le jour où je l'ai convoqué pour la deuxième fois au Quai des Orfèvres. Je l'avais reçu une première fois le 18 mai, le lendemain de la mort de Mazotti…

— Veux-tu téléphoner au laboratoire pour qu'on vienne chercher ces affaires et qu'on les étudie ?

Quelques minutes plus tard, les deux hommes remontaient dans l'auto noire, que Lucas conduisait avec une sage lenteur.

— Où allons-nous, patron ?

— D'abord rue des Rondeaux… J'ai envie de voir l'endroit où on l'a trouvé…

Dans le soleil, malgré le cimetière et la voie du chemin de fer, l'endroit n'était pas sinistre. De loin, ils virent quelques curieux que maintenaient deux agents, des ménagères à leur fenêtre, des enfants qui jouaient. Quand la voiture s'arrêta, Maigret fut accueilli par l'inspecteur Bornique, qui lui dit avec un faux air modeste :

— Je vous attendais, monsieur le principal… Je me doutais que vous viendriez et j'ai pris soin…

Les agents s'écartaient, laissant voir, sur le trottoir grisâtre, la silhouette d'un corps dessinée à la craie.

— Qui l'a découvert ?

— Un employé du gaz qui prend son service à cinq heures du matin et qui habite cette maison… C'est sa femme que vous voyez à la fenêtre du troisième étage… J'ai sa déposition, bien entendu… Il se fait que j'étais de nuit…

Ce n'était pas le moment, parmi les curieux, de lui adresser des reproches.

— Dites-moi, Bornique, avez-vous l'impression que le corps a été poussé hors d'une voiture ou qu'il a été déposé sur le trottoir ?

— Qu'il a été déposé, certainement…

— Sur le dos ?

— Sur le ventre… À première vue, on aurait pu croire que c'était un ivrogne qui cuvait son vin… À part l'odeur… Car, pour l'odeur, j'aime mieux vous dire…

— Je suppose que vous avez questionné les voisins ?

— Tous ceux qui sont chez eux… Surtout des femmes et des vieux, car les autres sont partis pour leur travail…

— Personne n'a rien vu, rien entendu ?

— Sauf une vieille, là-haut, au cinquième, qui a, paraît-il, des insomnies. Il est vrai que sa concierge affirme qu'elle ne sait plus très bien ce qu'elle dit… Elle prétend que, vers trois heures et demie du matin, elle a entendu les freins d'une auto… Il n'en passe pas beaucoup dans cette partie de la rue, qui ne conduit nulle part…

— Elle n'a pas entendu de voix ?

— Non. Seulement une portière qui s'ouvrait, puis des pas, puis la portière qui se refermait…

— Elle n'a pas regardé par la fenêtre ?

— Elle est presque impotente… Sa première idée a été qu'il y avait quelqu'un de malade dans la maison et qu'une ambulance avait été appelée… Elle attendait d'entendre la porte s'ouvrir et se refermer, mais la voiture est repartie presque tout de suite, après une manœuvre pour changer de direction…

L'inspecteur Bornique ajouta, en homme qui connaît son métier :

— Je reviendrai à midi et ce soir, quand les hommes seront rentrés chez eux…

— La descente du Parquet a eu lieu ?

— De très bonne heure. Cela s'est passé très vite. Une simple formalité…

Maigret et Lucas, sous les regards des badauds, remontaient dans leur voiture.

— Rue Victor-Massé…

On voyait des monceaux de cerises et déjà des pêches dans les charrettes des marchands des quatre-saisons entre lesquelles se faufilaient les ménagères. Paris était très gai ce matin-là, avec plus de passants sur les trottoirs ombragés que sur ceux que le soleil frappait en plein.

Rue Notre-Dame-de-Lorette, ils aperçurent la devanture jaune du *Saint-Trop'*, dont l'entrée était fermée par une grille, et, à gauche de celle-ci, un cadre contenait des photographies de femmes déshabillées.

Rue Victor-Massé, un cadre presque semblable figurait à la devanture plus large du *Train-Bleu*, et Lucas s'arrêta un peu plus loin devant une maison bourgeoise. L'immeuble était grisâtre, assez cossu, et deux plaques de cuivre annonçaient l'une un médecin, l'autre une société immobilière.

— Qu'est-ce que c'est ? questionna une concierge peu amène en ouvrant sa porte vitrée.

— Mme Boulay…

— Au troisième à gauche, mais…

Ayant observé les deux hommes, elle se ravisait :

— Vous êtes de la police ?… Dans ce cas, vous pouvez monter… Ces pauvres femmes doivent être dans un état…

Il y avait un ascenseur presque silencieux, un tapis rouge dans l'escalier mieux éclairé que dans la plupart des vieux immeubles de Paris. Au troisième, on entendait des voix derrière une porte. Maigret poussa le bouton de sonnerie et les voix se turent, des pas se rapprochèrent, Antonio surgit dans l'encadrement. Il avait tombé la veste et tenait un sandwich à la main.

— Entrez… Ne faites pas attention au désordre…

Un bébé pleurait dans une chambre. Un petit garçon se raccrochait à la robe d'une femme jeune, déjà assez grasse, qui n'avait pas eu le temps de se coiffer et dont les cheveux noirs tombaient sur le dos.

— Ma sœur Marina…

Elle avait les yeux rouges, comme on pouvait s'y attendre, et paraissait un peu perdue.

— Venez par ici…

Elle les introduisait dans un salon en désordre, avec un cheval de bois renversé sur le tapis, des tasses et des verres sales sur la table.

Une femme plus âgée, beaucoup plus grosse, vêtue d'un peignoir bleu ciel, paraissait à une autre porte et regardait les nouveaux venus avec méfiance.

— Ma mère… présentait Antonio. Elle ne parle presque pas le français… Elle ne s'y fera jamais…

L'appartement semblait vaste, confortable, meublé de ces meubles rustiques que l'on trouve dans les grands magasins.

— Où est votre sœur ? questionna Maigret en regardant autour de lui.

— Avec le bébé… Elle va venir…

— Comment expliquez-vous ça, monsieur le commissaire ? questionnait Marina, qui avait moins d'accent que son frère.

Elle avait dix-huit ou dix-neuf ans quand Boulay l'avait rencontrée. Elle en avait donc à présent vingt-cinq ou vingt-six et elle était encore très belle, le teint mat, les yeux sombres. Avait-elle gardé sa coquetterie ? Les circonstances n'étaient pas favorables pour en juger, mais le commissaire aurait parié qu'elle ne se souciait plus de sa ligne ni de ses toilettes, qu'elle vivait heureuse, entre sa mère, sa sœur, ses enfants et son mari, sans se soucier du reste du monde.

Tout de suite en entrant, Maigret avait reniflé, reconnaissant l'odeur qui régnait et qui lui rappelait celle des restaurants italiens.

Antonio était évidemment devenu le chef de famille. Ne l'était-il pas déjà un peu du temps d'Émile Boulay ? N'était-ce pas à lui que l'ancien maître d'hôtel avait dû demander la main de Marina ?

Son sandwich toujours à la main, il questionnait :

— Vous avez découvert quelque chose ?

— Je voudrais savoir si, quand il est sorti mardi soir, il avait son automatique en poche.

Antonio regarda sa sœur, qui hésita un instant et se précipita dans une autre pièce. La porte étant restée ouverte, on découvrit une salle à manger, qu'elle traversait avant d'entrer dans une chambre. Elle ouvrait le tiroir d'une commode, revenait avec un objet sombre à la main.

C'était l'automatique, qu'elle maniait prudemment, comme quelqu'un qui a peur des armes.

— Il était à sa place, dit-elle…

— Il ne le portait pas toujours sur lui ?

— Pas toujours, non… Pas les derniers temps…

Antonio intervenait.

— Depuis la mort de Mazotti et le départ de sa bande pour le Midi, Émile n'éprouvait plus le besoin d'être armé…

C'était significatif. En sortant de chez lui, le mardi soir, Émile Boulay ne s'attendait donc pas à une rencontre dangereuse ou délicate.

— À quelle heure vous a-t-il quittée, madame ?

— Quelques minutes avant neuf heures, comme d'habitude. Nous avons dîné à huit heures. Puis il est allé embrasser les enfants dans leur lit, comme il le faisait toujours avant de partir…

— Il ne vous a pas paru soucieux ?

Elle s'efforçait de réfléchir. Elle avait de très beaux yeux qui, en temps normal, devaient être gais et caressants.

— Non… Je ne crois pas… Vous savez, Émile n'était pas démonstratif, et les gens qui ne le connaissaient pas devaient s'imaginer qu'il avait un caractère renfermé…

Deux larmes montaient à ses paupières.

— Au fond, il était très bon, très attentionné…

Elle se tournait vers sa mère, qui écoutait, les mains sur le ventre, lui disait quelques mots en italien, la mère levait et baissait la tête dans un geste affirmatif.

— Je sais ce qu'on pense des gens qui dirigent des établissements de nuit… On se figure que ce sont des sortes de gangsters, et c'est vrai qu'il y en a…

Elle s'essuyait les yeux, regardait son frère comme pour lui demander la permission de continuer.

— Lui, il était plutôt timide… Peut-être pas en affaires… Il vivait au milieu de douzaines de femmes dont il aurait pu faire ce qu'il voulait, mais, au lieu de les traiter comme le font la plupart de ses collègues, il les considérait comme des employées et, s'il était ferme avec elles, il était aussi respectueux… Je le sais d'autant mieux que j'ai été à son service avant de devenir sa femme…

» Vous me croirez si vous voulez : il a passé des semaines à tourner autour de moi comme l'aurait fait un jeune homme… Quand il me parlait, pendant le spectacle, c'était pour me poser des questions : où j'étais née, où vivait ma famille, si ma mère était à Paris, si j'avais des frères et sœurs…

» Pas une fois, pendant tout ce temps-là, il ne m'a touchée. Il ne m'a jamais proposé non plus de me reconduire…

Antonio approuvait, avec l'air de dire qu'il n'aurait pas permis qu'il en fût autrement.

— Bien sûr, continuait-elle, il connaissait les Italiennes, car il y en a toujours deux ou trois au *Lotus*… Un soir, il m'a demandé s'il pouvait rencontrer mon frère…

— Il a été correct ! concédait Antonio.

La maman devait comprendre un peu de français et, de temps en temps, elle ouvrait la bouche comme pour intervenir mais finissait, faute de trouver ses mots, par se taire.

Une jeune fille entra, vêtue de noir, déjà coiffée et fraîche. C'était Ada, qui avait à peine vingt-deux ans et qui devait être le portrait de sa sœur à cet âge-là. Elle observa les visiteurs avec curiosité, annonça à Marina :

— Elle a fini par s'endormir…

Puis, à Maigret et à Lucas :

— Vous ne vous asseyez pas ?

— J'ai cru comprendre, mademoiselle, que vous étiez la secrétaire de votre beau-frère ?

Elle aussi avait à peine une pointe d'accent, juste assez pour lui donner un charme de plus.

— C'est beaucoup dire… Émile s'occupait lui-même de toutes ses affaires… Et ce sont des affaires qui n'exigent pas beaucoup de paperasserie…

— Il avait un bureau ?

— On appelle ça le bureau, oui… Deux petites pièces à l'entresol, au-dessus du *Lotus*…

— Quand s'y rendait-il ?

— Il dormait le plus souvent jusqu'à midi et déjeunait avec nous… Vers trois heures, nous nous rendions tous les deux place Pigalle…

Maigret observait tour à tour les deux sœurs, se demandant si, par exemple, il n'existait pas chez Marina une certaine jalousie à l'égard de sa cadette. Il n'en trouva pas trace dans son regard.

Marina, autant qu'on en pouvait juger, était, trois jours plus tôt encore, une femme contente de son sort, contente de mener une vie assez paresseuse, avec sa mère et ses enfants, dans l'appartement de la rue Victor-Massé, et sans doute, si son mari avait vécu, aurait-elle eu une famille nombreuse.

Très différente, plus nette, plus énergique, Ada poursuivait :

— Il y avait toujours des gens qui attendaient, des artistes, des musiciens, le maître d'hôtel ou le barman de tel ou tel cabaret, sans compter les courtiers en vins et en champagne…

— De quoi s'est occupé Émile Boulay le jour de sa disparition ?

— Attendez… C'était mardi, n'est-ce pas ?… Nous sommes descendus dans la salle pour faire auditionner une danseuse espagnole qu'il a engagée… Puis il a reçu le représentant d'une entreprise de conditionnement d'air… Il avait l'intention de faire installer l'air conditionné dans ses quatre cabarets… Au *Lotus*, surtout, on avait des ennuis avec la ventilation…

Maigret se souvenait d'un catalogue aperçu dans les affaires du mort.

— Qui s'occupait de ses affaires financières ?

— Que voulez-vous dire ?

— Qui payait ses factures, le personnel ?…

— Le comptable, bien entendu…

— Il a son bureau au-dessus du *Lotus*, lui aussi ?

— Une petite pièce donnant sur la cour, oui… C'est un vieux bonhomme qui grogne sans cesse et qui, chaque fois qu'il a de l'argent à verser, en souffre comme si c'était le sien… Il s'appelle Raison… M. Raison, comme tout le monde dit, car si on ne lui donnait pas du monsieur…

— Il se trouve en ce moment place Pigalle ?

— Sûrement. Il est le seul à travailler le matin, car il est libre le soir et la nuit…

La mère, qui avait disparu depuis quelques minutes, revenait avec un fiasco de chianti et des verres.

— Je suppose que chaque cabaret a son gérant ?

Ada secouait la tête.

— Non. Cela ne se passe pas comme ça. Antonio dirige le *Paris-Strip*, parce que c'est dans un autre quartier, avec une clientèle différente, un style différent… Vous comprenez ce que je veux dire ?… En outre, Antonio est de la famille…

» Les trois autres cabarets sont presque porte à porte… En cours de soirée, certaines artistes vont de l'un à l'autre… Émile, lui aussi, faisait la navette et avait l'œil à tout… Il arrivait que, vers trois heures du matin, on envoie des caisses de champagne du *Lotus* au *Train-Bleu*, par exemple, ou des bouteilles de whisky… Si une des boîtes était pleine et manquait de personnel, on expédiait du renfort d'une autre où il y avait moins de monde…

— Autrement dit, Émile Boulay dirigeait en personne les trois cabarets de Montmartre.

— Pratiquement… Encore que, dans chacun, il y eût un maître d'hôtel responsable…

— M. Raison s'occupant de la comptabilité et de la paperasserie…

— C'est assez bien cela.

— Et vous ?

— Moi, je suivais mon beau-frère et prenais des notes… Commander ceci… Donner rendez-vous à tel fournisseur ou à tel entrepreneur… Téléphoner à une artiste qui se produisait ailleurs pour essayer de l'engager…

— Vous le suiviez le soir aussi ?

— Une partie de la soirée seulement…

— Jusqu'à quelle heure en général ?

— Dix ou onze heures… Le plus long, c'est la mise en place, vers neuf heures… Il y a toujours quelqu'un qui manque, un garçon, un musicien ou une danseuse… Ou encore c'est une livraison de champagne ou de cotillons qui est en retard…

Maigret disait rêveusement :

— Je commence à me faire une idée... Vous étiez avec lui mardi soir ?

— Comme les autres soirs...

Il regardait à nouveau Marina et ne découvrait sur son visage aucune trace de jalousie.

— À quelle heure avez-vous quitté votre beau-frère ?

— À dix heures et demie...

— Où étiez-vous alors ?

— Au *Lotus*... C'était une sorte de quartier général... Nous étions déjà passés au *Train-Bleu* et au *Saint-Trop'*...

— Vous n'avez rien remarqué de particulier ?

— Rien... Sinon que j'ai cru qu'il allait pleuvoir...

— Il a plu ?

— Quelques gouttes, au moment où je sortais du *Lotus*... Mickey a proposé de me prêter un parapluie, mais j'ai attendu et, cinq minutes plus tard, la pluie avait cessé...

— Vous notiez les rendez-vous de Boulay ?

— Je les lui rappelais au besoin. C'était rarement nécessaire, car il pensait à tout... C'était un homme calme, réfléchi, qui menait son affaire fort sérieusement...

— Il n'avait pas de rendez-vous ce soir-là ?

— Pas à ma connaissance...

— Vous l'auriez su ?

— Je suppose... Je ne veux pas me donner une importance que je n'avais pas... Par exemple, il ne discutait avec moi ni de ses affaires, ni de ses projets... Mais il en parlait en ma présence... Quand il recevait des gens, j'étais presque toujours là... Je ne me souviens pas qu'il m'ait fait sortir… Il me disait des choses comme :

» — Il faudra changer les tentures du *Train-Bleu*…

» J'en prenais note et je le lui rappelais le lendemain après-midi…

— Quelle a été sa réaction quand il a appris que Mazotti avait été abattu ?

— J'étais absente. Il a dû le savoir pendant la nuit, comme tout Montmartre, car ces nouvelles-là vont vite.

— Et le lendemain, quand il s'est levé ?

— Il m'a tout de suite réclamé les journaux… Je suis allée les lui acheter au coin de la rue…

— Il n'avait pas l'habitude de lire les journaux ?

— Un coup d'œil sur un journal du matin et un autre sur celui du soir…

— Il jouait aux courses ?

— Jamais… Ni aux courses, ni aux cartes, ni à aucun jeu…

— Il vous a parlé de la mort de Mazotti ?

— Il m'a dit qu'il s'attendait à être convoqué et m'a fait téléphoner au maître d'hôtel du *Lotus* pour savoir si la police s'y était déjà présentée…

Maigret se tourna vers Lucas, qui comprit sa question muette.

— Deux inspecteurs du IXe y sont allés, dit-il.

— Boulay avait l'air inquiet ?

— Il craignait une mauvaise publicité…

C'était au tour d'Antonio d'entrer dans la conversation.

— Cela a toujours été son grand souci… À moi aussi, il recommandait souvent de veiller à la tenue de mon établissement.

» — Ce n'est pas parce qu'on gagne sa vie à montrer des femmes nues, disait-il, qu'on est des gangsters... Je suis un commerçant honorable et je tiens à ce que cela se sache...

— C'est vrai... Je le lui ai entendu dire aussi... Vous ne buvez pas, monsieur le commissaire ?

Bien qu'il n'eût pas envie de chianti à onze heures et demie du matin, il n'en trempa pas moins les lèvres dans son verre.

— Il avait des amis ?

Ada regarda autour d'elle, comme si cela constituait une réponse.

— Il n'avait pas besoin d'amis... Sa vie était ici...

— Il parlait l'italien ?

— L'italien, l'anglais, un peu d'espagnol... Il avait appris les langues à bord de la Transat, puis aux États-Unis...

— Il lui arrivait de parler de sa première femme ?

Aucune gêne chez Marina, cependant que sa sœur répondait :

— Il allait chaque année sur sa tombe, et son portrait est toujours au mur de la chambre...

— Encore une question, mademoiselle Ada... Lorsqu'il est mort, Boulay avait en poche un carnet de chèques... Vous êtes au courant ?

— Oui. Il l'avait toujours sur lui, mais s'en servait assez peu... Les gros paiements étaient faits par M. Raison... Émile avait toujours aussi dans sa poche une liasse de billets... C'est nécessaire dans le métier...

— Votre beau-frère a été convoqué à la P.J. le 18 mai...

— Je m'en souviens...

— Vous l'avez accompagné au Quai des Orfèvres ?

— Jusqu'au portail… Je l'ai attendu sur le trottoir…

— Vous avez pris un taxi ?

— Il n'aimait pas les taxis, ni les autos en général… Nous sommes allés en métro…

— Il a reçu ensuite une convocation pour le 23 mai…

— Je suis au courant… Cela le tracassait…

— Toujours à cause de la publicité ?

— Oui…

— Or, le 22 mai, il a retiré une assez forte somme, un demi-million d'anciens francs, de la banque… Vous le saviez ?

— Non.

— Vous ne vous occupiez pas de son carnet de chèques ?

Elle secouait la tête.

— Il vous en empêchait ?

— Non plus… C'était son carnet personnel et il ne m'est jamais venu à l'idée de l'ouvrir… Il ne l'enfermait pas, le laissait traîner sur la commode de sa chambre…

— Lui arrivait-il de retirer de fortes sommes de la banque ?

— J'en doute… Ce n'était pas nécessaire… Quand il avait besoin d'argent, il le prenait dans la caisse du *Lotus* ou d'un des cabarets et laissait une fiche à la place…

— Vous n'avez aucune idée de la raison pour laquelle il a retiré cet argent ?

— Aucune…

— Vous n'avez aucun moyen de le savoir ?

— J'essaierai… Je demanderai à M. Raison… Je rechercherai dans la correspondance…

— Soyez assez gentille pour vous en occuper aujourd'hui même et pour me donner un coup de téléphone si vous trouvez quelque chose…

Sur le palier, Antonio posa une question, l'air un peu gêné.

— Qu'est-ce qu'on fait avec les cabarets ?

Et, comme Maigret le regardait sans comprendre, il précisa :

— On ouvre quand même ?

— Je ne vois personnellement aucune raison pour… Mais je suppose que cela regarde votre sœur, non ?

— Si on ferme, les gens vont se demander…

Maigret et Lucas pénétrèrent dans l'ascenseur qui venait de s'arrêter à l'étage, laissant l'Italien perplexe.

3

Sur le trottoir, Maigret allumait sa pipe en clignant des yeux dans le soleil, et il allait adresser la parole à Lucas quand se déroula devant eux une petite scène caractéristique de la vie de Montmartre. Le *Train-Bleu* n'était pas loin, avec son enseigne au néon éteinte et ses volets fermés. Juste en face de la maison des Boulay, une jeune femme sortait précipitamment d'un petit hôtel, en robe de soirée noire, une écharpe de tulle jetée sur ses épaules nues. Dans la lumière du jour, ses cheveux étaient de deux tons et elle n'avait pas pris la peine de refaire son maquillage.

Elle était grande et mince, du calibre des girls de music-hall. Traversant la rue en courant, sur ses talons trop hauts, elle pénétrait dans un petit bar, où elle allait sans doute boire un café et manger des croissants.

Un autre personnage sortait de l'hôtel presque sur ses pas, un homme de quarante-cinq à cinquante ans, du genre homme d'affaires nordique, qui, après un coup d'œil à droite et à gauche, se dirigeait vers le coin de la rue pour héler un taxi.

Maigret leva machinalement la tête vers les fenêtres du troisième étage de la maison dont il sortait, vers l'appartement où trois femmes, autour de deux enfants, avaient reconstitué une petite Italie.

— Il est onze heures et quart. J'ai bien envie d'aller voir M. Raison à son bureau. Pendant ce temps, tu pourrais poser quelques questions dans le quartier, surtout dans les boutiques, chez le boucher, la crémière, etc.

— Où est-ce que je vous retrouve, patron ?

— Pourquoi pas chez Jo ?

Le bar où Mazotti s'était fait descendre. Maigret ne suivait pas de plan établi. Il n'avait aucune idée. Il était un peu comme un chien de chasse qui va et vient en reniflant. Et cela ne lui déplaisait pas, au fond, de retrouver l'air de ce Montmartre-là, qu'il n'avait pas respiré depuis des années.

Il tournait le coin de la rue Pigalle, s'arrêtait devant la grille qui fermait le *Lotus*, cherchait un bouton de sonnerie inexistant. La porte, derrière la grille, était fermée. Tout à côté, c'était un autre cabaret, plus petit, assez minable avec sa devanture peinte d'un mauve agressif, puis l'étroite vitrine d'une boutique de lingerie où s'étalaient des culottes et des soutiens-gorge extravagants.

Il entra à tout hasard dans le couloir d'un immeuble, trouva dans sa loge une concierge revêche.

— Le *Lotus* ? questionna-t-il.

— Vous n'avez pas vu que c'est fermé ?

Elle l'observait avec méfiance, flairant peut-être le policier.

— C'est le comptable que je veux voir, M. Raison…

— L'escalier à gauche dans la cour…

Une cour étroite et sombre, encombrée de poubelles, sur laquelle donnaient des fenêtres qui, pour la plupart, n'avaient pas de rideaux. Une porte brune était entrouverte sur un vieil escalier plus obscur encore, dont le poids de Maigret fit craquer les marches. Sur une des portes, à l'entresol, une plaque de zinc avec des mots mal gravés : *La Pleine-Lune*. C'était le nom du cabaret voisin de celui d'Émile.

En face, un écriteau de carton : *Le Lotus*.

On avait l'impression décevante de pénétrer dans un théâtre par l'entrée des artistes. Le décor terne, poussiéreux, presque misérable, ne faisait penser ni aux robes du soir, ni aux corps nus, ni au champagne et à la musique.

Il frappa, n'entendit rien, frappa une seconde fois, se décida à tourner le bouton d'émail. Il découvrit un couloir étroit où la peinture s'écaillait, une porte au fond, une autre sur sa droite. C'est à celle-ci qu'il frappa de nouveau et, au même moment, il entendit un certain remue-ménage. On le laissait attendre un bon moment avant de dire :

— Entrez…

Il retrouvait le soleil, qui traversait les vitres sales, un homme gras, sans âge, plutôt âgé, quelques cheveux gris ramenés sur son crâne chauve, qui rajustait sa cravate cependant qu'une jeune femme en robe à fleurs se tenait debout et essayait de prendre un air désinvolte.

— Monsieur Raison ?

— C'est moi… répondait l'homme sans le regarder en face.

Le commissaire les avait évidemment dérangés.

— Commissaire Maigret…

On étouffait dans la pièce, où flottait un parfum entêtant.

— Je file, monsieur Jules… N'oubliez pas ce que je vous ai demandé…

Gêné, il ouvrait un tiroir et, d'un portefeuille usé, bourré de billets de banque, il extrayait deux ou trois billets qu'il lui tendait. En un tournemain, les billets passaient dans le sac de la fille, qui s'éloignait sur ses talons aiguilles.

— Elles sont toutes les mêmes, soupirait M. Raison en s'essuyant le visage de son mouchoir, par crainte, peut-être, qu'il y soit resté des traces de rouge à lèvres. On les paie le samedi et, dès le mercredi, elles viennent demander une avance…

Drôle de bureau et drôle de bonhomme ! On ne se serait pas cru dans les coulisses d'un cabaret, mais plutôt dans une officine plus ou moins louche. Pas de photographies d'artistes sur les murs, comme on aurait pu s'y attendre, mais un calendrier, des classeurs de métal, des rayonnages surchargés de dossiers. Les meubles auraient pu avoir été achetés au marché aux puces, et la chaise que M. Raison désignait au commissaire avait un pied réparé avec de la ficelle.

— Vous l'avez retrouvé ?

Le comptable n'était pas encore tout à fait d'aplomb. Sa main velue tremblait un peu tandis qu'il allumait une cigarette, et Maigret remarqua que ses doigts étaient brunis par la nicotine.

De ce bureau, qui donnait sur la cour, on n'entendait à peu près rien des bruits de la rue, sinon une vague rumeur. On était dans un autre monde. M. Raison était en manches de chemise, avec de larges cernes de sueur sous les bras, et son visage, mal rasé, était couvert de sueur aussi.

Maigret aurait parié qu'il n'était pas marié, qu'il n'avait pas de famille, qu'il vivait seul dans quelque logement sombre du quartier et préparait ses repas sur un réchaud à alcool.

— Vous l'avez retrouvé ? répétait-il. Il est vivant ?

— Mort…

M. Raison soupira, baissa pieusement les paupières.

— Je m'en doutais. Que lui est-il arrivé ?

— Étranglé…

Il leva brusquement la tête, aussi surpris que le commissaire l'avait été quai de la Rapée.

— Sa femme sait ?… Et Antonio ?…

— Je viens de la rue Victor-Massé… Antonio a reconnu le corps… Je voudrais vous poser quelques questions…

— J'y répondrai de mon mieux…

— Savez-vous si Émile Boulay avait des ennemis ?

Les dents étaient jaunes, et M. Raison devait avoir mauvaise haleine.

— Cela dépend de ce que vous appelez des ennemis… Des concurrents, oui… Il réussissait trop bien au gré de certains… C'est un métier difficile, où on ne fait pas de quartier…

— Comment expliquez-vous qu'en quelques années Boulay ait pu acheter quatre cabarets ?

Le comptable commençait à se sentir mieux et il se trouvait maintenant sur un terrain familier.

— Si vous voulez mon avis, c'est parce que M. Émile s'en occupait comme il se serait occupé, par exemple, de boutiques d'épicerie… C'était un homme sérieux…

— Vous voulez dire qu'il ne consommait pas sa marchandise ? ne put s'empêcher d'ironiser le commissaire.

L'autre sentit la pointe.

— Si c'est à Léa que vous pensez, vous vous trompez… Je pourrais être son père… Presque toutes viennent me faire leurs confidences, me raconter leurs ennuis…

— Et vous demander une avance…

— Elles ont toujours besoin d'argent…

— Si je comprends bien, Boulay n'avait avec elles que des rapports de patron à employées ?

— Certainement. Il aimait sa femme, sa famille… Il ne jouait pas les durs, ne possédait ni auto, ni villa à la campagne ou au bord de la mer… Il ne jetait pas l'argent par les fenêtres et n'essayait d'impressionner personne… C'est rare dans le métier… Il aurait réussi dans n'importe quel commerce…

— Donc, ses concurrents lui en voulaient…

— Pas au point de le tuer… Quant au milieu, M. Émile était parvenu à s'en faire respecter…

— Grâce à ses dockers…

— Vous parlez de l'affaire Mazotti ?… Je puis vous affirmer qu'il n'était pour rien dans le meurtre…

Il a refusé de payer, tout simplement, et, pour mettre ces messieurs au pas, il a fait venir quelques costauds du Havre… Cela a suffi…

— Où sont-ils en ce moment ?

— Voilà quinze jours qu'ils sont rentrés chez eux… L'inspecteur qui s'occupe de l'affaire le leur a permis…

C'était de Lucas qu'il parlait.

— Boulay tenait à faire les choses régulièrement… Vous pouvez vous renseigner auprès de votre collègue de la Mondaine, qui est à Montmartre presque toutes les nuits et qui sait ce que valent les uns et les autres…

Une idée passa par la tête de Maigret.

— Vous permettez que je téléphone ?

Il appelait, à son domicile, le docteur Morel, à qui, le matin, il avait omis de poser une question.

— Dites-moi, docteur, vous est-il possible, avant le résultat des analyses, de me dire approximativement combien de temps après son repas Boulay a été tué ?… Comment ?… Non, je ne demande pas une réponse précise… À une heure près, oui… Je sais que, d'après le contenu de l'estomac… Il a dîné à huit heures du soir… Vous dites ?… Entre minuit et une heure du matin ?… Je vous remercie…

C'était une petite case qui se remplissait.

— Je suppose, monsieur Raison, que vous ne travaillez pas le soir ?

Le comptable solitaire secouait la tête, presque avec indignation.

— Je ne mets jamais les pieds dans un cabaret… Ce n'est pas mon travail…

— Je suppose que votre patron vous tenait au courant de ses affaires ?

— En principe, oui…

— Pourquoi en principe ?

— Parce que, par exemple, il ne me parlait pas de ses projets. Quand il a racheté *Paris-Strip*, pour y placer son beau-frère, je ne l'ai su que la veille de la signature des actes… Il n'était pas bavard…

— Il ne vous a rien dit d'un rendez-vous qu'il aurait eu mardi soir ?

— Absolument rien… Je vais essayer de vous faire comprendre le fonctionnement de la maison… Moi, je suis ici le matin et l'après-midi… Le matin, presque tout seul… L'après-midi, le patron venait en compagnie d'Ada, qui lui servait de secrétaire…

— Où est son bureau ?

— Je vous le montre…

C'était, au fond du couloir, un bureau guère plus vaste ni plus luxueux que celui dont sortaient les deux hommes. Dans un coin, une table de dactylo avec sa machine à écrire. Quelques classeurs. Sur les murs, des photographies de Marina et des deux enfants. Une autre photographie de femme, blonde aux yeux mélancoliques, que Maigret supposa être la première femme de Boulay.

— Il ne m'appelait que quand il avait besoin de moi… Je ne m'occupais que de passer les commandes et de régler les comptes…

— C'est donc vous qui effectuiez tous les paiements… Y compris les paiements de la main à la main ?

— Que voulez-vous dire ?

Si Maigret n'avait jamais appartenu à la Mondaine, il n'en connaissait pas moins la vie de nuit.

— Je suppose que certains règlements avaient lieu en billets, sans reçu, ne fût-ce que pour échapper au fisc…

— Vous vous trompez, monsieur Maigret, si vous me permettez de vous contredire… Je sais que c'est l'idée que chacun se fait du métier, et cela paraît facile… Or, justement, ce qui distinguait M. Boulay des autres, c'est qu'il tenait, je l'ai déjà dit, à ce que tout fût régulier…

— Vous vous chargiez de ses déclarations de revenus ?

— Oui et non… Je tenais la comptabilité à jour et la remettais, le moment venu, à l'avocat…

— Supposons qu'à un moment donné Boulay ait eu besoin d'une somme assez importante, d'un demi-million d'anciens francs…

— C'est très simple… Il les aurait pris dans la caisse d'un des cabarets et aurait laissé une note à la place…

— Cela lui est arrivé ?

— Pas pour des montants aussi élevés… Cent mille… Deux cent mille francs…

— Il n'avait donc aucune raison d'aller retirer de l'argent à la banque ?

Cette fois, M. Raison prit le temps de réfléchir, intrigué par la question.

— Attendez… Le matin, je suis ici, et il y a toujours une forte somme dans le coffre… Ce n'est que vers midi que je vais déposer à la banque les recettes de la veille… D'ailleurs, le matin, je ne l'ai pour ainsi dire jamais vu au bureau, étant donné qu'il dormait… Le soir, comme je vous l'ai dit, il n'avait qu'à puiser dans la caisse du *Lotus*, du *Train-Bleu* ou du *Saint-Trop'*… L'après-midi, c'est différent… S'il avait eu besoin d'un demi-million, au milieu de l'après-midi, il serait sans doute passé à la banque…

— Il l'a fait le 22 mai… Cette date ne vous dit rien ?…

— Rien du tout…

— Vous n'avez aucune trace d'un versement effectué à cette date ou à la date du lendemain ?

Ils étaient revenus dans le bureau de M. Raison, qui consultait un registre relié de toile noire.

— Rien ! confirmait-il.

— Vous êtes sûr que votre patron n'avait pas une liaison ?

— Pour moi, cette hypothèse est tout à fait invraisemblable…

— Personne ne le faisait chanter ? Pouvez-vous vérifier, dans les relevés de banque, si Boulay a touché d'autres chèques de la même façon ?…

Le comptable alla prendre un dossier dans ses classeurs, fit glisser son crayon le long des colonnes.

— Rien en avril… Ni en mars… Ni en février… Rien en janvier non plus…

— Cela suffit…

Une seule fois donc, au cours des derniers mois, Émile Boulay avait retiré personnellement de l'argent de la banque. Ce chèque-là continuait à préoccuper le commissaire. Il sentait que quelque chose lui échappait, quelque chose d'important sans doute, et sa pensée tournait en rond. Il en revenait à une question déjà posée.

— Vous êtes sûr que votre patron n'effectuait pas de règlements de la main à la main ?

— Je ne vois pas ce qu'il aurait payé ainsi… Je sais que c'est difficile à croire, mais vous pouvez questionner Me Gaillard… Dans ce domaine-là, M. Émile était presque maniaque… Il prétendait que c'est justement quand on fait un métier un peu en marge qu'on doit se montrer le plus régulier…

» N'oubliez pas qu'on se méfie de nous, que nous avons sans cesse la police sur le dos, pas seulement la Mondaine, mais la police des fraudes… Tenez ! Au sujet de la police des fraudes, une histoire me revient… Il y a deux ans, au *Saint-Trop'*, un inspecteur a découvert du whisky de fantaisie dans des bouteilles d'origine…

» Je n'ai pas besoin de vous dire que cela se pratique dans beaucoup d'endroits… Bien entendu, les gens des accises ont intenté des poursuites… M. Émile a juré qu'il n'était pas au courant… Son avocat s'en est occupé… Ils ont pu prouver que c'était le barman qui se livrait à la substitution à son seul profit…

» Le patron a transigé quand même, mais je n'ai pas besoin de vous dire que le barman a été mis à la porte…

» Une autre fois, je l'ai vu encore plus en colère… Il avait remarqué, dans la clientèle du *Train-Bleu*, des personnages suspects… Quand on est habitué à la clientèle, on repère tout de suite les gens qui ne sont pas là pour les mêmes raisons que les autres, vous comprenez ?

» En cette occasion, la police n'a pas eu à intervenir… M. Émile a découvert avant elle qu'un musicien récemment engagé se livrait au trafic de la drogue, sur une petite échelle, d'ailleurs…

— Et il l'a flanqué dehors ?

— Le soir même.

— Il y a combien de temps de cela ?

— C'était avant l'affaire du barman, voilà presque trois ans maintenant…

— Qu'est devenu le musicien ?

— Il a quitté la France quelques semaines plus tard, et il travaille en Italie…

Rien de tout ceci n'expliquait les cinq cent mille francs, encore moins la mort de Boulay, qu'on avait gardé deux jours et trois nuits, Dieu sait où, avant de le déposer dans une rue déserte le long du mur du Père-Lachaise.

— Ces bureaux communiquent avec le cabaret ?

— Par ici…

Il ouvrait une porte que Maigret avait prise pour celle d'un placard. Il dut faire de la lumière, car l'obscurité était à peu près complète, et on découvrit un escalier raide, en colimaçon.

— Vous voulez descendre ?

Pourquoi pas ? Il suivit M. Raison dans l'escalier, qui débouchait dans une pièce où des vêtements féminins, certains recouverts de paillettes ou de fausses perles, pendaient le long des murs. Une coiffeuse peinte en gris était encombrée de pots de crème, de fards, de crayons. Il régnait une odeur fade, assez écœurante.

C'est ici que les artistes troquaient leurs vêtements de ville contre leur harnachement professionnel avant de pénétrer sous la lumière des projecteurs, et des hommes payaient le champagne cinq ou six fois son prix pour les admirer.

Encore devaient-elles traverser, comme M. Raison et Maigret le faisaient, une sorte de cuisine qui séparait la loge de la salle.

Deux ou trois pinceaux de soleil s'infiltraient à travers les volets. Les murs étaient mauves, le plancher couvert de serpentins et de boules de coton multicolores. L'odeur de champagne et de tabac subsistait et il y avait encore un verre cassé dans un coin, près des instruments de l'orchestre recouverts de leur housse.

— Les femmes de ménage ne viennent que l'après-midi. Ce sont les mêmes qui, le matin, font le nettoyage au *Train-Bleu*. À cinq heures, elles vont rue Notre-Dame-de-Lorette, de sorte que, dès neuf heures, tout est prêt pour accueillir les clients…

C'était aussi déprimant que, par exemple, une plage en hiver, avec ses villas et son casino fermés. Maigret regardait tout autour de lui, comme si le décor allait lui fournir une idée, un point de départ.

— Je peux sortir directement ?

— La clé de la grille est en haut, mais, si vous y tenez…

— Ne vous dérangez pas…

Il gravit à nouveau l'escalier, pour redescendre, un peu plus tard, celui qui donnait sur la cour, après avoir serré la main moite de M. Raison.

Cela faisait plaisir, après ça, de recevoir dans les jambes un gamin qui courait sur le trottoir et de respirer en passant la bonne odeur d'un étal de légumes.

Il connaissait bien le bar de Jo, qu'on appelait Jo le Catcheur. Il le connaissait depuis vingt ans au moins, sinon davantage, et le bar avait eu de nombreux propriétaires. Était-ce à cause de sa position stratégique à deux pas de Pigalle, de la place Blanche et des trottoirs que, pendant la nuit, une nuée de femmes arpentaient inlassablement ?

Dix fois fermé par la police, le bar n'en était pas moins toujours redevenu un lieu de réunion pour les mauvais garçons. Et, avant Mazotti, quelques-uns d'entre eux s'y étaient fait descendre.

L'endroit, pourtant, était tranquille, tout au moins à cette heure. Le décor était le décor traditionnel des bistrots de Paris, avec son zinc, ses glaces sur les murs, ses banquettes et, dans un coin, quatre joueurs de belote, tandis que deux plâtriers en blouse, le visage maculé de blanc, buvaient du vin au comptoir.

Lucas était déjà là et le patron, un colosse aux manches retroussées, lui annonça en voyant entrer le commissaire :

— Voilà votre patron !… Qu'est-ce que je vous sers, monsieur Maigret ?

Il gardait son air moqueur au cours des interrogatoires les plus délicats, et il en avait subi un certain nombre dans sa carrière, qui ne comportait d'ailleurs aucune condamnation.

— Un petit blanc…

Le visage de Lucas lui disait que l'inspecteur n'avait rien découvert d'important. Maigret n'en était pas déçu. Il en était encore à la période où, comme il disait volontiers, il se mettait dans le bain.

Les quatre joueurs de cartes lui jetaient de temps en temps un coup d'œil où il y avait plus d'ironie que de crainte. Il y eut aussi une certaine ironie dans la voix de Jo quand il questionna :

— Alors, vous l'avez trouvé ?

— Qui ?

— Allons, allons, monsieur le commissaire… Vous oubliez que vous êtes à Montmartre, où les nouvelles vont vite… Si Émile a disparu depuis trois jours et si on vous voit rôder dans le quartier…

— Qu'est-ce que vous savez d'Émile ?

— Moi ?

Jo le Catcheur faisait volontiers le clown.

— Qu'est-ce que je pourrais savoir ? Est-ce qu'un monsieur comme lui, un commerçant vertueux, fréquente mon établissement ?

Cela provoquait des sourires dans le coin des joueurs de cartes, mais le commissaire tirait sur sa pipe et buvait son verre sans se laisser démonter. Il annonça le plus sérieusement du monde :

— On l'a retrouvé…

— Dans la Seine ?

— Non, justement pas… Je pourrais presque dire qu'on l'a retrouvé au cimetière…

— Il a voulu faire l'économie d'un enterrement ?… Cela ne m'étonnerait pas de lui… Blague à part, Émile est mort ?

— Depuis trois jours…

Cette fois, Jo fronça les sourcils tout comme Maigret l'avait fait le matin.

— Vous voulez dire qu'il est mort il y a trois jours et qu'on l'a seulement retrouvé ce matin ?

— Étendu sur un trottoir, rue des Rondeaux…

— Où est-ce ?

— Je vous l'ai dit… Une rue sans issue, qui borde le Père-Lachaise…

Les joueurs tendaient l'oreille et on les sentait aussi surpris que le tenancier du bar.

— Il n'était pourtant pas là depuis trois jours ?…

— On l'y a déposé cette nuit…

— Alors, si vous me demandez mon avis, je vous dirai qu'il y a quelque chose qui ne colle pas… Le temps est plutôt chaud, non ?… Et un macchabée, par ce temps-ci, c'est plutôt désagréable à conserver chez soi… Sans compter que c'est un drôle de quartier pour aller déposer ce genre de colis… À moins qu'il s'agisse d'un cinglé…

— Dites-moi, Jo, vous pouvez parler sérieusement une minute.

— Sérieux comme un pape, monsieur Maigret !…

— Mazotti a été descendu au moment où il sortait de chez vous…

— Toujours ma chance !… Je finis par me demander si on ne le fait pas exprès pour me priver de ma licence…

— Vous remarquerez que nous ne vous avons pas ennuyé…

— Sauf que j'ai passé trois matinées chez votre inspecteur… répliqua Jo en désignant Lucas.

— Je ne vous demande pas si vous savez qui a fait le coup…

— Je n'ai rien vu… J'étais descendu chercher des bouteilles à la cave…

— Peu importe si c'est vrai ou non… À votre avis, Émile Boulay pourrait-il avoir fait le coup ?…

Jo était devenu sérieux et, pour se donner le temps de réfléchir, il se versait un verre de vin, remplissait par la même occasion ceux de Maigret et de Lucas. Il eut aussi un coup d'œil vers la table des joueurs, comme s'il voulait leur demander conseil, ou leur faire comprendre sa position.

— Pourquoi me demandez-vous ça à moi ?

— Parce que vous êtes un des hommes les mieux renseignés sur ce qui se passe à Montmartre…

— C'est une réputation qu'on me fait…

Il n'en était pas moins flatté.

— Émile était un amateur… finit-il par murmurer comme à regret.

— Vous ne l'aimiez pas ?

— C'est une autre histoire… Personnellement, je n'avais rien contre lui…

— Et les autres ?

— Quels autres ?

— Ses concurrents… On m'a dit qu'il avait l'intention de racheter d'autres cabarets…

— Et alors ?

Maigret en revenait à son point de départ.

— Boulay aurait-il été capable de descendre Mazotti ?

— Je vous ai répondu que c'était un amateur. L'affaire de Mazotti n'est pas une affaire d'amateur, vous le savez aussi bien que moi.

Ce ne sont pas non plus ses dockers qui auraient travaillé de cette façon-là…

— Deuxième question…

— Combien y en a-t-il ?

— C'est peut-être la dernière.

Les plâtriers écoutaient en échangeant des clins d'œil.

— Allez-y ! Je verrai si je peux répondre.

— Vous venez d'admettre que le succès d'Émile ne faisait pas plaisir à tout le monde…

— Le succès de quelqu'un ne fait jamais plaisir aux autres…

— Seulement, il s'agit d'un milieu où l'on joue serré et où les places sont chères…

— Adjugé ! Ensuite ?

— Croyez-vous qu'Émile ait été tué par un collègue ?

— Je vous ai déjà répondu aussi.

— Comment ?

— Ne vous ai-je pas dit que ce n'était pas agréable d'avoir un mort chez soi pendant deux ou trois jours, surtout par le temps qu'il fait ?… Mettons que les gens dont vous parlez soient des sensibles… Ou encore qu'ils soient assez surveillés pour ne pas prendre de risques… Comment a-t-il été tué ?

De toute façon, l'histoire serait dans les journaux de l'après-midi.

— Étranglé.

— Alors, la réponse est encore plus catégorique, et vous savez pourquoi… Mazotti, c'était du travail propre… Si les gens d'ici avaient voulu supprimer Émile, ils l'auraient fait de la même manière… Est-ce que vous avez retrouvé ceux qui ont réglé son compte à Mazotti ?… Non !… Et, malgré vos indicateurs, vous ne les aurez pas… Tandis que votre histoire d'homme qu'on étrangle, qu'on garde chez soi pendant trois jours et qu'on va déposer le long du mur d'un cimetière, ça sent mauvais, c'est le cas de le dire… Voilà pour la deuxième question…

— Je vous remercie !

— Pas de quoi. Un autre ?

Il tenait la bouteille en suspens au-dessus du verre.

— Pas ce matin…

— Ne me dites pas que vous comptez revenir… Je n'ai rien contre vous personnellement, mais, dans le métier, on aime mieux ne pas vous voir trop souvent…

— Combien vous dois-je ?

— La seconde tournée est pour moi… Le jour où il m'a interrogé pendant trois heures, votre inspecteur m'a offert un verre de bière et un sandwich…

Dehors, Maigret et Lucas gardèrent longtemps le silence. Maigret, à certain moment, leva le bras pour arrêter un taxi, et l'inspecteur dut lui rappeler qu'ils étaient venus avec une voiture de la P.J. Ils la retrouvèrent et y prirent place.

— Chez moi… grommela Maigret.

Il n'avait aucune raison sérieuse de déjeuner dehors. À vrai dire, il ne savait pas encore par quel bout prendre l'affaire. Jo le Catcheur n'avait fait que lui confirmer ce qu'il pensait depuis le matin, et il n'ignorait pas que Jo s'était montré sincère.

C'était vrai qu'Émile Boulay était un amateur qui s'était paradoxalement incrusté en plein Montmartre.

Et, chose curieuse, il semblait bien avoir été tué par un autre amateur.

— Et toi ? demanda-t-il à Lucas.

Celui-ci comprit le sens de la question.

— Les trois femmes sont bien connues des commerçants du quartier. On les appelle les Italiennes. On se moque un peu de la vieille et de sa façon de baragouiner le français. On connaît moins Ada, qui se montre rarement chez les commerçants et qu'on voyait passer en compagnie de son beau-frère…

» Les gens que j'ai questionnés ne savent pas encore… La famille a l'air portée sur la table… À en croire le boucher, c'est inouï ce qu'ils peuvent manger, et ils exigent les meilleurs morceaux… L'après-midi, Marina va se promener au square d'Anvers, poussant la voiture du bébé d'une main, tenant le garçon de l'autre…

— Ils n'ont pas de bonne ?

— Seulement une femme de ménage trois fois par semaine…

— Tu as son nom et son adresse ?

Lucas rougit.

— Je pourrai les avoir cet après-midi…

— Qu'est-ce qu'on raconte encore ?

— La femme du poissonnier m'a dit :

» — Pour un malin, c'est un malin…

» Elle parlait d'Émile, bien entendu.

» — Il a épousé l'aînée quand elle avait dix-neuf ans… Lorsqu'il a vu qu'elle commençait à prendre du poids, il a fait venir la jeune sœur… Je parie qu'il trouvera une autre sœur ou une cousine en Italie quand Ada engraissera à son tour…

Maigret y avait pensé aussi. Ce n'était pas la première fois qu'il voyait un mari amoureux de sa belle-sœur.

— Essaie de te renseigner davantage sur Ada… De savoir, en particulier, si elle a un ami ou un amant…

— Votre impression, patron ?

— Non. Mais on ne peut rien négliger… J'aimerais aussi en connaître davantage sur Antonio… Si tu allais cet après-midi te promener rue de Ponthieu…

— D'accord…

Lucas arrêtait la voiture devant l'immeuble que Maigret habitait et, en levant la tête, celui-ci apercevait sa femme accoudée à la fenêtre. Elle lui adressa un signe discret de la main. Il lui en adressa un autre et s'engagea dans l'escalier.

4

Quand le téléphone sonna, Maigret, la bouche pleine, fit signe à sa femme de répondre.

— Allô !... De la part de qui ?... Oui, il est à table... Je l'appelle...

Il la regardait, maussade, les sourcils froncés.

— C'est Lecoin...

Il se leva en mastiquant toujours et en emportant sa serviette pour s'essuyer la bouche. Depuis cinq minutes, justement, il pensait à son camarade Lecoin, le chef de la Mondaine, à qui il se promettait de rendre visite dans le courant de l'après-midi. Les contacts de Maigret avec le milieu de Montmartre, et de Pigalle en particulier, commençaient à dater, tandis que Lecoin, lui, était à jour.

— Allô !... Je t'écoute, oui... Mais non... Cela ne fait rien... Je comptais passer te voir tout à l'heure...

Le chef de la Mondaine, qui avait une dizaine d'années de moins que Maigret, n'habitait pas loin du boulevard Richard-Lenoir, boulevard Voltaire, un appartement toujours plein de vacarme, car il avait six ou sept enfants.

— J'ai ici quelqu'un que tu connais certainement… expliquait-il. Il y a longtemps qu'il est un de mes indicateurs… Il préfère ne pas se montrer au Quai et, quand il a quelque chose à me dire, il vient me voir chez moi… Il se fait qu'aujourd'hui c'est plutôt toi que son tuyau intéresse… Bien entendu, je ne sais pas ce que ça vaut… Quant au bonhomme, à part les fioritures qu'il ajoute volontiers, car c'est un artiste dans son genre, on peut se fier à lui…

— Qui est-ce ?

— Louis Boubée, dit Mickey, pisteur dans un cabaret de…

— Envoie-le-moi tout de suite…

— Cela ne t'ennuie pas qu'il aille chez toi ?

Maigret acheva son déjeuner rapidement et, quand la sonnerie de la porte d'entrée retentit, on venait de lui servir son café, qu'il emporta dans le salon.

Il y avait des années qu'il n'avait pas vu le surnommé Mickey, mais il le reconnut tout de suite. Il ne pouvait d'ailleurs pas en être autrement, car Boubée était un être assez extraordinaire. Quel âge pouvait-il avoir à présent ? Le commissaire essayait de calculer. Il était encore un assez jeune inspecteur quand son visiteur travaillait déjà comme chasseur à Montmartre.

Boubée n'avait pas grandi d'un pouce. Il avait toujours la taille d'un enfant de douze ou treize ans et, le plus extraordinaire, c'est qu'il en gardait l'aspect. Un gamin maigre, aux larges oreilles décollées, au grand nez pointu, à la bouche gouailleuse qu'on eût dite en caoutchouc.

Il fallait y regarder de plus près pour découvrir que son visage était finement ridé.

— Cela fait un bout de temps… s'exclamait-il en regardant autour de lui, sa casquette à la main. Vous vous souvenez du *Tripoli* et de la Tétoune ?

À deux ou trois ans près, les deux hommes devaient avoir le même âge.

— C'était le bon temps, dites donc !…

Il faisait allusion à une brasserie qui existait jadis rue Duperré, à portée de pierre du *Lotus*, et qui avait eu, avant la guerre, tout comme sa patronne, son heure de célébrité.

La Tétoune était une opulente Marseillaise qui passait pour faire la meilleure cuisine méridionale de Paris et qui avait l'habitude d'accueillir ses clients par de gros baisers et de les tutoyer.

C'était une tradition, en arrivant, d'aller la voir dans sa cuisine, et on rencontrait chez elle une clientèle inattendue.

— Vous vous souvenez de Gros-Louis, qui était propriétaire des trois maisons de la rue de Provence ? Et d'Eugène le Borgne ? Et du beau Fernand, qui a fini au cinéma ?…

Maigret savait qu'il était vain de demander à Mickey d'en venir au fait. C'était une coquetterie de sa part : il voulait bien fournir des renseignements à la police, mais à sa façon, sans en avoir l'air.

Les hommes dont il parlait étaient les grands patrons du milieu d'alors, les propriétaires de maisons closes, qui existaient encore, et ils se retrouvaient chez la Tétoune. Ils y coudoyaient leurs avocats, pour la plupart des maîtres du barreau, et, la mode aidant, on y rencontrait aussi des actrices et même des ministres.

— En ce temps-là, je prenais les paris sur les combats de boxe…

Une autre particularité de Mickey, c'est que l'absence de cils et de sourcils lui donnait un regard étrange.

— Depuis que vous êtes le grand patron de la Criminelle, on ne vous voit plus guère à Montmartre… M. Lecoin, lui, y vient de temps en temps… Il m'arrive, comme jadis avec vous, de lui rendre un petit service en passant… Vous savez, on entend tant de choses…

Ce qu'il n'ajoutait pas, c'est qu'il avait grand besoin que la police ferme les yeux sur certaines de ses activités. Les clients du *Lotus*, qui lui donnaient un pourboire en sortant, ne se doutaient pas que Mickey travaillait aussi à son compte.

Il lui arrivait de glisser à l'oreille de certains d'entre eux :

— Tableaux vivants, monsieur ?

Il pouvait le dire dans une dizaine de langues, avec un clin d'œil explicatif. Après quoi il glissait dans la main de l'homme l'adresse d'un appartement proche.

Ce n'était d'ailleurs pas bien méchant. Ce qu'on y voyait en grand mystère, c'était à peu près, en plus poussiéreux, en plus sordide, le même spectacle qu'offrait n'importe quel cabaret de Pigalle. Avec la différence que les femmes n'avaient plus vingt ans, mais souvent le double ou davantage.

— Votre inspecteur, le petit gros…

— Lucas…

— Oui… Il m'a convoqué il y a environ trois semaines, après la mort de Mazotti, mais je ne savais pas grand-chose…

Il y venait doucement, à sa façon.

— Je lui ai dit que ce n'était sûrement pas un coup de mon patron, et je ne me trompais pas… Maintenant, j'ai un tuyau. Comme vous avez toujours été compréhensif avec moi, je vous le donne, pour ce qu'il vaut, bien entendu… Ce n'est pas à la police que je parle, comprenez-moi bien… C'est à un homme que je connais depuis longtemps… Nous causons… On se met par hasard à parler de Mazotti, qui, entre nous, ne faisait pas le poids…

» Alors, moi, je vous répète ce qu'on m'a dit… Ce n'est pas la peine de chercher à Pigalle celui qui a fait le coup… À Pâques… Quand est-ce que Pâques tombait, cette année ?…

— Fin mars…

— Bon ! À Pâques donc, Mazotti, qui était un petit truand de rien du tout, mais qui voulait faire croire qu'il était un homme, est descendu à Toulon… Il y a rencontré la belle Yolande… Vous connaissez ?… C'est la femme à Mattei… Et Mattei, c'est le chef des Faux-Nez de Marseille, qui ont réussi une vingtaine de hold-up avant de se faire agrafer… Vous suivez ?

» Mattei est en cabane… Mazotti, qui croyait que tout lui était permis, est revenu à Paris avec la Yolande… Maintenant, je n'ai pas besoin de vous faire un dessin… Il y a encore des hommes de Mattei à Marseille, et deux ou trois d'entre eux sont montés à Paris pour régler l'affaire…

C'était plausible. Cela expliquait la façon dont l'affaire de la rue de Douai s'était déroulée. Du travail de professionnels, sans bavures.

— J'ai pensé que cela vous intéresserait et, ne connaissant pas votre adresse, je suis allé voir votre collègue…

Mickey ne faisait pas mine de s'en aller, ce qui signifiait qu'il n'avait pas vidé son sac ou qu'il s'attendait à des questions. En effet, Maigret lui demanda, l'air innocent :

— Vous connaissez la nouvelle ?

— Quelle nouvelle ? questionna l'autre avec autant de candeur.

Puis, tout de suite, il sourit malicieusement.

— Vous voulez parler de M. Émile ? Je me suis laissé dire qu'on l'avait retrouvé…

— Vous êtes allé chez Jo, tout à l'heure ?

— On n'est pas très amis, Jo et moi, mais la nouvelle a fait du chemin…

— Ce qui est arrivé à Émile Boulay m'intéresse plus que l'affaire Mazotti…

— Alors, là, monsieur le commissaire, je suis obligé de vous dire que je ne sais rien… Et c'est la vérité vraie…

— Qu'est-ce que vous pensez de lui ?

— Ce que j'ai dit à M. Lucas… Ce que tout le monde en pense…

— C'est-à-dire ?

— Il faisait son métier à son idée, mais il était régulier…

— Vous vous souvenez de la soirée de mardi ?

— J'ai une assez bonne mémoire…

Il souriait tout le temps, comme si chacune de ses paroles méritait d'être soulignée, et il avait la manie de faire des clins d'œil.

— Il ne s'est rien passé de spécial ?

— Cela dépend de ce que vous considérez comme spécial… M. Émile est venu vers neuf heures avec Mlle Ada pour la mise en place, comme tous les soirs… Vous connaissez ça… Ensuite, il est allé jeter un coup d'œil au *Train-Bleu* et il est passé rue Notre-Dame-de-Lorette…

— À quelle heure l'avez-vous revu ?

— Attendez… L'orchestre avait commencé à jouer… Il devait donc être passé dix heures… On a beau faire du bruit pour attirer les clients, ils n'arrivent guère qu'après le cinéma et le théâtre…

— Sa secrétaire est restée avec lui ?

— Non… Elle s'est dirigée vers l'appartement…

— Vous l'avez vue entrer dans la maison ?

— Je crois que je l'ai suivie des yeux, car c'est une belle fille et je lui fais toujours un brin de cour, mais je ne pourrais pas le jurer…

— Et Boulay ?

— Il est rentré au *Lotus* pour téléphoner.

— Comment savez-vous qu'il a téléphoné ?

— C'est Germaine, la fille du vestiaire, qui me l'a dit… Le téléphone est près du vestiaire… La cabine a une porte vitrée… Il a composé un numéro qui n'a pas répondu et, quand il est sorti, il avait l'air contrarié…

— Pourquoi cela a-t-il frappé la dame du vestiaire ?

— Parce que, d'habitude, quand il lui arrivait de téléphoner le soir, c'était à un de ses cabarets, ou à son beau-frère, et que cela répondait toujours... En outre, un quart d'heure plus tard, il a remis ça...

— Toujours sans résultat ?

— Oui... Il appelait donc quelqu'un qui n'était pas chez lui, et cela semblait l'impatienter... Entre les appels, il allait rôder dans la salle... Il a fait des observations à une danseuse dont la robe était défraîchie et s'est montré désagréable avec le barman...

» Après un troisième ou un quatrième essai, il est venu prendre l'air sur le trottoir...

— Il vous a parlé ?

— Vous savez, il n'était pas bavard... Il se plantait comme ça devant la porte... Il regardait le ciel, le mouvement des voitures, et il pouvait dire si on ferait le plein ou non...

— Il a fini par obtenir sa communication ?

— Vers onze heures...

— Il est parti ?

— Pas tout de suite... Il est revenu sur le trottoir... C'était une de ses habitudes... Deux ou trois fois je l'ai vu tirer sa montre de sa poche... Enfin, après une vingtaine de minutes, il s'est mis à descendre la rue Pigalle...

— Autrement dit, il avait un rendez-vous...

— Je vois que nous avons la même idée...

— Il paraît qu'il ne prenait presque jamais de taxis...

— C'est vrai... Depuis son accident, il n'aimait pas les automobiles... Il préférait le métro...

— Vous êtes sûr qu'il s'est dirigé vers le bas de la rue Pigalle ? Pas vers le haut ?

— Certain !

— S'il avait dû prendre le métro, il aurait remonté la rue…

— C'est ce qu'il faisait quand il allait jeter un coup d'œil rue de Berri…

— De sorte que, selon toute probabilité, son rendez-vous était dans le quartier…

— J'ai d'abord pensé qu'il se rendait au *Saint-Trop'*, rue Notre-Dame-de-Lorette, mais on ne l'y a pas vu…

— Vous croyez qu'il avait une maîtresse ?

— Sûrement pas.

Et, avec un nouveau clin d'œil, le gamin ratatiné ajoutait :

— Vous savez, j'ai une certaine expérience… Je suis un peu du métier, pas vrai ?

— Où habite M. Raison ?

La question surprit Mickey.

— Le comptable ? Il habite depuis au moins trente ans le même immeuble, boulevard Rochechouart…

— Seul ?

— Bien sûr !… Lui non plus, croyez-moi, n'a pas de maîtresse… Ce n'est pas qu'il crache sur les femmes, mais ses moyens ne sont pas à la hauteur de ses désirs et il se contente de chiffonner les filles qui viennent lui demander une avance dans son bureau…

— Vous savez ce qu'il fait le soir ?

— Il joue au billard, toujours dans le même café, au coin du square d'Anvers… Il n'y a plus tant de billards dans le quartier… C'est presque un champion…

Encore une perspective qui semblait se fermer. Maigret questionnait néanmoins, ne voulant rien laisser dans l'ombre :

— D'où sort ce M. Raison ?

— De la banque… Il était caissier, depuis je ne sais combien d'années, à la succursale où le patron avait son compte, rue Blanche… Je suppose qu'il lui a donné des tuyaux… M. Émile avait besoin de quelqu'un de sûr pour la comptabilité, car, dans le métier, il y a facilement du coulage… J'ignore combien il le paie, mais cela doit être assez gros, puisque M. Raison a quitté la banque…

Maigret en revenait toujours au mardi soir. Cela devenait une obsession. Il finissait par avoir devant les yeux le maigre M. Émile stationnant sous l'enseigne lumineuse du *Lotus*, regardant parfois sa montre, se dirigeant enfin d'un pas décidé vers le bas de la rue Pigalle.

Il n'allait pas loin, sinon il aurait pris le métro, dont il n'était qu'à cent mètres. S'il avait eu besoin d'un taxi, malgré sa répugnance pour les voitures, il en passait sans cesse devant son cabaret.

Une sorte de plan se formait dans l'esprit de Maigret, celui d'une petite portion de Paris à laquelle tout le ramenait. Les trois cabarets de l'ancien maître d'hôtel étaient proches les uns des autres, et seul le *Paris-Strip*, dirigé par Antonio, faisait exception.

Boulay et ses trois Italiennes habitaient rue Victor-Massé. Le bar de Jo le Catcheur, au seuil duquel Mazotti avait été abattu, était presque visible de l'entrée du *Lotus*.

La banque où Émile avait son compte n'était guère plus loin, et le comptable, enfin, habitait le quartier.

C'était un peu comme un village, dont Émile Boulay sortait à peine, comme à regret.

— Vous n'avez aucune idée de la personne avec laquelle il pouvait avoir rendez-vous ?

— Je le jure...

Mickey avouait après un silence :

— J'ai cherché aussi, par pure curiosité... J'aime bien comprendre... Dans mon métier, il est indispensable de comprendre, n'est-ce pas ?...

Maigret se levait en soupirant. Il ne voyait aucune autre question à poser. Le pisteur lui avait appris un certain nombre de détails qu'il ignorait et qu'il aurait pu ignorer longtemps, mais ces détails n'expliquaient toujours pas la mort de Boulay, encore moins le fait, presque incroyable, qu'on avait gardé son corps pendant trois nuits et deux journées entières avant de le déposer en bordure du Père-Lachaise.

— Je vous remercie, Boubée...

Et le petit homme, au moment de sortir :

— Vous ne vous intéressez toujours pas à la boxe ?

— Pourquoi ?

— Parce qu'il y a un combat, demain, sur lequel j'ai un tuyau... Au cas où vous voudriez...

— Merci...

Il ne lui donna pas d'argent. Ce n'était pas pour de l'argent que Mickey vendait ses services, mais en échange d'une certaine indulgence.

— Si j'apprenais quelque chose, je vous téléphonerais...

Trois quarts d'heure plus tard, dans son bureau de la P.J., Maigret crayonnait sur une feuille de papier, sonnait le bureau des inspecteurs, se faisait envoyer Lapointe.

Celui-ci n'avait pas besoin de regarder le patron deux fois pour savoir où il en était. Nulle part ! Il avait son air lourd, têtu, des plus mauvais moments d'une enquête, quand on ne sait par quel bout la prendre et qu'on essaie, sans confiance, dans toutes les directions.

— Tu iras boulevard Rochechouart te renseigner sur un certain M. Raison... C'est le comptable du *Lotus* et des autres boîtes appartenant à Émile Boulay... Il paraît qu'il joue au billard tous les soirs dans un café du square d'Anvers, j'ignore lequel, mais tu le trouveras... Essaie d'en apprendre le plus possible sur lui, sur ses habitudes... Je voudrais surtout savoir s'il était au café mardi soir, à quelle heure il en est sorti, à quelle heure il est rentré chez lui...

— J'y vais, patron...

Lucas, pendant ce temps-là, s'occupait d'Ada, et aussi d'Antonio. Maigret, pour calmer son impatience, se plongea dans ses dossiers administratifs. Vers quatre heures et demie, il en eut assez et, remettant son veston, il alla boire un demi, solitaire, à la *Brasserie Dauphine*. Il faillit en commander un second, non par soif, mais pour défier son ami Pardon, qui lui avait recommandé l'abstinence.

Il avait horreur de ne pas comprendre. Cela devenait une affaire personnelle. Il en revenait toujours aux mêmes images : Émile Boulay, en complet bleu, sur le seuil du *Lotus*, rentrant dans le cabaret, téléphonant, n'obtenant pas la communication, tournant en rond, téléphonant encore, puis encore, sous le regard indifférent de la demoiselle du vestiaire.

Ada était rentrée chez elle. Antonio s'occupait des premiers clients, rue de Berri. Dans les quatre cabarets, les barmen rangeaient leurs verres, leurs bouteilles, les musiciens essayaient leurs instruments, les filles se harnachaient dans des loges sordides avant de prendre leur place devant les guéridons.

Boulay parlait enfin à son correspondant, mais il ne partait pas tout de suite. Le rendez-vous n'était donc pas immédiat. On lui avait fixé une heure déterminée.

Il attendait à nouveau devant la porte, tirait plusieurs fois sa montre de sa poche et, tout à coup, se dirigeait vers le bas de la rue Pigalle…

Il avait dîné à huit heures. D'après le médecin légiste, il était mort quatre ou cinq heures plus tard, c'est-à-dire entre minuit et une heure du matin.

Au moment où il quittait le *Lotus*, il était onze heures et demie.

Il lui restait entre une demi-heure et une heure et demie à vivre.

Or, il n'était pour rien dans la mort de Mazotti. Ce qui restait de la bande du Corse ne l'ignorait pas et n'avait aucune raison de le supprimer.

Enfin, personne, dans le milieu, ne s'y serait pris comme l'assassin d'Émile s'y était pris, l'étranglant, conservant son corps pendant deux jours et courant ensuite le risque d'aller le déposer rue des Rondeaux…

Ada n'était au courant d'aucun rendez-vous de son patron. M. Raison non plus. Antonio prétendait n'en pas savoir davantage. Mickey lui-même, qui avait de bonnes raisons de se renseigner sur tout ce qui se passait, nageait sur ce point.

Maigret arpentait son bureau, maussade, le tuyau de sa pipe serré entre ses dents, quand Lucas frappa à la porte, et il n'avait pas l'air triomphant de quelqu'un qui vient de faire une découverte.

Maigret se contenta de le regarder en silence.

— Je n'en sais guère plus que ce matin, patron… Sinon qu'Antonio n'a pas quitté son cabaret mardi soir, ni à aucun moment au cours de la nuit…

Parbleu ! Cela aurait été trop facile.

— J'ai vu sa femme, une Italienne qui attend un bébé… Ils occupent un coquet appartement rue de Ponthieu…

Le regard vide du commissaire mettait Lucas mal à l'aise.

— Ce n'est pas ma faute… Tout le monde les aime bien… J'ai parlé à la concierge, aux fournisseurs, aux voisins du cabaret… Puis je suis retourné rue Victor-Massé… J'ai demandé au comptable, que j'ai trouvé dans son bureau, l'adresse de quelques-unes des artistes qui travaillent au *Lotus* et font leur numéro dans les autres boîtes… Deux d'entre elles dormaient encore, dans le même hôtel…

Il avait l'impression de parler à un mur, et parfois Maigret lui tournait le dos pour regarder couler la Seine.

— Une autre, qui a un logement rue Lepic, a un bébé et…

Lucas se troubla, tant le commissaire paraissait exaspéré.

— Je ne peux vous dire que ce que je sais… Elles sont plus ou moins jalouses d'Ada, bien entendu… Elles ont l'impression que, tôt ou tard, elle serait devenue la maîtresse du patron, mais que ce n'était pas encore fait… Sans compter que, paraît-il, cela n'aurait pas été tout seul avec Antonio…

— C'est tout ?

Lucas écartait les mains d'un geste découragé.

— Qu'est-ce que je fais, maintenant ?

— Ce que tu voudras.

Maigret rentra chez lui de bonne heure, après s'être penché encore un moment, grognon, sur cette désagréable histoire de réorganisation des services, qui ne se ferait quand même pas dans le sens qu'il suggérait.

Des rapports, toujours des rapports ! On lui demandait son avis. On le priait de dresser des plans détaillés. Puis cela s'arrêtait quelque part dans la hiérarchie administrative et on n'en entendait plus parler. À moins qu'on ne prenne des dispositions contraires à celles qu'il avait proposées.

— Je sors, ce soir… annonça-t-il à sa femme d'une voix bourrue.

Elle savait qu'il valait mieux ne pas lui en demander davantage. Il se mettait à table, regardait la télévision en grommelant de temps en temps :

— C'est idiot !…

Puis il passa dans la chambre à coucher pour changer de chemise et de cravate.

— J'ignore quand je rentrerai… Je vais à Montmartre, dans les boîtes de nuit…

On aurait dit qu'il essayait de la rendre jalouse et qu'il était vexé de la voir sourire.

— Tu devrais emporter ton parapluie… La radio annonce des orages…

Au fond, s'il était de si mauvaise humeur, c'est qu'il avait l'impression de battre un beurre par sa faute. Il était sûr qu'à un certain moment de la journée, il n'aurait pas pu préciser lequel, il avait été sur le point de partir sur la bonne piste.

Quelqu'un lui avait dit quelque chose de significatif. Mais qui ? Il avait vu tellement de monde !

Il était neuf heures quand il prit un taxi, neuf heures vingt quand il arriva en face du *Lotus*, où Mickey l'accueillit avec un clin d'œil complice et lui ouvrit la portière de velours rouge.

Les musiciens en smoking blanc n'étaient pas encore à leur place et bavardaient dans un coin. Le barman essuyait les verres de son étagère. Une belle fille rousse, en grand décolleté, se limait les ongles dans un coin.

Personne ne lui demandait ce qu'il venait faire, comme si chacun était au courant. On se contentait de lui lancer des coups d'œil curieux.

Les garçons posaient des seaux à champagne sur les tables. Ada, en tailleur sombre, sortait de la pièce du fond, un carnet et un crayon à la main, apercevait Maigret et, après une hésitation, se dirigeait vers lui.

— C'est mon frère qui m'a conseillé d'ouvrir les cabarets… expliqua-t-elle avec un certain embarras. Au fond, personne d'entre nous ne sait au juste ce que nous devons faire… Il paraît que ce n'est pas la coutume, en cas de décès, de fermer…

Regardant le carnet et le crayon, il interrogeait :

— Qu'étiez-vous en train de faire ?

— Ce que mon beau-frère faisait chaque soir à cette heure-ci… Vérifier avec les barmen et les maîtres d'hôtel les provisions de champagne et de whisky… Ensuite, organiser les déplacements des artistes d'un cabaret à l'autre… Elles ne sont jamais au complet… Chaque soir, il faut apporter des changements au dernier moment… Je suis passée au *Train-Bleu*…

— Comment va votre sœur ?

— Elle est très éprouvée… Heureusement qu'Antonio a passé avec nous l'après-midi… Les hommes des pompes funèbres sont venus… On doit ramener le corps à la maison demain dans la matinée… Le téléphone n'a pas cessé de sonner… Il a fallu aussi s'occuper des faire-part…

Elle ne perdait pas la tête et, tout en parlant, ainsi que Boulay l'aurait fait, elle avait l'œil à la mise en place. Elle s'interrompit même pour dire à un jeune maître d'hôtel :

— Non, Germain… Pas encore de glace dans les seaux…

Un nouveau, sans doute !

Maigret demanda à tout hasard :

— Il a laissé un testament ?

— Nous n'en savons rien et cela nous complique les choses, car nous ne savons pas quelles dispositions prendre…

— Il avait un notaire ?

— Pas à ma connaissance… Sûrement pas… J'ai téléphoné chez son avocat, Me Jean-Charles Gaillard, mais il n'est pas chez lui… Il est parti de bonne heure ce matin pour Poitiers, où il devait plaider, et il ne rentrera pas avant la fin de la soirée…

Qui donc lui avait déjà parlé d'avocat ? Maigret cherchait dans sa mémoire, retrouvait l'image peu appétissante de M. Raison, dans son petit bureau de l'entresol. De quoi était-il question à ce moment-là ? Maigret avait demandé si certains paiements ne s'effectuaient pas de la main à la main, afin d'éviter les impôts.

Il retrouvait l'enchaînement de la conversation. Le comptable avait affirmé que M. Émile n'était pas homme à tricher et à risquer des ennuis, qu'il tenait à ce que tout soit régulier, et que ses déclarations de revenus étaient établies par son avocat…

— Vous pensez que c'est à lui que votre beau-frère se serait adressé pour son testament ?

— Il lui demandait conseil pour tout… N'oubliez pas que, quand il a débuté, il ne connaissait rien aux affaires… Lorsqu'il a ouvert le *Train-Bleu*, des voisins lui ont intenté un procès, je ne sais plus pourquoi… Probablement parce que la musique les empêchait de dormir…

— Où habite-t-il ?

— Me Gaillard ?… Rue La Bruyère, un petit hôtel particulier vers le milieu de la rue…

Rue La Bruyère ! À cinq cents mètres à peine du *Lotus*. Pour s'y rendre, il suffisait de descendre la rue Pigalle, de traverser la rue Notre-Dame-de-Lorette et, un peu plus bas, de tourner à gauche.

— Votre beau-frère le voyait souvent ?

— Une ou deux fois par mois…

— Le soir ?

— Non. Dans le courant de l'après-midi. Généralement après six heures, quand Me Gaillard revenait du Palais…

— Vous l'accompagniez ?

Elle faisait non de la tête.

C'était peut-être ridicule, mais le commissaire avait perdu son air grognon.

— Je peux téléphoner ?

— Préférez-vous monter au bureau, ou téléphoner de la cabine ?

— De la cabine…

Comme Émile Boulay l'avait fait, à la différence que Boulay n'avait commencé à composer un numéro que vers dix heures du soir. Par la vitre, il voyait Germaine, la demoiselle du vestiaire, qui classait des cartons roses dans une vieille boîte à cigares.

— Allô ! Je suis bien chez Me Gaillard ?

— Non, monsieur… Vous êtes à la Pharmacie Lecot…

— Je vous demande pardon…

Il avait dû se tromper d'un chiffre. Il recommença, plus attentif, entendit une sonnerie lointaine. Une minute, deux minutes s'ecoulèrent, et personne ne répondit.

Trois fois il refit le même numéro sans plus de succès. Quand il sortit de la cabine, il chercha Ada des yeux, finit par la trouver dans la loge où deux femmes se déshabillaient. Elles ne firent pas attention à lui et ne cherchèrent pas à cacher leurs seins nus.

— Me Gaillard est célibataire ?

— Je ne sais pas. Je n'ai jamais entendu parler de sa femme. Il en a peut-être une. Je n'ai pas eu l'occasion d'aller chez lui.

Un peu plus tard, Maigret, sur le trottoir, questionnait Mickey.

— Vous connaissez Jean-Charles Gaillard ?

— L'avocat ? Je le connais de nom. C'est lui qui a défendu le grand Lucien, il y a trois ans, et qui l'a fait acquitter.

— C'était aussi l'avocat de votre patron…

— Cela ne me surprend pas… Il passe pour fortiche…

— Vous savez s'il est marié ?

— Je vous demande pardon, monsieur Maigret, mais, ces gens-là, ce n'est pas mon rayon et, avec la meilleure volonté du monde, je ne peux rien vous dire…

Le commissaire retourna dans la cabine, composa le même numéro, sans résultat.

Alors, à tout hasard, il appela un membre du barreau qu'il connaissait de longue date, Chavanon, et il eut la chance de le trouver chez lui.

— Ici, Maigret… Non, je n'ai pas de client pour vous dans mon bureau… Je ne suis d'ailleurs pas Quai des Orfèvres… Je voudrais un renseignement… Vous connaissez Me Jean-Charles Gaillard ?

— Comme tout le monde… Je le rencontre au Palais et j'ai eu une fois l'occasion de déjeuner avec lui… Mais c'est un monsieur trop important pour le tâcheron que je suis…

— Marié ?

— Je crois, oui… Attendez… J'en suis certain, à présent… Il a épousé, peu après la guerre, une chanteuse ou une danseuse du Casino de Paris… Enfin, c'est ce que je me suis laissé dire…

— Vous ne l'avez jamais vue ? Vous n'êtes pas allé chez lui ?

— On ne m'y a pas invité…

— Ils ne sont pas divorcés ?… Ils vivent ensemble ?…

— Autant que je sache…

— Vous ignorez, je suppose, si elle l'accompagne lorsqu'il va plaider en province ?

— Ce n'est guère l'habitude…

— Je vous remercie…

Il rappelait, en vain, la rue La Bruyère, et la demoiselle du vestiaire le regardait de plus en plus curieusement.

Enfin, il se décidait à quitter le *Lotus* et, après un petit signe à Mickey, descendait lentement la rue Pigalle. Rue La Bruyère, il ne tardait pas à repérer un hôtel particulier qui n'était, en somme, qu'une maison bourgeoise comme on en trouve beaucoup en province et comme il en reste dans certains quartiers de Paris.

Toutes les fenêtres étaient obscures. Une plaque de cuivre portait le nom de l'avocat. Il poussa le bouton qui se trouvait au-dessus de cette plaque et une sonnerie retentit à l'intérieur.

Rien ne bougea. Il sonna deux fois, trois fois, aussi vainement qu'il avait téléphoné.

Pourquoi traversa-t-il la rue afin de regarder la maison dans son ensemble ?

Au moment où il levait la tête, un rideau bougea, à une fenêtre du premier étage qui n'était pas éclairée, et il aurait juré qu'un instant il avait aperçu un visage.

5

On aurait pu croire que Maigret jouait les patrons de boîte de nuit et que, malgré la différence de carrure et de poids, il s'ingéniait à imiter Émile Boulay. Sans se presser, il déambulait dans les quelques rues qui formaient l'univers de l'ancien maître d'hôtel de la Transat, et ces rues, au cours des heures, changeaient de physionomie. C'étaient d'abord les enseignes au néon qui devenaient plus nombreuses, les portiers galonnés qui apparaissaient sur les seuils.

Non seulement les jazz des cabarets, sourdant des portes, donnaient à l'air une vibration différente, mais les passants étaient différents et les taxis de nuit commençaient à déverser leur clientèle tandis qu'une faune nouvelle passait et repassait de l'ombre à la lumière.

Des femmes l'interpellèrent. Il marchait les mains derrière le dos. Est-ce que M. Émile marchait aussi les mains derrière le dos ? En tout cas, il ne fumait pas, comme le commissaire. Il suçait des bonbons à la menthe.

Maigret descendait, rue Notre-Dame-de-Lorette, jusqu'au *Saint-Trop'*. Il avait connu jadis la boîte sous une autre enseigne, alors qu'elle était surtout fréquentée par des dames en smoking.

Montmartre avait-il tellement changé ? Le rythme des orchestres n'était plus le même. Il y avait davantage de néon, mais les personnages ressemblaient à ceux qu'il avait connus ; quelques-uns avaient seulement changé d'emploi, comme le portier du *Saint-Trop'*, qui salua familièrement le commissaire.

C'était un colosse à barbe blanche, un réfugié russe qui, pendant des années, dans un autre cabaret du quartier, avait chanté de vieilles ballades de son pays, d'une belle voix de basse, en s'accompagnant à la balalaïka.

— Vous vous souvenez de la soirée de mardi dernier ?

— Je me souviens de toutes les soirées que Dieu m'a permis de vivre, répondait l'ancien général avec emphase.

— Votre patron est venu ici ce soir-là ?

— Vers neuf heures et demie, avec la jolie demoiselle.

— Vous voulez dire Ada ? Il n'est pas revenu seul par la suite ?

— J'en fais le serment sur saint Georges !

Pourquoi sur saint Georges ? Maigret entrait, jetait un coup d'œil au bar, aux guéridons autour desquels les premiers clients baignaient dans une lumière orange. Il avait dû être annoncé, car le personnel, maîtres d'hôtel, musiciens et entraîneuses, le suivait des yeux avec une curiosité mêlée d'un peu d'inquiétude.

Boulay s'attardait-il davantage ? Maigret repartait, adressait un signe à Mickey, en face du *Lotus*, un autre à la demoiselle du vestiaire, à qui il demandait un jeton.

Dans la cabine vitrée, il appelait une fois de plus, sans succès, le numéro de la rue La Bruyère.

Puis il entrait au *Train-Bleu*, dont la décoration imitait l'ambiance d'un pullman. L'orchestre y jouait si fort qu'il battit en retraite, plongea dans le calme et l'obscurité de la seconde partie de la rue Victor-Massé, atteignit le square d'Anvers, où seuls deux cafés étaient ouverts.

L'un, à l'enseigne de la *Chope d'Anvers*, ressemblait à une ancienne brasserie de province. Près des fenêtres, des habitués jouaient aux cartes et, dans le fond, on apercevait un billard autour duquel deux hommes aux mouvements presque solennels tournaient lentement.

L'un des deux était M. Raison, en manches de chemise. Son partenaire, au ventre énorme, un cigare entre les dents, portait des bretelles vertes.

Maigret n'entrait pas, restait là un moment, comme fasciné par le spectacle, alors qu'en réalité il pensait à autre chose, et il sursauta quand une voix fit près de lui :

— Bonsoir, patron…

C'était Lapointe, qu'il avait chargé de s'occuper du comptable, et qui expliquait :

— J'allais justement rentrer chez moi… J'ai vérifié son emploi du temps de mardi… Il a quitté le café à onze heures et quart... Il ne reste jamais plus tard qu'onze heures et demie... Moins de dix minutes après, il était à son domicile...

» La concierge est catégorique... Elle n'était pas couchée car, ce soir-là, son mari et sa fille étaient au cinéma et elle les a attendus...

» Elle a vu M. Raison rentrer et elle est certaine qu'il n'est pas ressorti...

Le jeune Lapointe était dérouté, car Maigret ne semblait pas l'écouter.

— Vous avez du nouveau ? risqua-t-il. Désirez-vous que je reste avec vous ?

— Non. Va te coucher...

Il préférait être seul pour recommencer la tournée, et il ne tardait pas à remettre les pieds au *Train-Bleu*, plus exactement à entrouvrir le rideau et à jeter un coup d'œil à l'intérieur comme certains clients qui s'assurent, avant d'entrer, qu'ils trouvent ce qu'ils y cherchent.

Le *Lotus* encore. Nouveau clin d'œil de Mickey, en conversation mystérieuse avec deux Américains à qui il devait promettre des distractions inédites.

Maigret n'avait pas besoin de réclamer un jeton de téléphone et la sonnerie retentit une fois de plus dans la maison dont il connaissait à présent la façade et où il était persuadé qu'un rideau avait bougé.

Il tressaillit quand une voix d'homme prononça :

— J'écoute...

Il ne s'y attendait plus.

— Me Jean-Charles Gaillard ?

— C'est moi... Qui est à l'appareil ?...

— Commissaire Maigret, de la P.J...

Un silence. Puis la voix, un peu impatiente :

— Eh bien ! oui... J'écoute...

— Je vous demande pardon de vous déranger à cette heure-ci...

— C'est un miracle que vous me trouviez... Je rentre à l'instant de Poitiers par la route et je jetais un coup d'œil sur mon courrier avant de monter me coucher...

— Pourriez-vous me recevoir quelques minutes ?

— Vous téléphonez du Quai des Orfèvres ?

— Non... Je suis à deux pas...

— Je vous attends...

Toujours Mickey sur le seuil, la rue de plus en plus bruyante, une femme qui jaillissait d'une encoignure et posait la main sur le bras du commissaire, reculait soudain en le reconnaissant.

— Il n'y a pas d'offense... balbutiait-elle.

Il retrouvait, comme une oasis, l'ambiance paisible de la rue La Bruyère où, devant la maison de l'avocat, était rangée une grosse voiture américaine bleu pastel. Il y avait de la lumière au-dessus de la porte. Maigret gravit les trois marches du seuil et, avant qu'il eût poussé le bouton électrique, la porte s'ouvrit sur un vestibule dallé de blanc.

Jean-Charles Gaillard était aussi grand, aussi large d'épaules que le portier russe du *Saint-Trop'*. C'était un homme de quarante-cinq ans environ, au teint coloré, bâti en joueur de rugby, qui avait dû être tout en muscles et qui commençait seulement à s'empâter.

— Entrez, commissaire...

Il refermait la porte, conduisait son hôte vers le fond du couloir, où il l'introduisait dans son bureau.

La pièce, assez vaste, confortablement meublée, mais sans luxe tapageur, n'était éclairée que par la lampe à abat-jour vert posée sur un bureau en partie couvert de lettres qu'on venait d'ouvrir.

— Asseyez-vous, je vous en prie... J'ai eu une journée fatigante et j'ai rencontré un gros orage sur la route, ce qui m'a retardé...

Maigret était fasciné par la main gauche de son interlocuteur, à laquelle il manquait quatre doigts. Il ne restait que le pouce.

— J'aimerais vous poser deux ou trois questions au sujet d'un de vos clients...

L'avocat était-il inquiet ? Ou simplement curieux ? C'était difficile à dire. Il avait les yeux bleus, des cheveux blonds taillés en brosse.

— Si le secret professionnel me permet de vous répondre... murmura-t-il en souriant.

Il avait fini par s'asseoir en face du commissaire, et sa main droite jouait avec un coupe-papier d'ivoire.

— On a retrouvé ce matin le corps de Boulay...

— Boulay ? répétait l'autre, comme s'il cherchait dans sa mémoire.

— Le patron du *Lotus* et de trois autres cabarets...

— Ah ! oui... Je vois...

— Il vous a rendu visite récemment, n'est-ce pas ?

— Cela dépend de ce que vous entendez par récemment...

— Mardi, par exemple...

— Mardi de cette semaine ?

— Oui...

Jean-Charles Gaillard hochait la tête.

— S'il est venu, je ne l'ai pas vu… Il est possible qu'il soit passé alors que j'étais au Palais… Il faudra que je demande demain à ma secrétaire…

Regardant Maigret en face, il posait une question à son tour :

— Vous dites qu'on a retrouvé son corps… Le fait que vous êtes ici indique que la police s'occupe de l'affaire… Dois-je en conclure qu'il ne s'agit pas d'une mort naturelle ?

— Il a été étranglé…

— Curieux…

— Pourquoi ?

— Parce que, malgré son métier, c'était un assez brave homme et que je ne lui connaissais pas d'ennemis… Il est vrai qu'il n'était qu'un client parmi beaucoup d'autres…

— Quand l'avez-vous vu pour la dernière fois ?

— Je dois pouvoir vous répondre avec précision… Un instant…

Il se levait, passait dans le bureau voisin, où il allumait les lampes, fouillait dans un tiroir et revenait avec un carnet rouge.

— Ma secrétaire note tous mes rendez-vous… Attendez…

Il feuilletait les pages en commençant par la fin, murmurait des noms du bout des lèvres. Il tourna ainsi une vingtaine de pages.

— Voilà !… Le 22 mai, à cinq heures… Je trouve la mention d'une autre visite le 18 mai, à onze heures du matin…

— Vous ne l'avez pas revu depuis le 22 mai ?

— Pas que je m'en souvienne…

— Il ne vous a pas téléphoné ?

— S'il a appelé mon cabinet, il n'a eu que ma secrétaire au bout du fil, et c'est elle qui pourra vous répondre. Elle sera ici demain à neuf heures…

— Vous vous occupiez de toutes les affaires de Boulay ?

— Cela dépend de ce que vous appelez toutes ses affaires…

Il ajoutait en souriant :

— Votre question est dangereuse… Je ne suis pas nécessairement au courant de toutes ses activités…

— C'était vous, paraît-il, qui établissiez ses déclarations de revenus…

— Je ne vois pas d'inconvénient à répondre à cette question-là… C'est exact… Boulay avait peu d'instruction et aurait été incapable de s'en charger lui-même…

Encore un silence, après lequel il précisait :

— J'ajoute qu'il ne m'a jamais demandé de tricher… Certes, comme tout contribuable, il cherchait à payer le moins d'impôts possible, mais en restant dans la légalité… Je ne me serais pas chargé de ses affaires autrement…

— Vous m'avez signalé une visite qu'il vous a faite le 18 mai… La nuit précédente, un certain Mazotti avait été abattu non loin du *Lotus*…

Très calme, Gaillard allumait une cigarette, tendait le coffret d'argent à Maigret, le retirait en remarquant qu'il fumait sa pipe.

— Je ne vois aucun inconvénient à vous révéler ce qu'il est venu faire. Mazotti avait essayé avec lui le coup de la protection et, pour s'en débarrasser,

Boulay s'était assuré l'aide de trois ou quatre costauds de son Havre natal…

— Je suis au courant…

— Quand il a appris la mort de Mazotti, il s'est douté que la police allait l'interroger… Il n'avait rien à cacher, mais il craignait de voir son nom dans les journaux…

— Il vous a demandé conseil ?

— Exactement. Je lui ai dit de répondre en toute franchise… Je crois, d'ailleurs, que cela lui a réussi… Si je ne me trompe, il a été convoqué une seconde fois au Quai des Orfèvres, le 22 ou le 23, et il est à nouveau venu me voir avant cette entrevue… Je suppose qu'on ne l'a jamais soupçonné ?… À mon sens, ce serait une erreur…

— Vous êtes sûr qu'il n'est pas revenu ici cette semaine, mardi par exemple ?

— Non seulement j'en suis sûr, mais, encore une fois, le rendez-vous, si rendez-vous il y avait eu, serait enregistré dans ce carnet… Voyez vous-même…

Il le tendait au commissaire, qui évitait d'y toucher.

— Vous étiez chez vous mardi soir ?

Cette fois, l'avocat fronça les sourcils.

— Cela commence à ressembler à un interrogatoire, remarqua-t-il, et j'avoue que je me demande ce que vous avez derrière la tête…

Haussant les épaules, il n'en finissait pas moins par sourire.

— En cherchant dans ma mémoire, je pourrai sans doute retrouver mon emploi du temps… Je passe la plupart de mes soirées dans ce bureau, car c'est le seul moment où je sois tranquille pour travailler… Le matin, les clients ne cessent pas de défiler… L'après-midi, je suis souvent au Palais…

— Vous n'avez pas dîné en ville ?

— Je ne dîne presque jamais en ville… Voyez-vous, je ne suis pas un avocat mondain…

— Mardi soir, donc ?…

— Nous sommes vendredi, n'est-ce pas ?… Samedi, en réalité, puisqu'il est plus de minuit… Ce matin, de très bonne heure, j'ai pris la route pour Poitiers…

— Seul ?

La question parut le surprendre.

— Seul, évidemment, puisque j'allais là-bas pour plaider… Hier, je n'ai pas quitté mon cabinet de la soirée… En définitive, c'est un alibi que vous voulez ?…

Il gardait un ton léger, ironique.

— Ce qui m'intrigue, c'est que cet alibi concerne la soirée de mardi, alors que la mort de mon client, si j'ai bien compris, est toute récente… Enfin !… Je suis comme le pauvre Boulay : je tiens à être en règle… Jeudi, pas de sortie… Mercredi soir… Voyons !… Mercredi, j'ai travaillé jusqu'à dix heures et, comme j'avais un peu mal à la tête, je suis allé marcher dans le quartier… Quant à mardi… J'ai plaidé l'après-midi au civil… Une affaire embrouillée, qui traîne depuis trois ans et qui est loin d'être terminée… Je suis rentré dîner.

— Avec votre femme ?

Le regard de Gaillard s'appesantit sur le commissaire et il articula :

— Avec ma femme, oui…

— Elle est ici ?

— Elle est là-haut…

— Elle est sortie ce soir ?

— Elle ne sort pratiquement jamais, à cause de sa santé… Ma femme, depuis plusieurs années, est mal portante et souffre beaucoup…

— Je vous demande pardon…

— De rien… Donc, nous avons dîné… Je suis descendu dans ce cabinet, selon mon habitude… Bon ! J'y suis… J'étais fatigué par mon après-midi au Palais… J'ai pris ma voiture avec l'idée de rouler une heure ou deux pour me détendre, ce qui m'arrive quelquefois… J'ai fait beaucoup de sport autrefois et le grand air me manque… En passant aux Champs-Élysées, j'ai vu qu'on donnait un film russe dont on m'avait dit du bien…

— Bref, vous êtes allé au cinéma…

— Exactement… Vous voyez qu'il n'y a aucun mystère… Après quoi je suis allé prendre un verre au *Fouquet's* avant de rentrer…

— Personne ne vous attendait ?

— Personne.

— Vous n'avez pas reçu d'appel téléphonique ?

Il semblait à nouveau chercher dans sa mémoire.

— Je ne vois pas, non… J'ai dû fumer une cigarette ou deux avant de monter me coucher, car je m'endors difficilement… Maintenant, laissez-moi vous dire que je suis assez surpris…

C'était au tour de Maigret de jouer la candeur.

— Pourquoi ?

— Je m'attendais que vous me questionniez sur mon client… Or, c'est sur moi et sur mon emploi du temps que vous m'avez interrogé... Je pourrais en être offensé...

— En réalité, je cherche à reconstituer les allées et venues d'Émile Boulay...

— Je ne comprends pas...

— Il n'a pas été tué la nuit dernière, mais la nuit de mardi à mercredi...

— Vous m'avez pourtant dit...

— J'ai dit qu'on l'avait retrouvé ce matin...

— Ce qui signifie que, depuis mardi, son corps...

Maigret approuvait de la tête. Il avait pris un air bon enfant et semblait enclin aux confidences.

— Il est à peu près établi que, mardi soir, Boulay avait un rendez-vous... Probablement un rendez-vous dans le quartier...

— Et vous vous êtes figuré qu'il est venu ici ?

Le commissaire rit.

— Je ne vous accuse pas d'avoir étranglé votre client...

— Il a été étranglé ?

— C'est ce qui ressort de l'autopsie... Il serait trop long de vous énumérer les indices que nous avons recueillis... Il avait l'habitude de venir vous demander conseil...

— Je ne l'aurais pas reçu à minuit...

— Il aurait pu se trouver dans une situation délicate... Si quelqu'un, par exemple, l'avait fait chanter...

Gaillard allumait une nouvelle cigarette et soufflait lentement la fumée devant lui.

— Son carnet de chèques révèle qu'il a retiré, voilà peu de temps, une assez forte somme de la banque...

— Puis-je vous demander combien ?

— Un demi-million d'anciens francs. Ce n'était pas dans ses habitudes... À l'ordinaire, il prenait l'argent liquide dont il avait besoin dans la caisse d'un de ses cabarets...

— Ce n'est arrivé qu'une fois ?

— Une seule, à notre connaissance... J'en aurai la certitude demain, lorsqu'on vérifiera son compte en banque...

— Je ne vois toujours pas mon rôle dans cette affaire...

— J'y arrive... Supposons qu'il ait cédé une première fois et qu'on soit revenu à la charge, qu'on lui ait donné un rendez-vous pour la nuit de mardi à mercredi... L'idée aurait pu lui venir de vous demander conseil... Il aurait appelé votre numéro plusieurs fois au cours de la soirée, alors que vous étiez au cinéma... Qui répond au téléphone, le soir, lorsque vous êtes absent ?

— Personne...

Et, comme Maigret paraissait surpris :

— Ma femme, je vous l'ai dit, est mal portante... Cela a commencé par une dépression nerveuse, qui n'a fait que s'aggraver... En outre, elle souffre d'une polynévrite dont les médecins ne parviennent pas à la soulager... Elle ne quitte à peu près pas le premier étage et il y a toujours avec elle une femme de chambre, qui est en réalité une infirmière... Ma femme l'ignore... J'ai supprimé le téléphone, là-haut...

— Les domestiques ?

— Elles sont deux et couchent au second étage… Pour en revenir à votre question, que je comprends mieux, je ne suis au courant d'aucun chantage dont mon client aurait été l'objet… J'ajoute que l'existence d'un tel chantage me surprendrait, car, connaissant ses affaires, je ne vois pas à quel titre on l'aurait fait chanter… Il n'est donc pas venu me consulter mardi soir… Et, a priori, j'ignore son emploi du temps cette nuit-là…

» Qu'il ait été tué ne m'a pas trop étonné, lorsque vous me l'avez annoncé, car on n'arrive pas à la situation qu'il occupait, dans ce milieu, sans se faire de solides ennemis… Qu'il ait été étranglé me trouble davantage, et plus encore qu'on n'ait retrouvé son corps que ce matin…

» Au fait, où l'a-t-on retrouvé ?… Je suppose qu'on l'a retiré de la Seine ?

— Il était étendu sur le trottoir, en bordure du cimetière du Père-Lachaise…

— Comment sa femme a-t-elle réagi ?

— Vous la connaissez ?

— Je l'ai vue une seule fois… Boulay était fou d'elle… Il tenait à me la montrer et à me montrer ses enfants. Il m'a invité à dîner rue Victor-Massé, et c'est ainsi que j'ai rencontré toute la famille…

— Y compris Antonio ?

— Y compris le beau-frère et sa femme… Une véritable réunion de famille… Au fond, Boulay était très petit-bourgeois et, chez lui, on n'aurait jamais soupçonné qu'il vivait du déshabillage des femmes…

— Vous connaissez ses cabarets ?

— Je suis allé deux ou trois fois au *Lotus*, il y a plus d'un an… J'ai assisté à l'inauguration du cabaret de la rue de Berri…

Maigret se posait des tas de questions, sans se risquer à les articuler de vive voix. Vivant avec une femme malade, l'avocat ne cherchait-il pas ailleurs des plaisirs qu'il ne trouvait plus chez lui ?

— Vous avez rencontré Ada ?

— La jeune sœur ? Mais oui ! Elle était du dîner. C'est une fille charmante, aussi jolie que Marina, mais avec plus de tête…

— Vous pensez qu'elle était la maîtresse de son beau-frère ?

— Je me mets à votre place, commissaire… Je me rends compte que vous êtes obligé de chercher dans toutes les directions… Certaines de vos hypothèses n'en sont pas moins assez ahurissantes… Si vous aviez connu Boulay, vous ne me poseriez pas cette question-là… Il avait horreur des complications… Une aventure avec Ada aurait dressé contre lui Antonio, qui, en bon Italien, a un sens fort poussé de la famille… Excusez-moi si je bâille, mais je me suis levé à l'aube pour arriver à Poitiers à temps pour mon procès…

— Vous avez l'habitude de laisser votre voiture devant la porte ?

— Le plus souvent, je ne prends pas la peine de la conduire au garage… Il y a presque toujours de la place…

— Ne m'en veuillez pas trop de vous avoir dérangé… Une dernière question… Boulay a-t-il laissé un testament ?

— Pas à ma connaissance… Et je ne vois pas pourquoi il en aurait rédigé un… Il a deux enfants… En outre, il s'est marié sous le régime de la communauté des biens… La succession ne pose aucun problème…

— Je vous remercie…

— J'irai, demain matin, présenter mes condoléances à sa veuve et me mettre à sa disposition… Pauvre femme !…

Il y avait tant de questions que Maigret aurait aimé lui poser encore ! Par exemple, comment il avait perdu quatre doigts de la main gauche. Et aussi à quelle heure il avait quitté la rue La Bruyère le matin même.

Enfin, à cause d'une phrase que Mickey avait prononcée, il aurait été curieux de consulter la liste des clients de l'avocat.

Quelques minutes plus tard, il prenait un taxi place Saint-Georges et rentrait se coucher. Il ne s'en leva pas moins dès huit heures du matin et, à neuf heures et demie, il sortait du bureau du directeur de la P.J., où il avait assisté au rapport sans desserrer les dents.

Son premier soin, après avoir ouvert la fenêtre et retiré son veston, fut d'appeler Me Chavanon, à qui il avait téléphoné la veille.

— C'est encore moi… Maigret !… Je vous dérange ?…

— J'ai quelqu'un dans mon cabinet…

— Juste un renseignement… Connaissez-vous un de vos confrères qui soit assez intime avec Jean-Charles Gaillard ?

— Encore ! On dirait que vous lui en voulez…

— Je ne lui en veux pas, mais j'aimerais connaître un certain nombre de choses qui le concernent…

— Pourquoi ne pas les lui demander à lui-même ? Voyez-le donc…

— Je l'ai vu.

— Alors ? Il s'est montré récalcitrant ?

— Au contraire ! Il reste que des questions sont trop délicates pour qu'on les pose tout à trac à quelqu'un…

Chavanon ne se montrait guère enthousiaste. Maigret s'y attendait. Dans presque toutes les professions, il existe un esprit de corps. On peut parler librement les uns des autres, entre soi, mais on apprécie peu une intrusion étrangère. À plus forte raison quand il s'agit de la police !

— Écoutez… Je vous ai dit ce que je savais… J'ignore qui il fréquente pour le moment mais, il y a quelques années, il était très ami avec Ramuel…

— Celui qui a défendu le boucher de la rue Caulaincourt ?

— Celui-là, oui. J'aimerais autant, si vous allez le voir, que vous ne me mettiez pas en cause. D'autant plus qu'il vient d'obtenir deux ou trois acquittements coup sur coup et que cela lui a porté à la tête… Bonne chance !…

Me Ramuel habitait rue du Bac et, l'instant d'après, Maigret avait sa secrétaire au bout du fil.

— C'est presque impossible… Toute sa matinée est prise… Attendez… Si vous venez vers onze heures moins dix et s'il en a fini rapidement avec son client de dix heures et demie…

Cela devait défiler chez lui comme chez un dentiste de quartier. Au suivant !

Maigret ne s'en rendit pas moins rue du Bac et, comme il était en avance, il alla boire un vin blanc au bureau de tabac. Les murs de la salle d'attente, chez Me Ramuel, étaient couverts de tableaux dédicacés par les artistes. Trois personnes patientaient et, parmi elles, une vieille femme qui devait être une riche fermière de province.

À onze heures moins cinq, néanmoins, la secrétaire ouvrait la porte et faisait discrètement signe au commissaire de la suivre.

Encore jeune, le visage poupin, Me Ramuel était déjà chauve. Il s'avança, cordial, la main tendue.

— Qu'est-ce qui me vaut l'honneur ?…

Le bureau était immense, les murs recouverts de boiseries, les meubles Renaissance, et on marchait sur des tapis d'Orient authentiques.

— Asseyez-vous… Un cigare ?… Ah ! non… C'est vrai… Fumez votre pipe, je vous en prie…

On le sentait pénétré de son importance et il s'asseyait à son bureau comme un avocat général au siège du ministère public.

— Je ne vois aucune affaire, parmi celles dont je m'occupe…

— Il ne s'agit pas d'un de vos clients, maître… Je me sens d'ailleurs assez embarrassé… Je voudrais que vous considériez ma visite comme une visite privée…

Ramuel avait tellement l'habitude des procès d'assises qu'il continuait dans la vie à se comporter comme à la barre, avec les mêmes mimiques, les mêmes gestes amples des bras auxquels ne manquaient que les amples manches de la robe noire.

Il commençait par écarquiller les yeux d'un air comique, puis il écartait les deux mains pour exprimer la surprise.

— Voyons, commissaire, vous n'allez pas me dire que vous avez des ennuis ?… Plaider pour le commissaire Maigret…

— J'ai seulement besoin de quelques renseignements sur quelqu'un…

— Un de mes clients ?

Il prenait une mine offusquée.

— Je n'ai pas besoin de vous rappeler…

— Ne craignez rien. Je ne vous demande pas d'enfreindre le secret professionnel… Pour des raisons trop longues à expliquer, j'ai besoin de connaître quelque peu un de vos confrères…

Les sourcils se fronçaient, toujours avec exagération, comme si l'avocat jouait devant les jurés sa comédie habituelle.

— Il n'est pas question non plus de trahir l'amitié…

— Parlez. Je ne promets rien, n'est-ce pas ?

C'était agaçant, mais le commissaire n'avait pas le choix.

— Vous connaissez fort bien, je pense, votre confrère Jean-Charles Gaillard…

Mine faussement embarrassée.

— Nous nous sommes fréquentés autrefois…

— Vous êtes brouillés ?

— Mettons que nous nous rencontrons moins souvent…

— Vous connaissez sa femme ?

— Jeanine ? Je l'ai rencontrée pour la première fois alors qu'elle dansait encore au Casino de Paris…

C'était tout de suite après la guerre… Une charmante fille, à l'époque… Et belle !… On l'appelait la belle Lara et les passants se retournaient sur elle dans la rue…

— C'était son nom ?

— Non… Elle s'appelait en réalité Dupin, mais elle dansait sous le nom de Jeanine de Lara… Elle aurait probablement fait une brillante carrière…

— Elle y a renoncé pour Gaillard ?

— Il l'a épousée en lui promettant qu'il ne lui demanderait pas d'abandonner le théâtre…

— Il n'a pas tenu parole ?

C'était maintenant la comédie de la discrétion. Ramuel semblait peser le pour et le contre, soupirait, comme tiraillé par des sentiments contraires.

— Après tout, c'est connu du Tout-Paris… Gaillard revenait de la guerre, couvert de médailles…

— C'est à la guerre qu'il a perdu quatre doigts ?

— Oui… Il était à Dunkerque… En Angleterre, il s'est engagé dans les Forces libres… Il a fait la campagne d'Afrique puis, si je ne me trompe, s'est retrouvé en Syrie… Il était lieutenant de commando… Il n'en parle jamais, je dois le reconnaître… Il n'est pas de ceux qui se complaisent à raconter leurs faits d'armes… Une nuit qu'il devait surprendre une patrouille ennemie, c'est lui qui a été surpris et il n'a trouvé son salut qu'en saisissant à pleine main le couteau qu'on lui plantait dans la poitrine… C'est un costaud…

» Il est devenu amoureux fou de Jeanine et il l'a décidée à l'épouser… À cette époque, il était stagiaire chez Me Jouane, le civiliste, et ne gagnait pas gros…

» Jaloux, il passait ses soirées dans les coulisses du Casino de Paris…

» Vous devinez la suite… Peu à peu, il a obtenu que sa femme renonce à la danse… Il s'est mis à travailler très dur pour faire bouillir la marmite… Il m'est arrivé souvent de lui envoyer des clients…

— Il est resté civiliste ?

Cette fois, Ramuel prenait l'air embarrassé de quelqu'un qui se demande si son interlocuteur sera capable de le comprendre.

— C'est assez compliqué… Il y a des avocats qu'on voit rarement au Palais et qui n'en ont pas moins une clientèle importante… Ce sont ceux-là qui gagnent le plus d'argent… Ils sont avocats-conseils de grosses sociétés… Ils connaissent à fond les lois sur les sociétés et leurs moindres subtilités…

— C'est le cas de Gaillard ?

— Oui et non… Remarquez que je ne le vois guère depuis plusieurs années… Il plaide relativement peu… Quant à sa clientèle, j'aurais de la peine à la définir… Il n'a pas, comme son ancien patron, celle des grandes banques et de la grosse industrie…

Maigret écoutait patiemment, s'efforçant de deviner ce qu'il y avait entre les mots.

— Avec les lois fiscales actuelles, beaucoup de gens ont besoin des conseils d'une personne avertie… Certains, de par leur activité, ont besoin, eux, de s'assurer s'ils restent dans la légalité…

— Le patron d'une chaîne de cabarets, par exemple ?

Ramuel jouait la surprise, la confusion.

— J'ignorais que j'avais été si précis… Remarquez que je ne sais pas de qui vous parlez…

Maigret se souvenait de sa conversation de la veille avec Louis Boubée, dit Mickey. Tous les deux avaient évoqué le temps du *Tripoli* et de la Tétoune, chez qui on rencontrait, non seulement les grands caïds du milieu, mais leurs avocats et un certain nombre d'hommes politiques.

— Boulay a été tué, dit-il brusquement.

— Boulay ?

— M. Émile… Le patron du *Lotus*, du *Train-Bleu* et de deux autres cabarets…

— Je n'ai pas eu le temps de lire le journal ce matin… C'était un client de Gaillard ?

Il était désarmant de naïveté.

— C'est évidemment une des catégories auxquelles je faisais allusion… Il n'est pas facile, dans certaines professions, d'éviter les pépins… Qu'est-il arrivé à ce Boulay ?

— Il a été étranglé…

— Horrible !

— Vous parliez tout à l'heure de Mme Gaillard…

— Il paraît que son état a empiré depuis que je l'ai perdue de vue… Cela a commencé, au temps où je les fréquentais encore, par des dépressions nerveuses, qui devenaient de plus en plus fréquentes… Je suppose qu'elle ne s'habituait pas à la vie bourgeoise… Voyons… Quel âge a-t-elle à présent ?… La quarantaine, si je ne me trompe… Elle doit avoir quatre ou cinq ans de moins que lui… Mais elle s'est abîmée… Elle a vieilli très vite…

» Sans être médecin, commissaire, j'ai vu un certain nombre de femmes, surtout parmi les plus éclatantes, prendre assez mal ce tournant-là…

» J'ai entendu dire qu'elle est presque folle, qu'il lui arrive de passer des semaines entières dans une chambre obscure…

» Je plains Gaillard… C'est un garçon intelligent, un des plus intelligents que je connaisse… Il a travaillé d'arrache-pied pour se tailler une situation… Il s'est efforcé de donner à Jeanine une vie brillante… Car, pendant un temps, ils ont mené grand train…

» Cela n'a pas suffi… Et maintenant…

Si sa mine exprimait la compassion, il n'en restait pas moins une flamme joyeuse, ironique, dans ses petits yeux.

— C'est ce que vous vouliez savoir ?… Remarquez que je ne vous ai rien dit de confidentiel… Vous auriez pu interroger n'importe qui dans les couloirs du Palais…

— Je suppose que Jean-Charles Gaillard n'a jamais eu d'ennuis avec le conseil de l'Ordre ?

Cette fois, Ramuel écartait les bras, offusqué.

— Voyons ! Voyons ! Qu'allez-vous chercher là ?

Il se levait, regardait la pendule sur la cheminée.

— Je vous demande pardon, mais vous avez pu constater qu'un certain nombre de clients m'attendent… Je plaide à deux heures… Je suppose que personne n'est au courant de votre visite et que ce que nous avons dit restera entre nous ?…

Et, se dirigeant vers la porte d'une démarche sautillante, il soupirait théâtralement :

— Pauvre Jeanine !…

6

Avant de rentrer déjeuner, Maigret était passé par le Quai des Orfèvres et avait dit à Lapointe, presque distraitement :

— Je voudrais que tu ailles enquêter le plus tôt possible rue La Bruyère et dans les environs. Il paraît qu'une voiture américaine bleu pâle stationne d'habitude, jour et nuit, en face de l'hôtel particulier de Me Jean-Charles Gaillard…

Il lui tendait un bout de papier sur lequel il avait griffonné le numéro minéralogique de l'auto.

— J'aimerais savoir à quelle heure la voiture s'est trouvée là mardi soir, et aussi à quelle heure elle est partie hier matin ou dans le courant de la nuit…

Il avait ses gros yeux qui semblaient ne penser à rien, le dos rond, la démarche lourde et paresseuse.

Dans ces moments-là, les gens, et ses collaborateurs plus que quiconque, s'imaginaient qu'il se concentrait. Or rien n'était plus faux. Mais il avait beau le leur dire, ils ne le croyaient pas. Ce qu'il faisait, en réalité, était un peu ridicule, voire enfantin. Il prenait un bout d'idée, un petit bout de phrase, et se le répétait comme un écolier qui essaie de se mettre sa leçon en tête. Il lui arrivait même de remuer les lèvres, de parler à mi-voix, seul au milieu de son bureau, sur le trottoir, n'importe où.

Les mots n'avaient pas nécessairement de sens. Il arrivait que cela ressemble à un gag.

— On a vu des avocats tués par leur client, mais je n'ai jamais entendu parler de clients tués par leur avocat…

Cela ne signifiait pas qu'il accusât Jean-Charles Gaillard d'avoir étranglé le chétif patron du *Lotus* et autres lieux. Sa femme l'aurait fort surpris, tandis qu'il mangeait, si elle lui avait demandé brusquement : « À quoi penses-tu ? »

Il aurait probablement répondu de bonne foi qu'il ne pensait à rien. Il y avait aussi des images qu'il se passait dans la tête comme dans une lanterne magique.

Émile Boulay, le soir, sur le trottoir, devant le *Lotus*… Ça, c'était une habitude de presque tous les soirs… Le petit homme regardait le ciel, la foule qui coulait, changeant de rythme et comme de nature à mesure que la soirée s'avançait, et supputait les recettes de ses quatre cabarets…

La seconde image n'était pas, elle, de tous les jours. Boulay entrait dans la cabine, sous les yeux de la demoiselle du vestiaire, et composait un numéro qui ne répondait pas…

Trois fois… quatre fois… Entre les coups, il allait faire un petit tour, soit dans l'établissement, soit dans la rue… Et ce n'était qu'au cinquième ou au sixième essai qu'il avait enfin quelqu'un au bout du fil…

Or, il ne partait pas tout de suite… À côté de Mickey, sur le trottoir, il tirait de temps en temps sa montre de sa poche…

« Il n'est pas rentré chez lui pour prendre son automatique… » faillit prononcer Maigret à voix haute.

Émile possédait un permis. Il avait le droit d'être armé. À l'époque où Mazotti et sa bande lui faisaient des ennuis, il l'était toujours.

S'il ne l'était pas, ce soir-là, c'est donc qu'il était sans méfiance.

Enfin, sans rien dire au pisteur, qui avait l'air d'un gamin fané, il commençait à descendre sans se presser la rue Pigalle.

C'était la dernière image. Tout au moins la dernière image d'Émile vivant.

— Tu as des projets pour demain ?

Il leva la tête de son assiette, regarda sa femme, comme surpris de la voir en face de lui, près de la fenêtre ouverte.

— Demain ? répéta-t-il d'une voix si neutre qu'elle éclata de rire.

— Tu étais loin ! Pardonne-moi de…

— Qu'est-ce qu'il y a, demain ?

— C'est dimanche… Tu crois que tu auras du travail ?

Il hésita à répondre. Il ne savait pas. Il n'avait pas pensé au dimanche. Il avait horreur d'interrompre une enquête, prétendant qu'une des principales chances de succès est la rapidité. Plus les jours passent et plus il est difficile d'obtenir une précision des témoins. Lui-même avait besoin de rester sur sa lancée, de coller avec le petit monde dans lequel il se trouvait plongé.

Et voilà qu'il y avait un dimanche, c'est-à-dire un trou. Et que l'après-midi aussi allait être à peu près perdu puisque, pour la plupart des gens, le samedi est devenu une sorte de dimanche.

— Je ne sais pas encore… Je te téléphonerai dans le courant de l'après-midi…

Écartant les bras à la façon emphatique qu'il avait vue à Me Ramuel, il ajoutait :

— Excuse-moi… Ce n'est pas ma faute…

Bien entendu, la vie de la P.J. s'était déjà mise au ralenti. Il y avait des bureaux vides, des commissaires, des inspecteurs partis pour la campagne.

— Lapointe n'est pas rentré ?

— Pas encore, patron.

Il venait de surprendre, dans le bureau des inspecteurs, le gros Torrence qui montrait à ses camarades un moulinet de pêche au lancer. Il ne pouvait pas exiger que tout le monde fût, comme lui, hypnotisé par Émile Boulay.

Il ne savait que faire en attendant Lapointe, et il n'avait pas le courage, un samedi après-midi, de se replonger dans ses plans administratifs.

Il finit par entrer chez Lecoin, son collègue de la Mondaine, qui était occupé à lire le journal. Lecoin ressemblait davantage à un gangster qu'à un policier.

— Je te dérange ?

— Non…

Maigret allait s'asseoir sur le rebord de la fenêtre, sans trop savoir pourquoi il était venu.

— Tu connaissais le patron du *Lotus* ?

— Comme je les connais tous…

La conversation, paresseuse, sans queue ni tête, dura près d'une heure sans rien donner. Pour Lecoin, l'ancien garçon de la Transat était un type régulier, qui n'appartenait pas au milieu et que certains, à Montmartre, appelaient dédaigneusement l'Épicier.

À quatre heures, le dimanche était presque commencé, et le commissaire poussa une fois de plus la porte du bureau des inspecteurs.

— Lapointe ?

— Pas rentré, patron…

Il savait que cela ne servirait à rien, mais il n'en franchit pas moins, en se promenant, la porte qui communiquait avec le Palais de Justice. Ce matin, il s'était promis de se rendre au greffe et d'obtenir la liste des clients pour lesquels Jean-Charles Gaillard avait plaidé.

Le Palais de Justice était à peu près vide, avec des courants d'air dans les vastes couloirs, et, quand il poussa la porte du greffe, il ne trouva personne. C'était curieux. N'importe qui aurait pu entrer, fouiller dans les classeurs verts qui garnissaient les murs jusqu'au plafond. N'importe qui, aussi, pouvait aller décrocher une robe dans le vestiaire des avocats, sinon s'asseoir dans le fauteuil d'un président de cour.

— Le Jardin des Plantes est mieux gardé… grommela-t-il.

Enfin, il trouva Lapointe dans son bureau.

— Je rentre les mains vides, patron… Pourtant, je me suis adressé à presque tous les habitants de la rue… En tout cas à ceux qui ne sont pas partis en week-end.

» La voiture américaine bleue leur est familière… Certains savent à qui elle appartient… D'autres la remarquent chaque matin, en partant pour leur travail, sans se poser de questions… Quand je leur ai parlé de la nuit de mardi à mercredi, la plupart ont levé les yeux au ciel…

» Pour eux, c'est déjà loin… Les uns dormaient dès dix heures du soir… D'autres sont rentrés du cinéma vers onze heures et demie sans faire attention aux voitures qui, à cette heure-là, bordent toute la longueur de la rue…

» La réponse la plus courante est :

» — Elle est presque toujours là…

» Ils ont l'habitude de la voir à sa place, vous comprenez, de sorte que, si même elle n'y est pas, ils se figurent qu'elle y est…

» Je me suis adressé aux garages du quartier. Dans l'un, seulement, on se souvient de l'auto et d'un grand type sanguin qui vient parfois faire le plein d'essence… Mais ce n'est pas un client régulier…

» Il reste deux garages où je n'ai pu questionner personne, pour la bonne raison qu'ils sont fermés jusqu'à lundi matin…

Maigret écartait à nouveau les bras à la façon de Me Ramuel. Que pouvait-il y faire ?

— Tu retourneras lundi… soupira-t-il.

Le téléphone sonnait. Il reconnaissait la voix d'Antonio, espérait un moment que celui-ci avait du nouveau à lui apprendre.

— C'est vous, monsieur Maigret ?… Je suis avec le représentant des pompes funèbres… Il propose que l'enterrement ait lieu lundi à dix heures du matin… Je ne veux pas lui donner de réponse sans votre autorisation…

Qu'est-ce que cela pouvait faire à Maigret ?

— D'accord.

— Vous recevrez un faire-part… L'absoute sera dite à l'église Notre-Dame-de-Lorette…

Il raccrocha, regarda, de ses yeux vides, Lapointe qui attendait des instructions.

— Tu peux aller… Bon dimanche !… Si Lucas est à côté, envoie-le-moi…

Lucas y était.

— Du nouveau, patron ?

— Rien du tout !… Je voudrais que, lundi matin, à la première heure, tu te rendes au greffe du tribunal et que tu te procures la liste des affaires dans lesquelles Jean-Charles Gaillard a plaidé… Pas besoin de remonter au déluge… Les deux ou trois dernières années…

— Vous retournez ce soir à Montmartre ?

Il haussa les épaules. À quoi bon ? Il répéta à l'intention de Lucas, comme il l'avait fait pour Lapointe :

— Bon dimanche !

Et il décrochait le téléphone.

— Passez-moi mon appartement… Allô !… C'est toi ?…

Comme s'il ne savait pas que ça ne pouvait être qu'elle et comme s'il ne reconnaissait pas sa voix !

— Te souviens-tu de l'heure des trains pour Morsang ?… Aujourd'hui, oui. Avant le dîner si possible… 5 h 52 ?… Cela t'amuse d'aller y passer la nuit et la journée de demain ?… Bon !… Prépare la petite valise… Non… Je téléphonerai moi-même…

C'était au bord de la Seine, à quelques kilomètres en amont de Corbeil. Il y avait là une auberge, le *Vieux-Garçon*, où, depuis plus de vingt ans, les Maigret allaient de temps en temps passer le dimanche.

Maigret l'avait découverte au cours d'une enquête, isolée au bord de l'eau, fréquentée surtout par des pêcheurs à la ligne.

Maintenant, le couple y avait ses habitudes. On lui donnait presque toujours la même chambre, la même table, au dîner et au déjeuner, sous les arbres de la terrasse.

— Allô ! Passez-moi le *Vieux-Garçon* à Morsang… Par Corbeil… Le *Vieux-Garçon*, oui… C'est une auberge…

Il avait découvert, en bouquinant, que l'endroit avait été fréquenté jadis par Balzac et Alexandre Dumas, puis que, plus tard, les déjeuners littéraires y réunissaient les Goncourt, Flaubert, Zola, Alphonse Daudet et quelques autres.

— Allô !… Ici, Maigret… Vous dites ?… Il fait beau temps, oui…

Cela, il le savait aussi bien que la patronne.

— Notre chambre est occupée ?… Vous en avez une autre, mais qui ne donne pas sur la Seine ?… Cela ne fait rien… Nous arriverons pour dîner…

Ainsi, en fin de compte, malgré Émile Boulay, ils allaient passer un dimanche nonchalant au bord de l'eau. La clientèle du *Vieux-Garçon* avait changé avec le temps. Les pêcheurs que les Maigret avaient rencontrés autrefois avaient presque tous disparu. Ou ils étaient morts, ou ils étaient devenus trop vieux pour se déplacer.

Des nouveaux avaient pris leur place, aussi enragés qu'eux, certains qui amorçaient leur coup plusieurs jours à l'avance.

On en entendait qui se levaient dès quatre heures pour aller amarrer leur barque dans le courant entre deux perches.

Il y avait une nouvelle clientèle, plus jeune, surtout des couples qui possédaient un petit bateau à voiles, et ceux-là dansèrent sur la terrasse, au son d'un phonographe, jusqu'à une heure du matin.

Maigret dormit quand même, entendit des coqs chanter, les pas de ceux qui allaient à la pêche, ne se leva en fin de compte qu'à neuf heures du matin.

Vers dix heures, comme ils finissaient leur petit déjeuner sous les arbres en regardant évoluer les voiles, Mme Maigret murmura :

— Tu ne pêches pas ?

Il n'avait ni ses cannes ni ses engins, laissés dans leur petite maison de Meung-sur-Loire, mais il pouvait toujours en emprunter à la patronne.

Pour quelle raison un avocat tuerait-il son client ? On voit des gens tuer leur médecin, persuadés qu'il les a mal soignés. Le contraire est rarissime. Il ne se souvenait que du cas de Bougrat…

Émile Boulay n'était pas du type agressif… Il ne pouvait prétendre que son avocat l'avait trahi puisqu'il n'avait jamais été condamné et que son casier judiciaire était vierge…

— Choisissez la canne que vous voudrez… Les lignes sont dans le placard et vous trouverez des asticots à la place habituelle…

Ils suivirent la berge l'un derrière l'autre, choisirent un coin ombragé, près d'un arbre mort, et le hasard voulut qu'après une demi-heure Maigret eût déjà pris une quinzaine de gardons. S'il s'était muni d'une épuisette, il aurait, sans doute, sorti de l'eau le chevesne de plus d'une livre qui cassa son bas de ligne.

Il est vrai qu'ensuite il n'eut plus une touche. Sa femme lisait un magazine, s'interrompait de temps en temps pour le regarder avec un sourire amusé.

Ils déjeunèrent dans leur coin, avec, comme toujours, des gens qui se tournaient de leur côté et se mettaient à chuchoter. Est-ce qu'un chef de la Brigade criminelle n'a pas le droit de passer le dimanche à la campagne comme tout le monde et de pêcher à la ligne s'il en a envie ?

Il retourna au bord de l'eau, ne prit plus rien, et, à six heures du soir, sa femme et lui se trouvaient dans le train bondé de voyageurs qui s'en allait vers Paris.

Ils mangèrent des viandes froides, en regardant la nuit tomber, les rues encore à peu près vides, les maisons d'en face où quelques lumières commençaient à s'allumer.

Boulay ne passait pas ses dimanches à la campagne. Ses cabarets travaillaient sept jours sur sept et il n'était pas l'homme à les laisser sans surveillance. Quant à ses trois femmes, elles ne devaient pas avoir envie de quitter la petite Italie de la rue Victor-Massé.

À neuf heures, le lundi matin, Maigret passait au Quai des Orfèvres pour s'assurer qu'il n'y avait rien de nouveau et, à dix heures moins le quart, un taxi le déposait rue Pigalle. Un avis mortuaire, entouré de noir, était fixé à la grille du *Lotus*. Rue Victor-Massé, il y en avait un autre à la porte du *Train-Bleu*.

Le trottoir, en face de ce qui avait été le domicile de Boulay, grouillait de monde. De temps en temps quelqu'un, ou un petit groupe, se détachait pour pénétrer dans la maison, dont la porte était garnie de draperies noires.

Il fit comme les autres, attendit son tour devant l'ascenseur, où on recevait déjà des relents de fleurs et de cierges. Le salon était transformé en chapelle ardente et, autour du cercueil, des silhouettes sombres se tenaient debout, celles de M. Raison, d'un vieux maître d'hôtel qu'on considérait comme de la famille, tandis qu'on entendait une femme sangloter dans une pièce voisine.

Il serra des mains, redescendit, attendit avec les autres. Il reconnaissait des visages entrevus dans les cabarets du défunt. Tout le personnel devait être là, et les femmes aux talons démesurés avaient des visages fatigués, des yeux qui paraissaient surpris de voir le soleil matinal.

— Il y a du monde, hein ?

C'était le nabot, Louis Boubée, dit Mickey, vêtu de noir, qui tirait le commissaire par la manche et paraissait fier du succès de l'enterrement.

— Ils sont tous là...

Il voulait dire tous les patrons des cabarets de Paris, y compris ceux des Champs-Élysées et de Montparnasse, les musiciens, les barmen, les maîtres d'hôtel...

— Vous avez vu Jo ?

Il désignait Jo le Catcheur, qui adressa un signe de la main au commissaire et qui, lui aussi, s'était vêtu de sombre pour la circonstance.

— Il y a de tout, n'est-ce pas ?

Des costumes voyants, des chapeaux trop clairs, de grosses chevalières et des souliers en daim ou en crocodile… Tout le monde s'était dérangé. Boulay avait beau ne pas appartenir au milieu et mériter le surnom d'Épicier, il n'en appartenait pas moins à la vie nocturne de Montmartre.

— Vous ne savez toujours pas qui a fait le coup ?

À ce moment, l'avocat sortait de la maison, où le commissaire ne l'avait pas vu entrer, mais le corbillard, qui venait se ranger le long du trottoir, le cacha presque aussitôt aux yeux de Maigret.

Il y avait tant de fleurs et de couronnes qu'on dut en charger deux voitures entières. Les trois femmes prirent place dans une auto. Derrière, à pied, Antonio marchait seul, suivi, sur plusieurs rangs, par le personnel et par les danseuses. Ensuite, c'était le tout-venant, qui formait un cortège de plus de cent mètres de long.

Les commerçants, au passage, sortaient de leur boutique, les ménagères s'arrêtaient au bord du trottoir et des gens se penchaient aux fenêtres. Enfin, courant le long de la file sombre, des photographes prenaient des clichés.

Les orgues retentirent au moment où six hommes franchissaient le seuil de l'église en portant le cercueil. Les femmes suivirent, couvertes de voiles épais. Un instant, les regards de Jean-Charles Gaillard et du commissaire se croisèrent, puis les deux hommes furent séparés par la foule.

Maigret resta au fond de l'église, où, chaque fois que la porte s'ouvrait, pénétrait un rayon de soleil. Et il repassait toujours les mêmes images dans sa tête, comme un jeu de cartes.

Boulay tirant sa montre de sa poche... Boulay attendant quelques minutes avant de descendre la rue Pigalle...

Antonio avait bien fait les choses. Il n'y avait pas seulement une absoute, mais une messe chantée.

La sortie se fit lentement. Quatre ou cinq voitures attendaient pour la famille et les collaborateurs les plus proches, car il n'y avait plus de place au cimetière de Montmartre et le corps de Boulay s'en allait vers Ivry.

Antonio trouva le temps de faire un crochet dans la foule pour s'approcher du commissaire.

— Vous désirez une place ?

Maigret fit signe que non. Il suivait des yeux l'avocat qui s'éloignait à pied et il joua des coudes pour le rejoindre.

— Un bel enterrement !... dit-il, un peu comme Mickey l'avait fait rue Victor-Massé. Vous n'allez pas au cimetière ?

— Du travail m'attend... En outre, on ne m'y a pas invité...

— Tout Montmartre était là...

Une partie de la foule continuait à s'écouler tandis que le corbillard et les voitures s'éloignaient.

— Vous devez avoir reconnu un certain nombre de vos clients...

— N'importe quel avocat se serait trouvé dans le même cas…

Changeant de sujet de conversation, comme si celui-là lui déplaisait, Gaillard questionnait :

— Vous avez une piste ?

— Appelons ça un début de piste…

— C'est-à-dire ?

— Il me manque le principal, c'est-à-dire le motif…

— Vous avez le reste ?

— Je ne tiens pas encore de preuves, hélas !… Vous êtes allé hier à la campagne ?

Son interlocuteur le regarda, surpris.

— Pourquoi me demandez-vous ça ?

Ils remontaient, comme beaucoup d'autres, la rue Notre-Dame-de-Lorette, qui avait rarement été aussi animée à cette heure-là, passaient devant le *Saint-Trop'*, où on avait retiré de la devanture le cadre avec les photos de femmes nues pour le remplacer par l'avis mortuaire.

— Pour rien… répondait Maigret. Parce que j'y suis allé avec ma femme… Parce que la plupart des Parisiens, le dimanche, vont à la campagne ou à la mer…

— Il y a longtemps que ma femme ne se déplace plus…

— De sorte que vous passez le dimanche seul rue La Bruyère ?

— J'en profite pour étudier mes dossiers…

Jean-Charles Gaillard se demandait-il pourquoi le commissaire s'attachait à ses pas ? Normalement, Maigret aurait dû descendre vers le centre de la ville.

Or, il continuait à marcher du même pas que l'avocat et, bientôt, ils se trouvèrent rue La Bruyère, où la voiture bleue était à sa place devant la maison.

Il y eut un moment de gêne. Maigret ne faisait pas mine de s'en aller. L'avocat tenait sa clé à la main.

— Je ne vous propose pas d'entrer, car je sais combien vous êtes occupé…

— J'allais justement vous demander la permission de donner un coup de téléphone…

La porte s'ouvrait.

— Venez dans mon bureau…

La porte qui communiquait avec le bureau voisin était ouverte et une secrétaire d'une trentaine d'années se leva. Sans s'occuper de Maigret, elle s'adressa à son patron.

— Il y a eu deux appels, dont un de Cannes…

— Tout à l'heure, Lucette…

Gaillard paraissait préoccupé.

— C'est à Paris que vous désirez téléphoner ?… Vous avez l'appareil devant vous…

— Merci…

Par la fenêtre, on découvrait une cour pavée au milieu de laquelle se dressait un assez beau tilleul.

Maigret, debout, composait son numéro.

— Allô !… L'inspecteur Lapointe est-il rentré ?… Passez-le-moi, voulez-vous ?… Merci !… Oui… Allô !… Lapointe ?… Tu as trouvé ce que tu cherchais ?…

Il resta longtemps à écouter, tandis que l'avocat, sans s'asseoir à son bureau, changeait des dossiers de place.

— Oui… Oui… Je comprends… Tu es sûr des dates ?… Tu lui as fait signer une déclaration ?… Non, je suis rue La Bruyère… Lucas est rentré ?… Pas encore ?…

Tout en parlant, il regardait la cour, deux merles qui sautillaient sur les pavés, l'ombre de l'avocat qui passait et repassait devant la fenêtre.

— Attends-moi, oui… Je ne serai pas long et il y aura peut-être du nouveau…

Il avait bien le droit de jouer sa petite comédie, lui aussi ! Le téléphone raccroché, il mimait l'embarras, se grattait la tête d'un air perplexe.

Ils étaient toujours debout tous les deux et l'avocat l'observait curieusement. Maigret le faisait exprès de laisser durer le silence. Quand il parla, ce fut pour dire, avec un léger reproche dans la voix :

— Vous n'avez pas beaucoup de mémoire, monsieur Gaillard…

— Que voulez-vous insinuer ?

— Ou alors, pour une raison que je n'arrive pas à découvrir, vous ne m'avez pas dit la vérité…

— À quel propos ?

— Vous ne le savez pas ?

— Je vous jure…

L'homme était grand et fort, sûr de lui quelques instants plus tôt encore. Maintenant, son visage ressemblait à celui d'un petit garçon pris en faute et qui s'obstine à jouer l'innocence.

— Je ne vois vraiment pas ce que vous voulez dire…

— Vous permettez que je fume ?

— Je vous en prie.

Maigret bourrait lentement sa pipe, renfrogné, en homme qui a une tâche déplaisante à accomplir.

L'autre lui proposait :

— Vous ne voulez pas vous asseoir ?

— Je n'en ai que pour un moment... Lorsque je suis venu vous voir vendredi, je vous ai parlé de votre voiture...

— C'est possible... Nous avons eu une conversation à bâtons rompus et j'étais assez impressionné par ce que je venais d'apprendre pour ne pas enregistrer les détails...

— Vous m'avez dit que votre voiture stationnait habituellement en face de chez vous et que vous l'y laissiez pour la nuit...

— C'est exact... Elle y a encore passé la nuit dernière, et la nuit précédente... Vous avez pu la voir en entrant...

— Mais il y a eu récemment des jours où elle n'y était pas...

Il fit celui qui cherche dans sa mémoire.

— Attendez...

Il était très rouge, tout à coup, et Maigret en eut presque pitié. On sentait que ce n'était que grâce à un terrible effort qu'il gardait un air d'assurance.

— Je ne sais plus si c'est la semaine dernière ou la semaine précédente que l'auto a eu besoin de réparations... Je peux le demander à ma secrétaire... C'est elle qui a téléphoné au garage de venir la chercher et de la remettre en état...

Il ne se dirigeait pourtant pas vers la porte de communication.

— Appelez-la !...

Il finit par pousser le battant.

— Vous voulez venir un instant ?... Le commissaire a une question à vous poser...

— Ne vous troublez pas, mademoiselle... C'est une question bien innocente... Je voudrais savoir quel jour vous avez appelé le garage pour qu'on vienne chercher la voiture...

Elle regarda son patron comme pour lui demander la permission de répondre.

— Lundi après-midi, fit-elle enfin.

— Il s'agit bien de lundi dernier ?

— Oui...

Elle était jolie, sympathique, et sa robe de nylon blanc révélait un corps appétissant. Est-ce qu'entre elle et Gaillard... Cela ne regardait pas Maigret en ce moment.

— Il s'agissait d'une réparation importante ?

— Je peux vous montrer la facture du garage... Je l'ai reçue ce matin... Ils ont dû changer un amortisseur... Ils croyaient pouvoir ramener l'auto dès mercredi matin...

— Et ils ne l'ont pas fait ?

— Ils ont téléphoné pour s'en excuser... C'est une voiture américaine... Contrairement à ce qu'ils espéraient, il n'y avait pas de pièce de rechange à Paris et ils ont dû téléphoner au dépôt du Havre...

Jean-Charles Gaillard feignait de se désintéresser de l'entretien et, assis enfin devant son bureau, feuilletait un dossier.

— Quand la voiture a-t-elle été livrée ?

— Jeudi ou vendredi... Vous permettez ?... C'est noté dans mon agenda...

Elle passa dans son bureau, revint l'instant d'après.

— Jeudi soir... Ils ont fait venir l'amortisseur par exprès et ont travaillé toute la journée...

— Vous n'êtes pas revenue après le dîner ?

Nouveau coup d'œil à l'avocat.

— Non... Cela m'arrive rarement... Seulement quand il y a un travail urgent...

— Le cas ne s'est pas produit la semaine dernière ?

Sans hésitation, elle secoua la tête.

— Il y a au moins quinze jours que je n'ai pas travaillé le soir...

— Je vous remercie, mademoiselle...

Elle se retirait, fermait la porte, et Maigret restait debout, la pipe à la bouche, au milieu du bureau.

— Et voilà !... finissait-il par grogner.

— Voilà quoi ?

— Rien... Un petit fait qui peut avoir de l'importance, comme il peut n'en avoir aucune... Vous en connaissez assez sur notre métier pour savoir que nous n'avons rien le droit de négliger...

— Je ne vois pas ce que ma voiture...

— Si vous étiez à ma place, vous le verriez... Je vous remercie de m'avoir permis de téléphoner... Il est temps que je retourne au bureau...

L'avocat se levait.

— Vous n'avez rien d'autre à me demander ?

— Qu'est-ce que je vous demanderais ? Je vous ai posé, vendredi, les questions que j'avais à vous poser. Je suppose que vous m'avez répondu en toute franchise ?...

— Je n'ai aucune raison pour...

— Bien entendu… Au sujet de la voiture, pourtant…

— Je vous avoue que cela m'était sorti de la tête… Dans les derniers mois, c'est la troisième ou la quatrième fois que cette auto a besoin de réparations, et c'est bien pourquoi j'ai l'intention d'en changer…

— Vous vous êtes servi de taxis pendant trois jours ?…

— C'est exact… Il m'arrive de prendre des taxis même quand l'auto est devant ma porte… On n'a pas à chercher un stationnement…

— Je vous comprends… Vous plaidez, cet après-midi ?

— Non… Je vous ai déjà dit que je plaide assez rarement… Je suis plutôt un avocat consultant…

— Vous serez donc chez vous toute la journée ?

— À moins que j'aie un rendez-vous dehors… Un instant…

Il ouvrait une fois de plus la porte du bureau voisin.

— Lucette !… Voulez-vous voir si je dois sortir cet après-midi ?…

Maigret eut l'impression que la jeune fille avait pleuré. Elle n'avait ni les yeux ni le nez rouges, mais son regard était trouble, inquiet.

— Je ne crois pas… Tous vos rendez-vous sont ici…

Elle consultait pourtant l'agenda rouge.

— Non…

— Vous avez la réponse… conclut l'avocat.

— Je vous remercie.

— Vous pensez avoir besoin de moi ?

— Je n'ai rien de précis en tête, mais on ne sait jamais… Au revoir, mademoiselle…

Elle lui faisait un signe de tête, sans lever les yeux vers lui. Quant à Jean-Charles Gaillard, il précédait le commissaire dans le corridor. La porte d'une salle d'attente était entrouverte et on apercevait en passant les jambes de quelqu'un qui attendait, des jambes d'homme.

— Merci encore pour le téléphone…

— De rien…

— Et excusez-moi…

Quand, ayant parcouru une cinquantaine de mètres sur le trottoir, Maigret se retourna, Gaillard était toujours debout sur le seuil et le suivait des yeux.

7

C'était arrivé plusieurs fois, même souvent, mais jamais d'une façon aussi nette, aussi caractéristique. On travaille dans un sens donné, avec d'autant plus d'obstination qu'on est moins sûr de soi ou qu'on a moins d'éléments en main.

On se dit qu'on reste libre, le moment venu, de faire demi-tour et de chercher dans une nouvelle direction.

On envoie des inspecteurs à gauche et à droite. On croit piétiner, puis on découvre un petit élément nouveau et on se met à avancer avec prudence.

Et voilà que soudain, au moment où on s'y attend le moins, l'enquête vous échappe des mains. On ne la dirige plus. Ce sont les événements qui commandent et vous obligent à prendre des mesures que vous n'aviez pas prévues, auxquelles vous n'étiez pas préparé.

Dans ces cas-là, il y a une ou plusieurs mauvaises heures à passer. On s'interroge.

On se demande si on n'est pas parti, dès le début, dans la mauvaise voie, et si on ne va pas se trouver devant le vide ou, pis, devant une réalité différente de ce qu'on avait imaginé.

Quel avait été, en définitive, le seul point de départ de Maigret ? une simple conviction, étayée, il est vrai, par l'expérience : *les gens du milieu, les truands, comme on dit aujourd'hui, n'étranglent pas.* Ils jouent du revolver, parfois du couteau, mais, dans les annales de la P.J., il n'y avait pas de trace d'un seul crime par strangulation à leur imputer.

Une seconde idée admise, c'est qu'ils abandonnent leur victime sur place. Pas un cas non plus, dans les archives, d'un truand ayant conservé chez lui un cadavre pendant plusieurs jours avant d'aller le déposer sur un trottoir.

Ainsi, le commissaire s'était hypnotisé sur la dernière soirée d'Émile Boulay, sur ses appels téléphoniques, sur l'attente, au bord du trottoir, près d'un Mickey en uniforme, jusqu'au moment où l'ancien garçon s'était éloigné délibérément vers le bas de la rue Pigalle.

Toute la construction de Maigret tenait sur cette base et sur l'histoire du demi-million retiré de la banque le 22 mai.

Elle supposait qu'il n'y avait aucun drame passionnel dans la petite Italie de la rue Victor-Massé, que les trois femmes s'entendaient aussi bien qu'elles en avaient l'air, que Boulay n'avait pas de maîtresse ailleurs et enfin qu'Antonio était un garçon honnête.

Qu'une seule de ces hypothèses – de ces convictions plutôt – soit inexacte, et toute son enquête était par terre.

Est-ce pour cela qu'il gardait son air grognon et qu'il n'avançait qu'avec une certaine répugnance ?

Il faisait chaud, cet après-midi ; le soleil frappait en plein la fenêtre, de sorte que le commissaire avait baissé le store. Lucas et lui avaient retiré leur veston et, portes fermées, se livraient à un travail qui aurait sans doute fait hausser les épaules au juge d'instruction.

Il est vrai que celui qui était chargé de l'affaire les laissait en paix, convaincu qu'il s'agissait d'un règlement de comptes sans importance, et la presse ne se manifestait pas davantage.

— Un avocat ne tue pas ses clients…

Cela devenait une ritournelle dont Maigret ne parvenait pas plus à se débarrasser que d'une chanson trop souvent entendue à la radio ou à la télévision.

— Un avocat…

Il s'était pourtant rendu, ce matin, après l'enterrement, chez Me Jean-Charles Gaillard, mais s'était montré aussi prudent que possible. Comme par hasard, en sortant de l'église, il l'avait accompagné jusqu'à la rue La Bruyère et, s'il avait posé quelques questions, il avait eu soin de ne pas insister.

— Un avocat ne tue pas…

Ce n'était pas plus sûr, ni plus raisonné, que l'autre assertion dont il était parti.

— Les truands n'étranglent pas…

Seulement, on ne convoque pas un avocat connu au Quai des Orfèvres et on ne lui fait pas subir un interrogatoire de plusieurs heures sans risquer d'avoir le barreau, sinon tout l'appareil judiciaire, sur le dos.

Certaines professions sont plus sensibles que les autres. Il s'en était aperçu quand il avait téléphoné à son ami Chavanon, puis quand il avait rendu visite à l'ineffable Me Ramuel.

— Un avocat ne tue pas ses clients…

Or, c'était des clients de Jean-Charles Gaillard que les deux hommes s'occupaient, dans l'atmosphère dorée du bureau de Maigret. Lucas était revenu du tribunal avec une liste qu'un greffier l'avait aidé à établir.

Et Lucas, lui aussi, commençait à avoir une idée derrière la tête. C'était encore vague. Il ne parvenait pas à exprimer le fond de sa pensée.

— Le greffier m'a dit quelque chose de curieux…

— Quoi ?

— D'abord, quand j'ai cité le nom de Jean-Charles Gaillard, il a eu un drôle de sourire… Puis je lui ai demandé la liste des causes dont celui-ci s'était chargé pendant les deux dernières années, et son regard est devenu encore plus malicieux…

» — Vous n'en trouverez pas beaucoup… m'a-t-il dit.

» — Parce qu'il a peu de clientèle ?

» — Au contraire ! À ce que j'entends, il a un très gros cabinet, et on prétend qu'il gagne plus d'argent que certains maîtres du barreau qui plaident chaque semaine aux Assises…

Lucas continuait, intrigué :

— J'ai essayé de le faire parler, mais, pendant tout un temps, il a fouillé ses dossiers en silence. De temps en temps, notant un nom et une date sur une feuille, il grommelait :

» — Un acquittement…

» Un peu plus tard :

» — Un autre acquittement…

» Et il avait toujours son air malin qui m'exaspérait.

» — Tiens ! Une condamnation… Avec sursis, évidemment !…

» Cela a duré un bout de temps. La liste s'allongeait. Les acquittements succédaient aux acquittements et aux condamnations avec sursis ou à des peines légères…

» J'ai fini par insinuer :

» — Il doit être très fort…

» Alors, il m'a regardé comme s'il se moquait doucement de moi et il a daigné laisser tomber :

» — Il sait surtout choisir ses causes…

C'était cette phrase-là qui intriguait Lucas et sur laquelle le cerveau de Maigret s'était mis à travailler.

Il est évidemment plus agréable, non seulement pour l'accusé, mais pour son défenseur, de gagner un procès que de le perdre. Sa réputation ne fait que s'accroître et sa clientèle augmente à chaque nouveau succès.

Choisir ses causes…

Pour le moment, les deux hommes épluchaient la liste que Lucas avait apportée. Ils avaient procédé à un premier tri. Sur une feuille, l'inspecteur avait noté les affaires plaidées au civil. Comme ce domaine ne leur était familier ni à l'un ni à l'autre, il était préférable de ne pas s'en occuper à présent.

Les autres affaires, en fin de compte, étaient assez peu nombreuses, une trentaine en deux ans. Ce qui permettait à Jean-Charles Gaillard d'affirmer :

— Je ne plaide pas souvent…

Lucas prenait les noms un à un.

— Hippolyte Tessier… Faux et usage de faux… Acquitté le 1er septembre…

Tous les deux cherchaient dans leur mémoire. S'ils n'y trouvaient rien, Maigret allait ouvrir la porte du bureau des inspecteurs.

— Tessier… Faux et usage de faux… Cela vous dit quelque chose ?

— N'est-ce pas un ancien directeur de casino, quelque part en Bretagne, qui a essayé de monter une maison de jeu clandestine à Paris ?

On passait au suivant.

— Julien Vendre… Cambriolage… Acquitté…

Celui-ci, Maigret s'en souvenait. C'était un homme discret, aux allures de petit employé triste, qui s'était spécialisé dans les vols de transistors. On ne l'avait pas pris la main dans le sac et il n'y avait aucune preuve formelle contre lui. Le commissaire avait recommandé au juge de ne pas le poursuivre, mais d'attendre qu'il se mouille davantage…

— Inscris-le sur la troisième feuille…

Pendant ce temps, le gros Torrence était installé dans l'ombre d'un bistrot, en face de la maison de l'avocat, et une voiture de la police, sans marque distinctive, attendait à quelques mètres le long du trottoir, non loin de l'auto américaine bleue.

Si Torrence devait passer l'après-midi entier devant son guéridon, à surveiller la porte d'en face, combien de demis ingurgiterait-il ?

— Urbain Potier… Recel… Un an de prison avec sursis…

C'était Lucas qui s'en était occupé quelques mois plus tôt et l'homme était venu plusieurs fois au Quai des Orfèvres, gras et aussi peu soigné que M. Raison, le comptable, avec des poils noirs qui lui sortaient en touffes des narines.

Il tenait un magasin de bric-à-brac boulevard de la Chapelle. On y trouvait de tout, de vieilles lampes à pétrole aussi bien que des réfrigérateurs et que des nippes usées jusqu'à la corde.

— Je suis un honnête commerçant… Modeste, mais honnête… J'ignorais, quand cet individu est venu me vendre des tuyaux de plomb, qu'il les avait volés… Je l'ai pris pour…

À chaque nom, Maigret hésitait. Dix fois la porte du bureau des inspecteurs fut ouverte.

— Inscris…

— Gaston Mauran… Vol de voitures…

— Un petit roux ?

— Ce n'est pas inscrit sur mon papier…

— Au printemps dernier ?

— Oui… Au mois d'avril… Il s'agit d'une bande qui maquillait les voitures et les envoyait en province chez des revendeurs…

— Appelle Dupeu…

L'inspecteur Dupeu s'était occupé de cette affaire et, par chance, se trouvait dans le bureau voisin.

— C'est bien un petit roux qui nous a servi l'histoire de sa vieille mère malade ?

— Oui, patron… Il y avait en effet une vieille mère malade… Il n'avait alors que dix-neuf ans… C'était le moins important de la bande… Il se contentait de faire le guet pendant que Justin le Fou piquait les voitures…

Deux affaires de proxénétisme ; d'autres cambriolages. Rien de retentissant. Rien qui ait occupé la première page des journaux.

Par contre, tous les clients de l'avocat étaient plus ou moins des professionnels.

— Continue… soupirait Maigret.

— C'est fini… Vous m'aviez dit de ne pas remonter plus loin que deux ans…

Il n'y avait pas de quoi occuper l'activité d'un avocat qui vivait dans un hôtel particulier, même si ce n'était en réalité qu'une maison assez ordinaire.

Il fallait compter, bien entendu, avec les affaires qui n'étaient pas allées jusqu'au tribunal et qui étaient sans doute les plus nombreuses.

Il y avait encore une autre clientèle, celle pour laquelle Jean-Charles Gaillard, comme il le faisait pour Boulay, établissait les déclarations de revenus.

Maigret souffrait. Il avait chaud. Il avait soif. Il lui semblait qu'il s'enlisait et il était tenté de tout reprendre à zéro.

— Appelle-moi l'inspecteur des contributions directes du IXe arrondissement.

Cela ressemblait à un coup d'épée dans l'eau, mais, au point où il en était, il n'avait le droit de rien négliger.

— Comment ?… M. Jubelin ?… Eh bien ! passez-moi M. Jubelin… De la part du commissaire Maigret… De la Police judiciaire, oui… Allô !… Non ! le commissaire désire parler à M. Jubelin en personne…

L'inspecteur devait être un homme occupé, ou imbu de ses hautes fonctions, car cela prit près de cinq minutes pour l'avoir au bout du fil.

— Allô !... Je vous passe le commissaire...

Maigret saisit l'appareil en soupirant.

— Je suis navré de vous déranger, monsieur Jubelin... Je désire seulement vous demander un renseignement... Vous dites ?... Oui, il s'agit indirectement d'Émile Boulay... Vous avez lu les journaux... Je comprends... Non, ce ne sont pas ses déclarations qui m'intéressent... Cela pourrait se présenter plus tard mais, dans ce cas, je vous promets de suivre la voie administrative... Mais oui ! Je comprends vos scrupules...

» Ma question est un peu différente... Boulay a-t-il eu des difficultés avec vous ?... C'est ce que je veux dire... Avez-vous eu l'occasion, par exemple, de le menacer de poursuites... Non !... C'est ce que je pensais... Comptabilité parfaitement en règle... C'est ça... C'est ça...

Il écoutait en hochant la tête et en crayonnant sur son buvard. La voix de M. Jubelin était si vibrante que Lucas entendait presque tout ce qu'il disait.

— En somme, il avait un bon conseiller... Un avocat, je sais... Jean-Charles Gaillard... C'est justement à lui que je désire en arriver... Je suppose qu'il s'occupait de plusieurs de vos contribuables ?... Comment dites-vous ?... De beaucoup trop ?...

Maigret adressait un clin d'œil à Lucas et s'armait de patience, car l'inspecteur devenait tout à coup volubile.

— Oui… Oui… Très habile, évidemment… Comment ?… Des déclarations inattaquables… Vous avez essayé ?… Sans résultat… Je vois. Permettez-moi encore une question… À quelle classe sociale appartenaient surtout les clients de Gaillard ?… Un peu de tout, je comprends… Oui… Oui… Beaucoup du quartier… Des propriétaires d'hôtels, de restaurants et de cabarets… Évidemment, c'est difficile…

Cela dura encore près de dix minutes, mais le commissaire n'écoutait plus que d'une oreille distraite car son interlocuteur, si réticent au début, racontait avec force détails sa lutte contre les fraudeurs de l'impôt.

— Ouf !… soupira-t-il en raccrochant. Tu as entendu ?

— Pas tout…

— Comme je m'y attendais, les déclarations d'Émile Boulay étaient inattaquables… Le Jubelin a répété ce mot je ne sais combien de fois avec nostalgie… Depuis des années, il essaie de le prendre en défaut… L'an dernier encore, il a épluché toute sa comptabilité sans y trouver la moindre paille…

— Et les autres ?

— Justement ! Il en est ainsi avec tous les clients de Jean-Charles Gaillard.

Maigret regardait rêveusement la liste établie par l'inspecteur. Il se souvenait du mot du greffier :

— *Il sait choisir ses causes…*

Or, dans le domaine fiscal aussi, l'avocat savait choisir ses clients : hôteliers de Montmartre ou d'ailleurs qui louent des chambres non seulement à la nuit, mais à l'heure, tenanciers de bars comme Jo le Catcheur, propriétaires de cabarets ou de chevaux de courses…

Comme disait Jubelin un peu plus tôt à l'appareil :

— Avec ces gens-là, il est difficile de faire la preuve des rentrées et des frais généraux…

Debout devant son bureau, Maigret parcourait une fois de plus la liste des yeux. Il fallait choisir, et de son choix allait peut-être dépendre le reste de l'enquête.

— Appelle-moi Dupeu…

L'inspecteur revint dans le bureau.

— Tu sais ce qu'est devenu Gaston Mauran, dont tu nous as parlé tout à l'heure ?

— Il y a un mois ou deux, je l'ai aperçu à la pompe d'un garage de l'avenue d'Italie… Bien par hasard… Je conduisais ma femme et les gosses à la campagne et je me demandais où j'allais faire le plein d'essence…

— Va téléphoner au patron du garage pour t'assurer que Mauran travaille toujours chez lui… Qu'il ne lui dise rien… Je n'ai pas envie qu'il prenne peur et nous glisse entre les doigts…

Si cela ne marchait pas avec celui-ci, il en choisirait un autre, puis un autre encore, et ainsi de suite jusqu'à ce que Maigret découvre ce qu'il cherchait.

Or, ce qu'il cherchait n'était pas très précis. Il y avait, dans toutes les affaires de l'avocat, une certaine caractéristique, comme un point commun qu'il aurait eu de la peine à définir.

— *Un avocat ne tue pas ses clients…*

— Vous avez encore besoin de moi, patron ?

— Reste, oui…

Il parlait comme pour lui-même, pas fâché d'avoir un auditeur.

— Au fond, tous avaient de bonnes raisons pour lui être reconnaissants… Ou bien ils passaient devant le tribunal et étaient acquittés… Ou bien l'inspecteur des contributions était obligé de s'incliner devant leurs déclarations… Je ne sais pas si tu vois ce que je veux dire… Un avocat, d'habitude, fait fatalement des mécontents… S'il perd une cause, si son client est salé…

— Je vois, patron…

— Or, ce n'est pas facile de choisir…

Dupeu revenait.

— Il travaille toujours au même garage… Il y est en ce moment…

— Tu vas prendre une voiture dans la cour et tu me le ramèneras le plus vite possible… Ne l'affole pas… Dis-lui qu'il s'agit d'une simple vérification… Il ne faut pas qu'il soit trop rassuré non plus…

Il était quatre heures et demie et la chaleur ne diminuait pas, au contraire. L'air stagnait. La chemise de Maigret commençait à lui coller au corps.

— Si on allait prendre un demi ?

Un court entracte, en attendant Gaston Mauran, à la *Brasserie Dauphine*.

Au moment où les deux hommes allaient quitter le bureau, la sonnerie du téléphone retentit. Le commissaire hésita à revenir sur ses pas, finit pourtant, par acquit de conscience, par décrocher.

— C'est vous, patron ? Ici, Torrence…

— Je reconnais ta voix. Alors ?

— Je vous téléphone de l'avenue de la Grande-Armée.

— Qu'est-ce que tu fais là ?

— Il y a une vingtaine de minutes, Gaillard est sorti de chez lui et a pris place dans sa voiture. J'ai eu la chance qu'un encombrement, au coin de la rue Blanche, me permette de sauter dans la mienne et de le rattraper.

— Il n'a pas remarqué qu'il était suivi ?

— Certainement pas... Vous allez comprendre pourquoi j'en suis sûr... Il s'est tout de suite dirigé vers l'Étoile, en prenant au plus court... Le trafic ne lui permettait pas de rouler vite et, avenue de la Grande-Armée, il a encore ralenti... On a passé l'un derrière l'autre devant plusieurs garages... Il avait l'air d'hésiter... En fin de compte, il est entré avec l'auto au *Garage Moderne*, près de la porte Maillot...

» Moi, j'ai attendu dehors... Ce n'est que quand je l'ai vu sortir, à pied, et se diriger vers le Bois, que je suis entré à mon tour...

C'était justement le petit fait imprévu qui allait enlever à Maigret sa liberté d'agir, ou plus exactement le forcer à agir à un certain moment, d'une certaine façon qu'il n'avait pas prévue.

Son visage, tandis qu'il écoutait parler Torrence, devenait de plus en plus grave, et il ne semblait plus penser au verre de bière qu'il s'était promis.

— C'est une grande boîte, avec un système automatique pour le lavage des autos... J'ai dû montrer ma médaille au contremaître... Jean-Charles Gaillard n'est pas un client régulier... On ne se souvient pas l'avoir vu au garage... Il a demandé si on pouvait lui laver sa voiture en une heure au maximum… Il doit repasser vers cinq heures et demie…

— Ils ont commencé le travail ?

— Ils allaient le faire, mais je leur ai demandé d'attendre…

Il fallait prendre, tout de suite, une décision.

— Qu'est-ce que je fais ?

— Tu restes là et tu empêches qu'on touche à l'auto… Je vais t'envoyer quelqu'un qui la ramènera ici… N'aie pas peur… Il aura des papiers en règle…

— Et quand Gaillard reviendra ?

— Tu auras un inspecteur avec toi… Je ne sais pas encore qui… Je préfère que vous soyez deux… Tu te montreras très poli, mais tu t'arrangeras néanmoins pour qu'il t'accompagne jusqu'ici…

Il pensa au jeune voleur d'autos qu'il attendait.

— Ne l'introduis pas tout de suite dans mon bureau… Fais-le patienter… Il va probablement le prendre de haut… Ne te laisse pas impressionner… Empêche surtout qu'il téléphone…

Torrence soupira sans enthousiasme :

— Bien, patron… Mais faites vite… Cela m'étonnerait, par cette chaleur, qu'il déambule longtemps dans les allées du Bois…

Maigret hésita à se précipiter chez le juge d'instruction pour mettre sa responsabilité à couvert. Mais il était presque sûr que le magistrat l'empêcherait d'agir selon son instinct.

Dans le bureau voisin, il dévisageait les inspecteurs l'un après l'autre.

— Vacher…

— Oui, patron…

— Tu as déjà conduit une voiture américaine ?

— Cela m'est arrivé…

— Tu fileras au *Garage Moderne*, avenue de la Grande-Armée. C'est tout en bas, près de la porte Maillot… Tu y trouveras Torrence, qui te désignera une auto bleue… Ramène-la dans la cour en y touchant le moins possible…

— Compris…

— Toi, Janin, tu vas l'accompagner, mais tu resteras au garage avec Torrence… Il a des instructions…

Il regarda sa montre. Il n'y avait qu'un quart d'heure que Dupeu était parti pour l'avenue d'Italie. Il se tourna vers Lucas.

— Viens…

À condition de faire vite, ils avaient quand même droit à leur verre de bière.

8

Avant de faire introduire le mécanicien, Maigret avait questionné Dupeu.

— Comment cela s'est-il passé ?

— D'abord, il a paru surpris et m'a demandé si je travaillais avec vous. Il me semblait plus intrigué qu'inquiet. Deux fois, il a répété :

» — Vous êtes sûr que c'est le commissaire Maigret qui veut me voir ?

» Puis il est allé se laver les mains avec de l'essence et a retiré sa salopette. En chemin, il ne m'a posé qu'une question :

» — On a le droit de reprendre une affaire qui a été jugée ?

— Qu'as-tu répondu ?

— Que je ne savais pas, que je supposais que non. Tout le long du chemin, il est resté perplexe.

— Fais-le entrer et laisse-nous…

Mauran aurait été bien étonné, au moment où on l'introduisait dans le bureau, d'apprendre que le fameux commissaire avait plus le trac que lui. Il le regardait s'avancer dans la pièce, un jeune homme dégingandé, les cheveux roux en broussaille, les yeux d'un bleu de porcelaine, des taches de rousseur autour du nez.

— Les autres fois, commença-t-il, comme s'il tenait à attaquer, vous vous êtes contenté de me faire questionner par vos inspecteurs…

Il y avait chez lui de la roublardise et de la naïveté tout ensemble.

— J'aime mieux vous dire tout de suite que je n'ai rien fait…

Il n'avait pas peur. Cela l'impressionnait de se trouver là, certes, seul à seul avec le grand patron, mais il n'avait pas peur.

— Tu es bien sûr de toi…

— Pourquoi ne le serais-je pas ?… Le tribunal a reconnu mon innocence, non ?… Enfin, presque mon innocence… Et je me suis montré gentil, vous le savez mieux que personne…

— Tu veux dire que tu as donné tes complices ?

— Ils avaient abusé de ma naïveté, l'avocat l'a prouvé… Il a expliqué que j'ai eu une enfance difficile, que ma mère est à ma charge, qu'elle est malade…

Maigret, tandis qu'il parlait, avait une curieuse impression. Le mécano s'exprimait avec une certaine emphase, forçant sur son accent de titi parisien ; en même temps, il avait un pétillement amusé dans les prunelles comme s'il se sentait satisfait du rôle qu'il jouait.

— Je suppose que ce n'est pas pour cette histoire-là qu'on est venu me chercher ? Depuis, je me tiens peinard, je défie n'importe qui de prétendre le contraire… Alors ?…

Il s'asseyait sans y être invité, ce qui est rare, tirait même un paquet de Gauloises de sa poche.

— Je peux ?

Et Maigret, l'observant toujours, faisait oui de la tête.

— Et si, pour une raison quelconque, on recommençait l'enquête ?

Mauran tressaillit, soudain méfiant.

— C'est pas possible…

— Supposons que j'aie certains points à éclaircir…

Le téléphone sonnait sur le bureau de Maigret et la voix de Torrence annonçait :

— Il est ici…

— Il a protesté ?

— Pas trop. Il prétend qu'il est pressé et il désire vous voir tout de suite…

— Dis-lui que je le recevrai dès que je serai libre…

Gaston Mauran écoutait, sourcils froncés, comme s'il se demandait quelle comédie on lui jouait.

— C'est du bidon, hein ? lança-t-il après que le commissaire eut raccroché.

— Qu'est-ce qui est du bidon ?

— De m'amener ici… D'essayer de me faire peur… Vous savez bien que tout est arrangé…

— Qu'est-ce qui est arrangé ?

— Je suis clair, quoi !… On ne me fait plus de misères…

À cet instant, non sans gaucherie, il fit un clin d'œil qui troubla Maigret plus que tout le reste.

— Écoute, Mauran, c'est l'inspecteur Dupeu qui s'est occupé de toi…

— Celui qui vient de m'amener, oui… Je ne me rappelais pas son nom… Il a été régulier…

— Qu'est-ce que tu appelles régulier ?

— Il a été régulier, quoi !…

— Mais encore ?

— Vous ne comprenez pas ?

— Tu veux dire qu'il ne t'a pas tendu de pièges et qu'il t'a questionné gentiment ?

— Je suppose qu'il m'a questionné comme il devait me questionner…

Il y avait, sous les mots, dans l'attitude du jeune homme, quelque chose d'équivoque que le commissaire s'efforçait de définir.

— Il le fallait bien, non ?

— Parce que tu étais innocent ?

On aurait dit que Mauran, de son côté, devenait mal à l'aise, qu'il ne comprenait plus, que les paroles de Maigret le déroutaient autant que les siennes déroutaient le policier.

— Dites donc… lança-t-il encore, hésitant, après avoir aspiré une bouffée de fumée.

— Quoi ?

— Rien…

— Qu'as-tu voulu dire ?

— Je ne sais plus… Pourquoi m'avez-vous fait venir ?

— Qu'as-tu voulu dire ?

— Il me semble que quelque chose ne tourne pas rond…

— Je ne comprends pas…

— Vous en êtes sûr ? Dans ce cas, je fais mieux de la fermer…

— Il est un peu tard… Qu'as-tu voulu dire ?…

Maigret n'était pas menaçant, mais ferme. Debout, à contre-jour, il formait une masse solide que Gaston Mauran commençait à regarder avec une sorte de panique.

— Je veux m'en aller… balbutia-t-il en se levant soudain.

— Pas avant que tu aies parlé.

— C'est un piège, alors ?… Qu'est-ce qui a foiré ?… Il y a quelqu'un, dans l'histoire, qui n'a pas joué le jeu ?…

— Quel jeu ?

— Dites-moi d'abord ce que vous savez…

— Ici, j'interroge… Quel jeu ?…

— Vous me répéterez ça jusqu'à demain s'il le faut, pas vrai ?… On me l'avait dit, mais je ne l'avais pas cru…

— Qu'est-ce qu'on t'avait encore dit ?

— Qu'on se montrerait gentil avec moi…

— Qui t'a dit ça ?

Le garçon détournait la tête, décidé à se taire, sentant pourtant qu'il finirait par céder.

— Ce n'est pas de jeu… finit-il par grommeler entre ses dents.

— Quoi ?

Alors, Mauran se fâcha soudain et, dressé sur ses ergots, fit face au commissaire.

— Vous ne le savez pas, non ?… Et les cent mille balles, alors ?…

Il fut si impressionné par le visage de Maigret que les bras lui en tombèrent. Il voyait la masse imposante s'avancer vers lui, deux mains puissantes qui se tendaient, le saisissaient aux épaules et commençaient à le secouer.

Maigret n'avait jamais été aussi pâle de sa vie. Son visage, sans expression, ressemblait à un bloc de pierre.

Sa voix neutre, impressionnante, ordonnait :

— Répète !...

— Les... les... Vous me faites mal...

— Répète !...

— Les cent mille francs...

— Quels cent mille francs ?

— Lâchez-moi... Je dirai tout...

Maigret lui rendait la liberté de ses mouvements mais restait livide et, à certain moment, il porta la main à sa poitrine, où le cœur battait à grands coups.

— Je suppose que j'ai été un pigeon...

— Gaillard ?

Mauran faisait oui de la tête.

— Il t'a promis qu'on serait gentil avec toi ?

— Oui... Il n'a pas dit gentil... Il a dit compréhensif...

— Et que tu serais acquitté ?

— Qu'au pire, j'obtiendrais le sursis...

— Il t'a fait payer cent mille francs pour te défendre ?

— Pas pour me défendre... C'était à part...

— Pour les remettre à quelqu'un ?...

Le jeune mécano était si impressionné que des larmes lui en montaient aux yeux.

— À vous…

Maigret resta immobile pendant deux bonnes minutes, les poings serrés, et enfin, lentement, un peu de couleur remonta à son visage.

Soudain, il tourna le dos à son visiteur et, bien que le store fût baissé, il resta encore un certain temps campé devant la fenêtre.

Quand il fit face, il avait presque repris son expression habituelle, mais on aurait juré qu'il avait vieilli, qu'il était soudain très las.

Il alla s'asseoir à son bureau, désigna une chaise, se mit machinalement à bourrer une pipe.

— Fume…

Il disait cela comme un ordre, comme pour conjurer Dieu sait quels démons.

Doucement, la voix feutrée, assourdie, il continuait :

— Je suppose que tu m'as dit la vérité…

— Je le jure sur la tête de ma mère…

— Qui t'a envoyé chez Jean-Charles Gaillard ?

— Un vieux qui habite le boulevard de la Chapelle…

— N'aie pas peur… On ne refera pas ton procès… Il s'agit d'un certain Potier, qui tient un bric-à-brac…

— Oui…

— Tu chapardais et tu lui refilais les objets volés…

— Ce n'est pas arrivé souvent…

— Que t'a-t-il dit ?

— D'aller voir cet avocat-là…

— Pourquoi lui plutôt qu'un autre ?

— Parce qu'il était de mèche avec la police… Je comprends à présent que ce n'est pas vrai… Il m'a refait de cent mille francs…

Maigret réfléchissait.

— Écoute. Dans un instant, on introduira quelqu'un dans ce bureau. Tu ne lui adresseras pas la parole. Tu te contenteras de le regarder et d'accompagner ensuite l'inspecteur dans une pièce voisine…

— Vous savez, je vous demande pardon… On m'avait fait croire que ça se passait toujours ainsi…

Maigret parvint à lui sourire.

— Allô !… Torrence ?… Veux-tu me l'amener ?… J'ai quelqu'un dans mon bureau que tu garderas là-bas pour le cas où j'aurais besoin de lui… Tout de suite, oui…

Il fumait, paisible en apparence, mais il avait comme une boule dans la gorge. Il fixait la porte qui allait s'ouvrir, qui s'ouvrait ; il voyait l'avocat, élégant dans un complet gris clair, qui faisait rapidement trois ou quatre pas, l'air mécontent, ouvrait la bouche pour parler, pour protester, et qui découvrait soudain Gaston Mauran.

Torrence ne pouvait rien comprendre à cette scène muette. Jean-Charles Gaillard s'était arrêté net. Son visage avait changé d'expression. Le jeune homme, mal à l'aise, se levait de sa chaise et, sans regarder le nouveau venu, se dirigeait vers la porte.

Il ne restait que deux hommes face à face. Maigret, les deux mains à plat sur le bureau, luttait pour ne pas se lever, pour ne pas marcher lourdement vers son visiteur et, encore que celui-ci fût plus grand et plus massif que lui, pour ne pas le frapper sur les deux joues.

Au lieu de cela, il prononçait d'une voix étrangement faible :

— Asseyez-vous...

Il devait être encore plus impressionnant que quand il avait saisi le jeune mécano aux épaules, car l'avocat obéit automatiquement, oubliant de protester contre l'enlèvement de sa voiture et contre le fait que deux inspecteurs sans mandat l'aient amené au Quai des Orfèvres, où on l'avait fait attendre comme le premier suspect venu.

— Je suppose, commençait Maigret avec lassitude, comme si, pour lui, cette affaire était terminée, que vous avez compris la situation...

Et, comme l'avocat tentait de répliquer :

— Laissez-moi parler... Je serai aussi bref que possible, car il m'est pénible de rester en tête à tête avec vous...

— Je ne sais pas ce que ce garçon...

— Je vous ai ordonné de vous taire... Je ne vous ai pas fait venir ici pour vous questionner... Je ne vous demanderai aucune explication... Si j'avais suivi mon premier mouvement, je vous aurais envoyé au Dépôt sans vous voir, et vous y auriez attendu les résultats des expertises...

Il faisait glisser devant lui la liste n° 3, celle des clients de Gaillard qui avaient passé en Correctionnelle et qui avaient été acquittés ou condamnés à des peines légères.

Il lisait les noms sur un ton monotone, comme s'il récitait des litanies. Puis, levant la tête, il ajoutait :

— Inutile de préciser que ces personnes seront interrogées… Certaines se tairont… Ou plutôt elles commenceront par se taire… Quand elles apprendront que les sommes versées dans un but précis ne sont jamais arrivées à destination…

Le visage de Gaillard avait changé aussi. Il s'efforçait pourtant de tenir tête, commençait une phrase :

— J'ignore ce que ce jeune voyou…

Alors Maigret frappa la table d'un coup de poing qui fit sursauter tous les objets.

— Taisez-vous ! hurla-t-il. Je vous interdis, jusqu'à ce que je vous y invite, d'ouvrir la bouche…

On avait entendu le coup de poing du bureau des inspecteurs, où tout le monde se regardait.

— Je n'ai pas besoin de vous expliquer comment vous procédiez… Et je comprends pourquoi vous choisissiez avec soin vos clients… Sachant qu'ils seraient acquittés, ou frappés d'une peine légère, il n'était pas difficile de leur faire croire que, grâce à un versement…

Non ! Il ne pouvait plus parler de ça.

— J'ai tout lieu de croire que mon nom n'a pas été le seul utilisé… Vous vous occupiez de déclarations de revenus… Tout à l'heure, je suis entré en contact avec M. Jubelin et j'aurai un long entretien avec lui…

Sa main tremblait encore un peu cependant qu'il allumait sa pipe.

— L'enquête sera longue, délicate. Ce que je peux vous affirmer, c'est qu'elle sera menée avec une minutie exemplaire…

Gaillard avait renoncé à le défier du regard et baissait la tête, les mains sur les genoux, avec, à la gauche, le vide laissé par les quatre doigts manquants.

Le regard du commissaire tomba sur cette main-là et il eut comme une hésitation.

— Quand l'affaire passera aux Assises, on évoquera votre conduite pendant la guerre, sans doute aussi votre mariage avec une femme habituée à une vie brillante, la maladie qui l'a pratiquement retranchée du monde…

Il se renversa en arrière dans son fauteuil, ferma les yeux.

— On vous trouvera des circonstances atténuantes… Pourquoi aviez-vous de tels besoins d'argent alors que votre femme ne sortait plus et que vous meniez en apparence une vie solitaire, consacrée au travail ?… Je n'en sais rien et je ne vous le demande pas…

» Les questions, d'autres vous les poseront, vous comprenez peut-être pourquoi… C'est la première fois, monsieur Gaillard, que…

Sa voix s'étouffa une fois de plus et, sans vergogne, il se leva, se dirigea vers le placard, où il saisit la bouteille de cognac et un verre. Cette bouteille n'était pas là pour lui mais pour certains qui, au cours d'un long et dramatique interrogatoire, en avaient besoin.

Il vida le verre d'un trait, retourna à sa place, ralluma sa pipe éteinte.

Il était un peu plus calme et parlait maintenant d'un ton dégagé, comme si l'affaire ne le concernait plus personnellement.

Sans explications, il lui tendit le mandat d'amener au nom de Jean-Charles Gaillard.

— Il est dans le bureau du fond, avec Torrence... Vous le conduirez tous les deux au Dépôt...

— On lui passe les menottes ?

C'était la règle, à laquelle il y avait quelques exceptions. Maigret ne voulut pas avoir l'air de se venger. Les derniers mots de l'avocat commençaient à le troubler.

— Non...

— Qu'est-ce que je dis au gardien ?... On lui retire sa cravate, sa ceinture, ses lacets ?

Toujours la règle et toujours les accommodements !

Maigret hésita, fit non de la tête et resta seul dans son bureau.

Quand il rentra dîner ce soir-là, avec un certain retard, Mme Maigret remarqua que ses yeux étaient luisants, un peu fixes, et que son haleine sentait l'alcool.

Il ouvrit à peine la bouche pendant le repas et il se leva pour fermer la télévision, qui l'agaçait.

— Tu sors ?

— Non.

— Ton affaire est terminée ?

Il ne répondit pas.

Il eut un sommeil agité, se leva d'humeur maussade, décida de se rendre à pied Quai des Orfèvres comme cela lui arrivait parfois.

Il venait à peine de pénétrer dans son bureau que la porte des inspecteurs s'ouvrait. Lucas la refermait derrière lui, grave et mystérieux.

— J'ai une nouvelle à vous annoncer, patron…

Devinait-il ce que l'inspecteur allait dire ? Lucas se posa toujours cette question et ne connut jamais la réponse.

— Jean-Charles Gaillard s'est pendu dans sa cellule…

Maigret ne broncha pas, ne desserra pas les dents, resta là, debout, à regarder la fenêtre ouverte, le feuillage bruissant des arbres, les bateaux qui glissaient sur la Seine et les passants qui gravitaient comme des fourmis sur le pont Saint-Michel.

— Je n'ai pas encore de détails… Vous croyez que…

— Je crois quoi ? questionna Maigret, soudain agressif.

Et Lucas, battant en retraite :

— Je me demandais…

Il referma vivement la porte, et ce ne fut qu'une heure plus tard qu'on vit surgir un Maigret détendu, préoccupé en apparence des affaires courantes.

Noland (Vaud), le 19 juin 1962.

Table

Comprendre et ne pas juger

« Certes, ils préfèrent que je ne voie pas certaines choses. Mais ce qu'il ne faut surtout pas, c'est que je leur en raconte d'autres »

« Vous direz tout ?
– Et vous ?
– J'essaierai. Si je n'y parviens pas, je m'en voudrai toute ma vie. »

Peuples qui ont faim, 1934

PAPIER CERTIFIÉ

Composition réalisée par Belle Page

Achevé d'imprimer en juillet 2025, en France par
La Nouvelle Imprimerie Laballery
58500 Clamecy (Nièvre)
N° d'impression : 506721
Dépôt légal 1re publication : octobre 2012
Édition 04 – juillet 2025

LIBRAIRIE GÉNÉRALE FRANÇAISE
21, rue du Montparnasse – 75283 Paris Cedex 06

marketing@livredepoche.com

31/6884/6